*A papà,
che ha letto i momenti
di ogni parola
ed a mamma,
mia sostenitrice.*

MAURO TORDONE

IL CAPPELLO DELLA BADANTE

(TRE INDAGINI DI RINO SORRENTINO)

Youcanprint

Titolo | Il cappello della badante - Tre indagini di Rino Sorrentino
Autore | Mauro Tordone

ISBN | 978-88-31636-56-8

© Tutti i diritti riservati all'Autore
Questa opera è pubblicata direttamente dall'Autore tramite la piattaforma di selfpublishing Youcanprint e l'Autore detiene ogni diritto della stessa in maniera esclusiva. Nessuna parte di questo libro può essere pertanto riprodotta senza il preventivo assenso dell'Autore.

Youcanprint
Via Marco Biagi 6, 73100 Lecce
www.youcanprint.it
info@youcanprint.it

Prima indagine

IL DELITTO DEL BORGO ATERNO

I

D'improvviso un colpo.
Un colpo forte e cupo nella notte silenziosa.
Lucia impiegò un po' a capire emergendo dal sogno. Si trovava sul volo Pescara-Ankara ed i passeggeri erano immersi nel silenzio del sonno. D'un tratto, tutte le teste, con un unico movimento, si voltarono a destra in direzione di un oblò, fuori dal quale un pellicano affiancava l'aereo in volo. Poi con uno scatto repentino il pellicano rivolse il lungo becco verso l'oblò che scoppiò ed andò in frantumi, lasciando entrare migliaia di piccoli pellicani starnazzanti che finirono con saturare l'aria della cabina passeggeri. Lucia si sentì soffocare. Cercò di liberarsi di quella moltitudine di bestiole che si dimenavano, le si infilavano tra i capelli, le bloccavano il collo, le premevano il viso, ma soprattutto le impedivano di respirare e si svegliò.
Mario non c'era.
Dalla finestra la luce della luna testimoniava il perdurare della notte fonda.
Ricordò il sogno e la brutta sensazione di soffocamento.
C'era stato qualcosa che l'aveva fatta sobbalzare nel sonno e ricordò quel colpo, quel botto. Doveva trattarsi di uno sparo, un colpo forte, dato che nessun pellicano aveva rotto nessun oblò. Voleva scendere dal letto, ma il volo del giorno prima era stato pesante e stancante e poi Mario, la sera, non le aveva dato tregua, sfoderando tutto il suo più nutrito repertorio in fatto di sesso. Perciò non aveva voglia di alzarsi e rimase in attesa, nel letto.
Stava quasi per rientrare in quella fase del dormiveglia in cui la realtà si mescola al sogno ed alla fantasia e le immagini giungono spontanee e senza memoria, quando Mario rientrò nella stanza.

«Che succede?» disse Lucia mentre riacquistava a fatica la lucidità.

«Tranquilla, niente di particolare» rispose Mario.

«Stavo sognando» disse ancora Lucia «Qualcosa deve avermi fatto svegliare all'improvviso. Un botto o qualcosa del genere. Comunque un forte rumore».

«Sì. C'è stato uno sparo, un botto. Sono andato a vedere nel garage ed è tutto a posto. La serranda è chiusa. Ho anche dato un'occhiata al giardino, ma non mi sembra che ci sia nessuno» disse ancora Mario mentre lanciava la giacca del pigiama sulla sedia della camera da letto «Non c'è da preoccuparsi. E poi se è successo qualcosa, sicuramente non ci riguarda».

E tornò sotto quelle lenzuola dove le lunghe gambe di Lucia e quel corpo nudo bellissimo si offrivano ancora alle carezze.

Ma Lucia già dormiva.

A casa D'Alessandro i lampioncini esterni erano accesi.

Si ritrovarono così nel corso della notte nella grande sala a guardarsi stupite, svegliate dal botto.

«Avete sentito?» disse Michela «Ho ancora il cuore che mi esce dal petto».

Michela era la più piccola delle sorelle D'Alessandro. Aveva il guizzo negli occhi di chi mescola furbizia ad abilità. Non per niente era anche la persona pratica della famiglia, l'uomo di casa. Non aveva voluto studiare, ma non c'era cosa che non sapesse fare: spericolata nella guida, ogni macchina non aveva segreti per lei e passava le giornate in officina. Faceva tenerezza a Giulia vedere quel maschiaccio sporco del giorno trasformarsi nella graziosa moretta Michela in vestaglietta corta di notte.

«Uno sparo, o qualcosa del genere» disse Giulia, la più grande. La professoressa Giulia D'Alessandro, dai lunghi capelli neri e spessi occhiali. Lei che, da quel maledetto giorno di sei anni prima, aveva vissuto con due soli pensieri: la scuola e le sorelle.

«Ma è stato molto vicino... molto vicino... dentro casa» rispose Alba, con gli occhi spalancati e la bocca aperta.

«Dentro casa, no!» disse ancora Giulia «Qui è tutto tranquillo. Qualcuno deve aver sparato al di fuori della nostra porta».

Alba non sembrava rassicurata. Da quel maledetto giorno di sei anni prima, quando un bacio al papà cambiò la sua vita, Alba sussultava ad ogni rumore, ad ogni imperfezione del suono. Erano felici. Lei tornava a casa con la sua conquista di anni di studio e di fatica. Finalmente la laurea in ingegneria meccanica. Finalmente poteva coronare il sogno di suo padre di vedere una figlia diventare ingegnere come lui, anche se in una materia del tutto diversa rispetto al suo progettare case, strade e ponti. Ma l'auto sterzò tutto a sinistra e lei, mamma e papà si ritrovarono in un unico ammasso di carne e di lamiere. Passò mesi nel letto distesa ed immobile. Passò mesi, passò anni a pensare a mamma e papà che non c'erano più. Passò mesi, passò anni e passò ogni istante della sua vita a capire come quel bacio, quel gesto d'amore avesse potuto distruggere i suoi genitori e la sua vita. Ed infatti non utilizzò mai quella laurea, non lavorò mai. Chi portava i soldi a casa erano le sue sorelle. Il suo lavoro era solo quello: capire. Capire come quel fatto, come quell'incidente fosse potuto accadere. Lo rivedeva tante volte nella sua mente ogni giorno, lo ricostruiva in ogni modo studiando quel relitto di lamiere, dove i corpi dei genitori si erano separati da lei, che ora era gelosamente custodito in garage. Studio continuo ed ossessivo, che tuttavia non serviva a rasserenarla. Solo verso sera, seduta sul solito masso del fiume che scorreva a pochi metri da casa, guardando quel fondo tranquillo riusciva a placare anche il fondo in cui era caduta la sua anima.

Capitava qualche mattina, da quando si erano trasferiti nel nuovo quartiere fuori città, che Mario passasse a prendere Giovanni, che abitava a poche decine di metri di distanza da casa sua.

Mario Aprea, laureato in giurisprudenza e vincitore di concorso di funzionario amministrativo presso la questura dell'Aquila e Giovanni Ercolano, sovrintendente di polizia, avevano acquistato quasi contemporaneamente casa a piano terra con giardino nel nuovo quartiere sorto, dopo il terremoto, lungo le rive dell'Aterno.

Solo che Mario, scapolo con gruzzolo da parte dopo dieci anni di lavoro in questura, aveva preso poco dalla banca per pagare la villetta. Giovanni invece, poliziotto con moglie casalinga e due figli all'università di Teramo, aveva dovuto stipulare un mutuo ben più consistente da restituire in venticinque anni. E questo pesava non poco sull'economia familiare.

«Notte rumorosa?» disse Giovanni, appena salito in auto.

Era rientrato tardi e la moglie Luigina gli aveva riferito di quel colpo vicino casa. Luigina si era ormai abituata a star sola fino a notte inoltrata, quando il marito rientrava dal circolo della questura, dove, per arrotondare lo stipendio, aveva accettato di occuparsi del bar.

Ma Giovanni quella notte aveva trovato Luigina in piedi, con gli occhi sbarrati, ed aveva subito pensato ad un'altra scossa di terremoto.

La moglie lo aveva rassicurato: neppure mezz'ora prima c'era stato un botto, e non si era trattato certamente di terremoto. Se lui fosse stato presente, con la sua esperienza nelle armi, avrebbe sicuramente capito che era stato uno sparo ed anzi avrebbe saputo dire anche il tipo di arma, tanto era stato vicino.

«Sì» disse Mario «E' sembrato che qualcuno abbia sparato, ma non ho visto niente».

«Se il Comune non si decide ad estendere anche qui da noi la rete della pubblica illuminazione, questo posto non è sicuro» disse Giovanni «La strada è troppo buia. Le nostre luci non sono sufficienti».

«Gli oneri di urbanizzazione li abbiamo pagati, ma i servizi quando ce li portano?».

«Troppo impegnati in questo periodo nella ricostruzione del centro storico».

Nel frattempo erano arrivati al parcheggio della questura.

Il sostituto commissario Rino Sorrentino della squadra mobile li aspettava davanti al portone d'ingresso.

«Caffè?».

«Che è successo stanotte nel vostro quartiere?» disse Sorrentino «Poco fa ha chiamato il consigliere comunale Vincenzo Pantagalli. Dice che stanotte c'è stata una sparatoria».

Il consigliere comunale Vincenzo Pantagalli viveva anche lui, con moglie e due figli, un maschio ed una femmina, nel nuovo quartiere Aterno.

Era diventato di sua conoscenza tre anni prima quando Sorrentino l'aveva arrestato per una questione di corruzione e tangenti, in esecuzione di un ordine di custodia cautelare emesso dalla procura della repubblica dell'Aquila. Una settimana in carcere, poi due mesi agli arresti domiciliari. Eppure secondo la gente si trattava di una brava persona. Sempre disposto ad aiutare i cittadini, aveva avuto in precedenza anche l'incarico di assessore alla cultura ed all'assistenza sociale, essendo peraltro anche presidente di un'associazione culturale importante della città. Aveva sofferto quei provvedimenti giudiziari, ma ora era in attesa del processo per dimostrare la sua innocenza. Da allora spesso telefonava a quel poliziotto che durante l'arresto gli aveva risparmiato le manette, lo aveva trattato con grande educazione ed umanità, gli aveva fatto capire che stava svolgendo il suo dovere, ma che lui era contrario a quelle forme di umiliazione quando non fossero strettamente necessarie per la pericolosità o il pericolo di fuga dell'arrestato. Lo chiamava per chiedere un consiglio, per segnalargli un problema, per confidarsi nei momenti di indecisione o sconforto. E lui, il dott. Sorrentino, sostituto commissario addetto alla squadra mobile della questura dell'Aquila, lo stava a sentire sempre, quasi a compensare il suo doveroso arresto con successivi atti di disponibilità, anche perché, benché quello lo assalisse con il suo eloquio ansioso, in realtà quanto diceva e dichiarava era sempre finalizzato a chiedere o denunciare cose giuste.

«Addirittura una sparatoria... Un colpo solo è stato!» disse Mario

«Lo credo» disse Sorrentino «Pantagalli esagera sempre».

«Dopo la vicenda giudiziaria che lo ha coinvolto, è cambiato tanto» disse a sua volta Giovanni Ercolano.

E Sorrentino: «Dice che si sono svegliati tutti e sono usciti anche loro a vedere, ma... niente!».

«Immagino come avrà messo in ansia tutta la famiglia» disse Ercolano.

«Luca, il figlio, sta proprio crescendo» fu ancora la volta di Mario. «L'ho visto l'altra domenica giocare contro il Padova. Ha segnato due gol...».

«Ha appena vent'anni. Secondo me arriva in Seria A» sostenne Sorrentino.

«E' fortunato ad avere un figlio così» disse Ercolano, che non si può dire fosse soddisfatto dei propri, Sandro e Filippo, data la lentezza con cui procedevano negli studi.

«Già! Fortunato con il maschio... Ma con le femmine di casa!?...» fu Mario a stimolare la loro curiosità.

«Che vuoi dire?» disse Sorrentino

«Voci, niente di più che voci, ma sembra che Maria, sua moglie, si dia da fare» disse Mario.

«Ma dai» disse Sorrentino «A me sembra una che pensa solo al suo lavoro alle Poste».

«Sarà...» disse Mario, sollevando la testa dubitativo. «Ma quando le voci circolano, magari non sarà tutto vero, ma qualcosa c'è».

«Ma perché dici le femmine di casa?» disse Giovanni Ercolano «Non mi dire che anche la piccola Erica...».

«Beh!!» disse Mario «Ha un solo fidanzato da quattro anni, dall'inizio del liceo. Ma sembra che abbia anche diverse fidanzate».

«Ecco fatto! Sai tutto tu» concluse Sorrentino. «Sbrighiamoci a prendere 'sto caffè, che oggi arrivano trenta migranti. Andiamo va!».

E si avviarono verso la questura.

*Fiume che scorri
tra mille inganni
dopo lo sparo
fa che si calmi
il borgo amaro
ed assonnato:
dagli il riposo
tanto bramato.
Tanto rumore,
tanta paura
non sono segni
di una sventura.
Un solo colpo
non dice niente
anche se inquieta
tutta la gente.
C'è chi riposa,
chi fa l'amore,
chi non riesce
a placare il dolore.
Chi torna tardi
e non s'accorge
di tutto quanto
ora non scorge.
Ma se domani
tornerà il sole
a illuminarlo
col suo splendore,
il borgo dolce
sveli i sospetti:
chi è in pace sogni
chi la fa aspetti.*

II

Da quando erano arrivati gli invasori, come lui li definiva, Felice Vendipietra non dormiva più.

Aveva scelto quel posto sulle rive dell'Aterno per dare un senso alla vita. Finalmente aveva trovato, nella coltivazione dello zafferano, la ragione della sua esistenza e la sua chance. Anche perché a lui piaceva andare controcorrente. Dopo Tangentopoli, quando il mondo economico e le imprese si erano fermati per consentire ai magistrati di pulire le mani alla nazione, lui aveva messo su un'impresa edile, ovviamente destinata al fallimento. Invece subito dopo il terremoto del 2009, quando il lavoro nella città era ripreso con la ricostruzione, lui aveva chiuso l'impresa ed era andato a vivere in quel casolare di campagna, donatogli dallo zio Giulio, per dedicarsi ai campi, ma soprattutto alla coltivazione dell'oro rosso. E sembrava finalmente aver ritrovato se stesso in quel mondo tutto nuovo. Aveva lasciato quel centro devastato ed abbandonato, quel silenzio di morte, quei vicoli e stradine bui, seppelliti dalle macerie, per andare a vivere in un altro silenzio, ma fatto di sole, di vita e di natura, anche se di fatica e di lavoro. Si alzava presto al mattino per arare, fresare, estirpare e rullare, col suo trattore o con il più piccolo motozappa, e gli piaceva sentire sulla pelle e respirare quell'aria umida e quel profumo di erba fresca che veniva dal fiume. Poi il pomeriggio andava a pescare le trote con l'esca artificiale, per evitare di inquinare con camole e bigattini, percorrendo chilometri sulle rive dell'Aterno. La sera poi, ancora nei campi a pulire e rastrellare, e la cena con pane, formaggio, i prodotti della sua terra ed un bicchiere di vino buono. Poi, prima di dormire, gli piaceva leggere i libri classici, da cui era solito trarre lo spunto per dotte e saccenti citazioni.

«Quando bisogna fare un tuffo nell'acqua, è inutile rimanere a contemplarla dalla sponda» disse citando Dickens, mentre passavano Michela e Giulia D'Alessandro.

«Buongiorno, signor Felice, sentito stanotte?» chiese Giulia, per sviare quelle che pensava fossero avances rivolte a lei o alla sorella.

«Un botto, certo» rispose Felice «Sarà stato un aereo».

«O uno sparo» disse Giulia.

«Tanto qui ormai, da quando siete venuti voi, non si dorme» replicò Felice.

«Si, ma stanotte dev'essere successo qualcosa» disse ancora Giulia.

«Serve la pressione per far esplodere la polvere» replicò Felice, continuando con le sue citazioni, questa volta dal Conte di Montecristo.

«Perché? Sa qualcosa?» intervenne Michela.

«No. Dicevo per dire. Con tutto il casino che fate in questo posto, prima o poi qualcosa succederà».

«Ma dai, Felice, quale casino? Siamo tutta gente per bene e silenziosa» disse Giulia «E' lei che non ci vuole qui, perché siamo venuti a disturbarla. Ma lei deve cambiare! Qualche sera deve venire a cena da noi. Magari ci porta un po' delle sue verdure e anche un po' di zafferano così le prepariamo il risotto alla milanese».

A Giulia piaceva quell'uomo rude ma colto, quel cinquantenne dal fisico asciutto, muscoloso e bruciato dal sole, quell'uomo spavaldo, ma solo. Le infondeva insieme tenerezza e voglia di sesso. Insomma ogni volta era attratta da quell'uomo. Ma sapeva che non poteva. Non poteva dedicarsi ad altre persone al di fuori delle sue sorelle, di cui si sentiva mamma e papà. Eppure questa era già la seconda volta che aveva invitato a cena quell'uomo, quasi d'istinto, quasi seguendo un'irrefrenabile voglia di scoprire di più, di sapere di più, di conoscere quale vicenda della sua vita, quali fatti del suo passato lo avessero indotto a volersene stare così da solo.

E la scusa, quella sicura scusa addotta a pretesto del rifiuto del precedente invito, il non poter andare per impegni in città, aveva ancora di più acceso la sua curiosità. Ora ci aveva riprovato, senza pensare, come se le parole fossero uscite da sole tanto da meritarsi uno sguardo assassino da parte di Michela.

«Vedremo» rispose Felice «Vedremo una di queste sere» e lasciò cadere l'invito, evasivo.

Lo lasciarono mentre saliva sul trattore che, scoppiettando e fumando, riempì di sé la fresca aria del mattino…

Davanti all'officina, con il solito bacio, Giulia salutò Michela. Questa aprì la serranda per consentire alla sorella di prendere la macchina per recarsi a scuola. Ma prima tirò fuori due Vespe 50 che erano lì in riparazione. Partita la sorella, Michela iniziò a pensare al lavoro di alta chirurgia meccanica che l'avrebbe impegnata nella giornata: l'asportazione del f.a.p., il filtro antiparticolato, da una macchina di grossa cilindrata.

Giulia come sempre arrivò a scuola con un'ora di anticipo rispetto all'inizio delle sue lezioni che partivano dalla seconda ora. Le serviva per organizzare la giornata lavorativa ma anche per la correzione dei compiti, e sicuramente per le attività extra didattiche che il preside di solito le affidava. Il preside preferiva fare ricorso a lei quando c'era qualcosa da fare di più dell'ordinario, sia per evitare le solite polemiche e contestazioni che provenivano dagli altri professori, sia perché lei era veramente brava. Infatti Giulia, professoressa di lettere di liceo all'Aquila, aveva un senso innato della disponibilità, del dovere e dell'educazione e per questo era stimata da tutti. Ma soprattutto sapeva lasciare dietro la porta del Liceo i suoi problemi di famiglia senza genitori.

Al suo ingresso il bidello la salutò con il saluto romano, a conferma della sua autorevolezza, perché Giulia, dai capelli lunghi e neri, dagli occhi neri e profondi dietro gli occhiali da intellettuale, dall'aria buona, soave, tenera e dolce, era sicuramente forte e determinata nel gestire la disciplina dei suoi alunni, ottenuta e costruita più con il peso ed il valore delle parole, che con isterismi e grida. E se quel saluto poteva sembrare buffo, antiquato e fuori luogo a chi lo avesse visto e sentito per la prima volta, ripetuto ormai nel tempo si sostanziava come attestato di stima e di affetto.

Trascorsa mezz'ora dall'arrivo di Giulia, il bidello tornò a trovarla nella sala professori per dirle che il preside la pregava di sostituire il professore di matematica, ingegner Antonio Attanasi, nella classe prima C, dato che non s'era ancora visto e stava tardando.

Aveva ormai completato la correzione del compito in classe sulla poesia di Cesare Pavese *Verrà la morte e avrà i tuoi occhi* e si recò subito nella prima C.

Tenne desta l'attenzione della classe dedicando il tempo rimasto all'analisi sociologica della aggressività umana del dopo partita, e cioè se questa fosse in qualche modo scaricata e quindi neutralizzata nel tifo allo stadio ovvero se fosse alimentata proprio dall'esasperazione di questo.

Quando suonò la fine della prima ora, si recò nella terza C.

Nell'attesa della prof., in classe i ragazzi se ne stavano tranquilli.

Appena entrata, diede vita alle attività consuete. Abate: 6; conoscenze: sufficientemente corrette; abilità: applicazione corretta delle conoscenze; competenze: valutazioni personali svolte con autonomia. Battaglia: 5; conoscenze: incomplete e superficiali; abilità: difficoltà nell'analisi dei problemi; competenze: trattati parzialmente gli aspetti essenziali. Brizi: 8; conoscenze: corrette ed approfondite; abilità: esposizione chiara; terminologia: appropriata ed esame corretto dei problemi; competenze: buone le valutazioni personali ed autonome... La professoressa Giulia era solita passare essa stessa tra i banchi per restituire i compiti in classe e spiegare ad ogni singolo studente gli errori commessi e la conseguente valutazione.

Quindi iniziò a spiegare a tutti di chi fossero quegli occhi che Cesare Pavese paragona a quelli della morte.

Ma il cellulare le squillò

Sconosciuto. «Pronto?!» «Pronto!?». Nessuno rispose. Riattaccò.

Non era solita rispondere ai numeri anonimi, ma questa volta era prevalsa la curiosità di sapere chi mai potesse importunarla durante le lezioni scolastiche.

La curiosità si accentuò quando di nuovo il telefono squillò e sul display si visualizzò ancora *Sconosciuto*.

«Pronto?! Chi è?!» disse Giulia

La voce giunse lontana, appena percettibile, dentro un insieme di suoni e rumori flebili ma continui.

«Ho spa-ra-to io» disse lo sconosciuto.

Giulia si sentì mancare ed un brivido, un unico brivido la percorse dalla gola allo stomaco.

«Ma chi è?!» ripeté Giulia

E quella voce «Ho spa-ra-to per te» e poi nulla.

Giulia continuò a chiedere chi fosse, ma quello aveva ormai riattaccato.

Scossa da quella telefonata, Giulia andò dal preside e chiese di potersene tornare a casa giacché non si sentiva bene.

Il preside non poté non concederle il permesso, anche se a malincuore sapendo che avrebbe avuto in quella giornata due docenti da sostituire e non sarebbe stato facile.

*Occhi che aspettano
alba e tramonto,
occhi che scrutano
intorno al mondo.
Occhi si chiudono
e non ci credono
a quanto è certo
a quanto vedono.
Occhi si posano
sulla natura:
la terra è calda
la terra è dura.
Occhi rivedono
il tempo andato:
nulla era bello,
nulla era amato.
Occhi che sanno
parlare al cuore
con la dolcezza
delle parole
e se per caso
sono respinti
mai saran persi
mai saran vinti.
Occhi nel panico
dell'imprevisto
e quel messaggio
non è benvisto.
Occhi che affondano
in quella sorte,
occhi spietati,
occhi di morte.*

III

«*Temé*» disse Giulio Vendipietra al nipote Felice «*Sci fatto ssi quattro sulichi che me pareno le Svòte di Popoli[1]*».
«In effetti sono venuti un po' storti» rispose Felice «Ma oggi non è giornata...»
«*E che sci fatto?*» chiese Giulio, che era venuto a trovare il nipote ai campi, come faceva spesso da alcuni anni, da quando gli acciacchi dell'età gli avevano consigliato di cedere la proprietà a Felice, suo unico erede ed a rassegnarsi alla più comoda vita della città.
«Stanotte s'è dormito poco. Troppo casino da queste parti. Sembra che qualcuno abbia anche sparato».
«*O Gesù! Chi hanno ccisu?*».
«Boh!? S'ammazzassero tutti tra di loro, così la smettono di rompere i coglioni».
«*Però a sse du quatrane[2] 'na bottarella ce ulesse. Dì lu 'ero[3] a Zi' Giulio*» disse al nipote lo zio che, arrivando ai campi, lo aveva visto parlare con le sorelle D'Alessandro.
«Così poi ti si appiccicano e addio tranquillità» rispose Felice.
«*Tu sci comm'a quiji che dicono che chi pijjia mojje sta cuntentu 'nu jornu, chi ccie ju porcu sta cuntentu n'annu*» insistette Giulio «*Ma non sò pe ji ciucci ji confétti*».
«A zio» disse Felice «Alla tua età, queste cose fanno male».
«*Ogni matina, quanno me rizzo da ju lettu, vard'a zìeta e prego: O Core de Gesù, fa che non me la 'a cchiù. Apò vajo fore e vedo tante belle quatrane e allora me refaccio n'atra*

---

[1] Le curve, le svolte di Popoli
[2] Ragazze
[3] La verità

deoziò⁴: O Gesù, me sci leato le forze, leame pure ju penziere».

«Come mai stai qua?» chiese Felice per sviare il discorso e non far sentire le pulsioni di suo zio ad eventuali passanti.

«*M'ha mannatu zìeta. Tà fa ju minestrò. Che mme po' à?*».

«Ti posso dare le fave, un po' di patate, i piselli e i broccoli, se li vuoi. Altro, per il momento non ho».

«*E allora 'amme chello che té. Ma 'amme 'na mani fino alla ppo-ppò⁵ ca tengo tutta la schina rotta*».

Felice riaccompagnò lo zio fino alla macchina lasciata da questo sulla strada adiacente il campo.

Lo vide ripartire con una manovra incerta e si chiese se fosse stato giusto che, a quell'età, gli avessero rinnovato la patente di guida. Ma Giulio non aveva patologie evidenti che gli impedissero di guidare, anche se il venir meno dei riflessi e la limitazione dei movimenti certamente non garantivano dal rischio di eventuali incidenti con danni a se stesso ad a terzi.

La revoca della patente di guida sarebbe stata invece per lo zio come una vera e propria condanna al carcere duro prima e poi alla morte. Uomo di campagna da sempre, era vissuto praticamente all'aria aperta ed oggi soffriva quella condizione di recluso dentro gli stretti muri di un palazzo in condominio. Suo unico mezzo di evasione era l'automobile, una vecchia Prinz del 1960, con la quale si allontanava dalle carceri casalinghe per uscire alla ricerca degli amici ormai dispersi nei vari angoli-bar dei centri commerciali o in qualche ritrovo ed in qualche cantina dei paesi limitrofi, dopo che il terremoto del 6 aprile 2009 aveva fatto del centro storico un grande cantiere in ricostruzione.

E spesso con una scusa veniva a trovare Felice, a tutte le ore del giorno e della notte. Infatti capitava che anche di notte

---

⁴ Preghiera
⁵ Macchina

si presentasse a casa di Felice, perché di ritorno a casa da qualche paese o per essersi azzuffato con la moglie.

La moglie di Giulio era un'anziana signora della vecchia nobiltà aquilana. Non era stata bella ed era piuttosto riservata: requisiti per restare zitella in casa dei genitori fino a tarda età, quando aveva accolto la richiesta di matrimonio di Giulio più per l'esigenza di non continuare a gravare ancora sulle scarse risorse economiche di quella famiglia della nobiltà decaduta che da una vera volontà di unirsi ad un uomo.

Giulio invece aveva iniziato a pensare che sarebbe stato meglio, nell'approssimarsi della vecchiaia, trovare qualcuno con cui condividere, in quel territorio sul fiume Aterno, i prodotti dei campi e gli acciacchi.

E così si sposarono quando ormai la natura non gli concedeva più il dono dei figli.

E forse fu per questo che la moglie esercitò sul marito il naturale istinto di madre e il figlio/marito subì con amore e devozione quella pressione.

Ma subisci oggi subisci domani, col tempo anche la pazienza del suddito Giulio a sottostare ai ferrei comandi della rigida moglie si arrese e lasciò il posto alle sue fughe giornaliere. E così, già ai tempi della loro vita sulle sponde dell'Aterno, ma soprattutto quando successivamente, lasciata la campagna, si trasferirono nella più comoda città, Giulio ogni giorno saliva a bordo della sua Prinz per ritrovare i suoi spazi di libertà lontano dalla moglie.

Quindi alla privazione della macchina Giulio non avrebbe retto e ne sarebbe morto.

Partito lo zio, Felice tornò ai campi, ma riprese a fatica il lavoro. Una strana inquietudine lo avvolgeva. C'era qualcosa che turbava la sua serenità. Se era lo sparo della notte, l'inquietudine del Borgo, l'incalzare di Giulia o le parole dello zio non riusciva a capire. Sentiva solo che qualcosa dentro lo rattristava. E con questi pensieri riprese ad arare.

Cosa succede?
Chi son le prede?
Cosa traspare
senza parlare?
Lungo le sponde
sopra la terra
tra i solchi asciutti
dentro la serra
nessuno ha visto
nessuno sa
quello che accade
quel che accadrà.
Tutto ritorna
nelle sue righe
come fa il grano
con le sue spighe
come fa il fieno
con la sua paglia
come la luce
del sol che abbaglia
quando dal monte
giunge la notte
e l'orizzonte
tutto inghiotte.
Nulla è accaduto?
Tutt' è tranquillo?
Lo dice il mago?
Ne parla il grillo?
Intanto muore
quel gran boato
sotto il rumore
del vivo aratro.

IV

«Dottore, c'è di là una delle sorelle D'Alessandro. La faccio entrare?» disse Ercolano a Sorrentino bussando e sporgendo la testa dalla porta socchiusa dell'ufficio al primo piano della questura dell'Aquila.

«Certo».

Sorrentino conosceva Giulia D'Alessandro sin dai tempi dell'incidente dei genitori quando prestava ancora servizio nella polizia stradale. Ricordava bene quel giorno quando spettò proprio a lui portare la notizia a lei ed a Michela. Poi si erano rivisti più volte, in giro o in qualche centro commerciale, e capitava talvolta che le chiedesse come andava con le sorelle. Paradossalmente, entrando, Giulia le sembrava quasi più scossa di quel giorno. Era pallida e nervosa, e lo salutò con un sorriso spento.

«Buongiorno dottore, sono veramente sconvolta».

«Mi dica, Giulia, che le è successo?».

«Stanotte, davanti casa all'Aterno c'è stato uno sparo» disse Giulia.

«So tutto, mi hanno informato» rispose il sostituto commissario «Ma sembra che nessuno abbia visto niente. E poi non è stato segnalato nessun ferito, nessun morto».

«Si, però poco fa ho ricevuto una telefonata…» e Giulia raccontò quello che aveva sentito poco prima mentre era a scuola.

«Il fatto che qualcuno le abbia detto di aver sparato per lei, non significa che qualcuno è stato ammazzato. Potrebbe solamente aver esploso un colpo per una bravata» disse Sorrentino e aggiunse «Oppure potrebbe essere un mitomane. La notizia dello sparo stamattina si sta diffondendo, soprattutto nel suo quartiere e nelle vicinanze, e qualche imbecille potrebbe aver telefonato per rivendicare a sé lo sparo».

Ma Giulia non sembrava soddisfatta delle spiegazioni di Sorrentino. Quella voce non le era piaciuta affatto, non sembrava uno che volesse scherzare.

«Per favore, dottore, ci protegga. Ho paura per me e per le mie sorelle».

«Non si preoccupi, Giulia. Controlleremo e vigileremo su tutta la zona».

Appena uscita Giulia, Sorrentino chiamò Ercolano: «Oggi dobbiamo passare dalle tue parti. Vediamo se qualcun altro ha visto e sentito».

Intanto al piano terra della questura Mario era alle prese con i suoi problemi di lavoro.

Da quando gli era stato tolto l'incarico di economo ed era stato trasferito all'ufficio stranieri le cose erano cambiate.

Essere stato il responsabile dei beni mobili ed immobili della questura gli aveva conferito importanza, ma anche autonomia. Gli era piaciuto procedere alla gestione della spesa per far fronte ai bisogni ed alle necessità giornaliere del suo ufficio e soprattutto aveva sentito l'importanza dei rapporti con i gestori dei negozi e delle ditte locali a cui si era rivolto. Negli ultimi anni però le cose erano diventate più difficili e meno coinvolgenti. L'obbligatorietà del ricorso al mercato elettronico aveva spersonalizzato il suo lavoro, dovendo fare ordini soltanto telematicamente. Ma lui si era chiesto se fosse giusto penalizzare l'economia locale che tanto aveva bisogno di ripresa dopo il terremoto. Ed allora aveva trovato un modo, un compromesso che, secondo lui, poteva salvare capra e cavoli. Richiedeva i preventivi alle ditte locali e, solo se questi erano d'importo maggiore rispetto a quello del mercato elettronico, utilizzava le convenzioni di quest'ultimo, altrimenti inviava gli ordini di acquisto alle ditte aquilane, o comunque dell'Abruzzo, se non ce ne fossero state all'Aquila per la fornitura dei prodotti e dei servizi necessari.

Tuttavia questa cosa non era piaciuta ai suoi superiori, che lo avevano sollevato dall'incarico e lo avevano trasferito all'ufficio stranieri.

Qui Mario proprio non si trovava. Oltre a non sentirsi capace di gestire il contatto diretto con il pubblico, la gente in fila, l'esercito dei postulanti, come lui li definiva, anche per le difficoltà di comunicazione che finivano per complicare quel lavoro allo sportello, non gli andava proprio giù che il suo capo dovesse essere non un dirigente, ma un suo pari grado, un ispettore, solo che questi, essendo funzionario di polizia e non un amministrativo come lui, in questura contava di più.

«Permesso soggiorno solo dopo nulla osta sportello immigrazione in prefettura» disse Mario all'interlocutore in quel momento davanti allo sportello «Far fare richiesta da tuo datore lavoro».

«Io non avere datore lavoro» rispose l'immigrato.

«Allora niente lavoro, niente permesso» disse ancora Mario «Tu tornare tuo paese».

«Se io torno mio paese, me fare festa».

«E che sei venuto a fare allora in Italia? Se stavi bene lì, potevi risparmiarti questo viaggio pericoloso».

«Io non bene lì» disse l'immigrato.

«Ma se sono contenti che torni e ti fanno festa...».

«No festa... festa, ma festa... taglia testa» disse quello spalancando gli occhi.

«Ah beh..., ho capito!» disse Mario «Allora devi andare all'ufficio per i rifugiati e richiedenti asilo. Fatti accompagnare da un avvocato».

«Chi c'è ancora?» Mario guardò nella sala, ma nessuno si muoveva verso lo sportello.

Ad un angolo della sala d'aspetto, un bimbetto nero, sui cinque/sei anni, piangeva e tutti lo guardavano.

«Dove sono i suoi genitori?» chiese Mario.
Nessuno si fece avanti. Nessuno rispose.
«Stai a vedere che stamattina mi tocca pure questa rogna...» pensò.
«Non ci sono i genitori?» chiese di nuovo «Come ci è arrivato qui questo ragazzino?».
Nessuna risposta.
«Vabbè» pensò ancora «Ora chiamo gli agenti all'ingresso e se ne occupino loro».
E così fece.
Ora che cosa sarebbe accaduto a questo bambino? In primo luogo gli agenti, tenendolo in questura presso di loro, avrebbero fatto immediate indagini, anche con l'ausilio delle volanti, per vedere se ci fosse stata traccia dei genitori nelle vicinanze. In caso di esito negativo, avrebbero segnalato immediatamente il problema al giudice tutelare, alla procura ed al comitato per i minori stranieri chiamato a vigilare sul riconoscimento dei diritti sanciti dalla convenzione di New York sui diritti del fanciullo del 1989. Da qui poi l'affidamento ai servizi sociali del comune per mantenere quel minore non accompagnato in un luogo sicuro. Dopodiché quel bimbetto sarebbe stato affidato temporaneamente ad una famiglia o ad una comunità, fino al giorno in cui, con l'apertura delle procedure di adozione, si sarebbe potuto ridargli nuovi amorevoli genitori. Fino a quando questo piccolo neocittadino italiano sarebbe diventato un forte atleta, un bravo calciatore, in sostanza un nuovo Balotelli.

Lucia atterrò all'aeroporto di Pescara alle 16.45 con il volo AZ 1243.
«Chi pensa che le hostess facciano una bella vita è un imbecille» pensava, mentre l'aereo rullava ancora sulla pista in attesa di fermarsi. «Una vita di orari assurdi e levatacce, come

quella di stamattina dall'Aquila a Pescara in macchina, per stare sull'aereo delle 7.30 per Milano. Una vita in continuo movimento. Troppo tempo in viaggio. E le mie colleghe dicono che sia questo il motivo per cui non riesco a mantenere una relazione stabile. Boh?! Sarà! Io con Mario ci sto bene e ci voglio restare. E non voglio lasciare né lui, né il lavoro».

Certo fare la hostess le piaceva. Aveva girato il mondo. Ricordava i primi voli e quella strana sensazione di vedere, durante la fase di decollo, le strade della città farsi sempre più piccole e le macchine diventare prima modellini, poi formiche ed infine sparire alla vista. E poi non c'era sensazione più bella, immagine più bella dei tramonti visti dall'aereo, del mare di nuvole che l'aereo sfiorava, quegli spettacoli indimenticabili visti da lassù. Lo stipendio era buono, ma certamente non la pagavano per divertirsi. Il lavoro era duro. E fatto sempre con il sorriso sulle labbra e la cortesia, la gentilezza e la disponibilità verso i passeggeri. C'era da provvedere all'accoglienza, mostrare le norme di sicurezza per il decollo, l'atterraggio e le situazioni di emergenza, distribuire giornali, cibi, bevande, profumi, ed altro. Ma anche l'ingrato compito di controllare i sacchetti e vedere se ce n'erano ancora di usati e non svuotati.

«E il sesso in volo?!» diceva tra sé Lucia mentre entrava in macchina per tornare all'Aquila «Il cosiddetto Mile Higt?! E' come l'abbigliamento intimo. Nell'immaginario collettivo si pensa alle hostess con le autoreggenti indossate sotto il tailleur. In realtà, noi proprio per il lavoro che facciamo e per lo stare spesso in piedi, usiamo spesse calze contenitive e scarpe comode. Così il sesso in volo. Qualcuna che ci ha provato è stata licenziata, ed a me piace farlo a casa, con Mario».

Vola vola vo'.
Vasa lu pavo'.
Vola vola vo'
co ju còre bo'.
Pur chi sta a terra
dentro il suo letto
non vuole odio
non vuole guerra,
cerca soltanto
d'esser protetto
dal male impavido
e maledetto.
Ma quel gran botto
resta sospeso
sul rio violato
e vilipeso.
Lui fece il mondo
e fece l'uomo
nel più profondo
per dargli un tono,
ma non lo fece
con il colore:
scelse soltanto
verbo d'amore.
Quel piccolino
sarà un gigante
crescerà sano
ed aitante
ma non avrà
neppure qua
l'amore vero
di mamma e papà.

V

«Settembre andiamo è tempo di migrare. Ora in terra d'Abruzzo i miei pastori, lascian gli stazzi e vanno verso il mare» ripeteva tra sé il sostituto commissario Sorrentino.

Come il percorso della transumanza descritto da D'Annunzio, si snoda il fiume Aterno che scende dai monti della Laga, attraversa la piana a nord della città dell'Aquila, si incassa nelle splendide gole di San Venanzio, si unisce nei pressi di Popoli al Pescara, e con questo nuovo nome sfocia nell'Adriatico.

Mentre scendeva verso la piana Sorrentino vedeva questo lungo serpente di pioppi, salici ed arbusti attraversare tutta la conca dell'Aquila e quei terreni in parte coltivati, in parte incolti, dove un tempo mulini, chiuse e cartiere stavano a testimoniare come la ricchezza dell'acqua avesse un valore ed un ruolo importante per gran parte della gente. Oggi invece sembra che quel fiume che lambisce la città se ne stia un po' in disparte e non abbia con essa alcun legame, anche se c'è chi ritiene che proprio per quella ricchezza idrica sia stato dato il nome al borgo Acquili, e quindi alla Città dell'Aquila.

Il nuovo quartiere Aterno era dunque sorto, dopo il terremoto, in quel posto distante dalla città, tra la vegetazione di sponda del fiume e la pianura, e qui il nuovo insediamento di villette e giardini creava da lontano l'effetto di un'oasi di vita nella solitudine dei campi.

«Però» rifletteva Sorrentino «se quella luce e quei colori del giorno facevano pensare alla vita, l'oscurità e la solitudine della notte non potevano non far pensare alla morte».

Ma finora non era morto nessuno, o almeno non c'era stata nessuna scomparsa che lo potesse far sospettare, nessun ritrovamento che lo potesse attestare. C'era stato solo quello sparo, di notte, che aveva fatto svegliare gli abitanti del quartiere, che aveva creato inquietudine proprio per la posizione isolata e chiusa di quelle case, dove non c'era transito di macchine, dove non c'era passeggio, dove occasionali ed imprevisti fatti potevano venire solo da coloro che lì abitavano. Ed era difficile che nel cuore della notte qualcuno si fosse potuto divertire a sparare. Né poteva trattarsi di un episodio di caccia abusiva, data la vicinanza delle case, e neppure l'uccisione di un cane o di un gatto, dato che nessuno aveva detto di aver visto una qualche carcassa.

Certo! Potevano aver sparato senza colpire, ed in tal caso non vi sarebbe stata traccia di animale, e questa poteva essere un'ipotesi, ma c'era la telefonata fatta a Giulia. Anche se si fosse trattato di un mitomane o di uno scherzo, comunque la cosa non era da sottovalutare. E per questo era lì a cercare di acquisire maggiori informazioni. Peraltro lo aveva promesso a Giulia.

Percorse la via Mausonia fino al bivio della strada senza uscita di accesso al Borgo Aterno, dove girò. Giunse al borgo intorno alle 17.00 del pomeriggio. All'altezza del fiume la strada non prosegue ma curva a sinistra per costeggiare le prime case ad est del borgo, percorrere poi tutto il suo perimetro e quindi girare a destra per risalire tra il tratto di fiume e le abitazioni.

Tra le prime case trovò aperta l'officina di Michela. Era intenta a lavorare intorno ad una Vespa 50 e non si accorse che la macchina del sostituto commissario si era fermata sulla strada davanti all'officina.

«Buonasera» salutò il sostituto commissario scendendo dall'auto.

Lei si girò di scatto e impresse negli occhi Sorrentino i suoi di tigre e di cerbiatta.

Lui restò colpito da quegli occhi belli e vispi che contrastavano con quella figura goffa, fatta di salopette di jeans tutta strappata e sporca di grasso nero, scarponi, camicia a quadri verde e bianca, anch'essa annerita dall'olio, e coppola in testa.

«Buonasera» rispose Michela.

«Non so se lei si ricorda di me, sono il sostituto commissario Sorrentino».

Lo ricordava. Ma era come un sogno lontano, un ricordo consumato dal tempo. Era stato lui quella sera a portare a lei ancora ragazzina ed alla sorella Giulia la notizia della morte dei genitori. E ora lo ricordava con un certo senso di fastidio, quasi di malessere. Ma sapeva che quel poliziotto non aveva fatto altro che il suo lavoro e che quell'adempimento di sicuro neppure a lui era piaciuto. Ma qualcuno doveva pur farlo, ed anzi ricordava che era stato affettuoso con lei, stringendola a sé.

«Mi dica, commissario. Che problemi ha?».

«No. Non sono qui per la macchina» disse Sorrentino «Ma volevo sentire qualcuno del borgo per lo sparo di ieri sera».

«Oggi è stata una giornata dura» fece Michela «Ho dovuto lavorare tutto il giorno su quella macchina». Ed indicò l'Audi nel garage.

«Ora finisco anche questa Vespa» continuò «Devo riconsegnare tutto questa sera. Come vede io non trattengo qui i mezzi, anche perché non ho molto spazio. Sembra che io abbia poco lavoro. Ma in realtà a me piace essere puntuale con i clienti. Io do loro l'appuntamento e riesco a servirli in una giornata al massimo».

Sorrentino vide che in effetti c'erano solo due macchine (l'altra era della sorella di Michela) e la Vespa e pensò che quella ragazza così facendo si dimostrava rispettosa ed onesta con i propri clienti, evitando loro attese e lungaggini interminabili per avere le riparazioni richieste.

«Se mi aspetta, in appena dieci minuti avrò finito» disse Michela.

Intanto Sorrentino ne approfittò per chiamare la questura.

«Ecco, ho finito» si rese libera Michela.

«Le chiedevo se anche lei ha sentito uno sparo stanotte e da dove le sembra che sia venuto».

«L'accompagno» disse Michela.

Così percorsero a piedi la strada che lambiva tutto il Borgo Aterno fino al fiume. Qui, svoltando a destra e risalendo il fiume, si fermarono tra questo e le case.

«Ecco questa è casa mia e delle mie sorelle» disse Michela «Eravamo a dormire, quando abbiamo sentito uno sparo come fosse stato dentro casa. Ci siamo spaventate e ritrovate tutte all'ingresso, ma non siamo uscite».

«Quindi lei non ha visto quello che potrebbe essere accaduto?» disse Sorrentino.

«No. Abbiamo avuto paura e nessuna di noi è uscita».

«Buonasera, commissario» si sentì la voce di Giulia dalla finestra.

Sorrentino vide Giulia che lo invitava ad entrare.

«Prego Commissario, venga a prendere un caffè».

Se c'era una sola cosa a cui Sorrentino non sapeva resistere e dire di no, era all'offerta del caffè.

Entrarono. Lui e Michela si sedettero nel salottino posto in un angolo dell'ampio salone-ingresso della casa, mentre Giulia preparava il caffè nell'altro angolo-cottura dello stesso salone.

«Quindi ha mantenuto la promessa ed è venuto» disse Giulia.

«Le ripeto che secondo me è stato qualcuno che si è voluto divertire a svegliare gli inquilini del borgo. E poi a chiamarla al telefono per completare lo scherzo» disse Sorrentino «Non penso neppure a qualcuno che volesse spaventarvi».

«Oltre alla telefonata di ieri, avete ricevuto, negli ultimi tempi, minacce o ricordate qualche episodio in cui vi è sembrato che qualcuno possa avercela con voi?» continuò.

«No. Decisamente no» dissero in coro le sorelle.

«Neppure vostra sorella Alba?» disse Sorrentino «A proposito dov'è?».

«Ieri notte è rimasta fortemente scossa ed ora è chiusa nella sua camera» rispose Giulia «Non vorrei disturbarla, altrimenti potrebbe tornare ad agitarsi».

«Ma ditemi» disse Sorrentino «Perché non siete uscite a vedere che cosa fosse successo fuori?».

«Sono stata svegliata dallo sparo» disse Giulia «Sono rimasta un po' a pensare che cosa potesse essere successo. Poi mi sono alzata e sono uscita dalla stanza. Dopo un po' è uscita anche Alba, e poi Michela. E ci siamo ritrovate tutte e tre spaventate nella sala grande. Abbiamo guardato dalle finestre. Nonostante il buio, qualcosa si vedeva perché erano accesi i lampioncini del giardino. Ma non ho visto nessun movimento, né altre cose. Non siamo uscite, anche per non creare maggiore apprensione ad Alba».

«Ma voi lasciate sempre le luci accese in giardino la notte?» disse Sorrentino.

«In realtà no. Penso che le abbiamo dimenticate accese dalla sera» disse Giulia «Chi avrebbe potuto accenderle?».

«Beh! In realtà no» fece Sorrentino «Un delinquente non avrebbe avuto ragione di farlo».

«Bene» disse Sorrentino «Grazie del caffè e speriamo che questa cosa sia stata solo un falso allarme».

Salutò le sorelle e si incamminò di nuovo a piedi per tornare a riprendere la macchina che aveva lasciato davanti all'officina di Michela.

*Che cosa scorre
lungo l'Aterno?
Che cosa accade
in quell'interno?
Dentro quel Borgo
va Sorrentino
in quel villino
ad indagare.
Ma non c'è scopo
buono o cattivo,
di quello sparo
non c'è motivo
che spinga ancora
ad accertare
cosa c'è dietro
a quell'affare.
Ma Sorrentino
non ti fidare:
dietro ogni cosa
si può trovare
chi la fa cotta,
chi la fa cruda,
quella coperta
e quella nuda.
Ma se non c'è
la soluzione
nella tensione
di quella gente,
lascia che scorra
senza insistenza
quello ch'è stato
nell'apparenza.*

VI

Aveva percorso neppure dieci metri, quando si sentì chiamare: «Commissario, commissario».
Da dentro la recinzione della villetta contigua e seduto sopra un albero il consigliere comunale Vincenzo Pantagalli lo chiamava e lo salutava.
«E' qui per lo sparo di stanotte?» disse Pantagalli, mentre ricopriva con il nastro adesivo un innesto appena effettuato tra due rametti della pianta di noci e scendeva dall'albero.
«E sì, ma sembra che sia tutto a posto» rispose Sorrentino «Non potevo non venire a vedere. Sennò poi lei mi si agita».
Come sempre, ancora una volta Pantagalli fu grato a quel poliziotto che stimava e rappresentava, nel mondo che lui ben conosceva delle istituzioni, una mosca bianca, l'appartenente ad una categoria di persone ormai in via d'estinzione.
Più perdeva la fiducia nelle cose, nel mondo e soprattutto in quella politica con cui era cresciuto e si era affermato, più sentiva il bisogno di ritirarsi all'interno della sua villetta. Cominciavano ad avere effetto su di lui le cose semplici, come l'orto di casa, che se lo tradiva era per qualcosa che non dipendeva dall'orto stesso, ma da eventi metereologici esterni che nessuno avrebbe potuto evitare.
Invece il tradimento, l'arte di fregare il prossimo erano cose insite nella natura stessa della politica, dove ormai non ci si poteva più fidare di nessuno.
Era più che persuaso che la politica avesse perso ormai di credibilità per il venire meno di valori importanti ed il perdurare di criticità irrisolte. Una di queste era senz'altro il trattamento economico dei politici, che creava sempre di più quel distacco tra quest'ultimi e la gente comune, che non si rassegnava ad accettare come questi si ostinassero a mantenere,

anche nei momenti di crisi, le loro alte retribuzioni ed i loro privilegi.

Ma la politica ormai aveva perso credibilità anche sul terreno dei valori più elevati come quello della democrazia.

Bastava vedere come i politici fossero sempre gli stessi. Come le segreterie di partito confermassero nelle candidature sempre gli stessi personaggi eletti, trombati e rieletti, sottraendo al popolo anche il potere della scelta dei loro rappresentanti, essendo questa imposta direttamente dai partiti politici. In una situazione del genere era più giusto dire che il potere era affidato ad una oligarchia ipocritamente mascherata da democrazia.

Il consigliere comunale Vincenzo Pantagalli rifletteva dunque sulla perdita del suo incarico di assessore per tutto quanto sopra, ed anche per tutte le denunce ingiuste ricevute durante il periodo del suo incarico, per la campagna denigratoria fatta dai suoi oppositori sul web, senza che avesse mai potuto avere un confronto nelle sedi istituzionali, senza che ci fosse mai stato un atto o un provvedimento a sua tutela e difesa da parte degli organi di polizia e della magistratura contro le calunnie e le falsità.

«Ma lei quanti colpi ha sentito?» disse Sorrentino.

«Ho sentito sparare» disse Pantagalli «ma dormivo, non ricordo bene, è tutto confuso. Avevo preso un tranquillante ed ho tardato a svegliarmi».

«E sua moglie?» disse Sorrentino.

«Maria non c'è. E' uscita con Erica e sta per tornare».

«No. Dicevo: anche sua moglie ha sentito più colpi?».

«Non lo so. Quando sono uscito in strada, Maria ed Erica erano già lì».

«Allora possiamo stare tranquilli?» disse Pantagalli, restando al di là della staccionata.

«Tranquilli e sereni» rispose Sorrentino «E comunque terremo questo borgo maggiormente sotto controllo. Farò passare più spesso la volante».

«Se entra, le offro un aperitivo» fece Pantagalli.

«Grazie. S'è fatto tardi e devo tornare in questura, prima di andare a casa» disse Sorrentino e si salutarono, pensando che, almeno per quella vicenda del botto, non si sarebbero rivisti.

Quel vento iniziato in serata non si placava. Mario Aprea tornava a casa dopo aver mangiato una pizza con i colleghi della questura per festeggiare il pensionamento del Sovraintendente Lombardi. Fuori città il vento sembrava ancora più forte e ad esso si unì una pioggia battente. Se fosse stato in una di quelle macchine scatolette, le Smart, forse avrebbe anche avuto paura. Ma la sua era ben salda sulla strada, benché ogni tanto sembrava che il vento la volesse spostare. Aveva sentito Lucia, che era già rientrata e forse dormiva, dato che anche l'indomani mattina avrebbe volato presto. Quando arrivò all'Aterno la pioggia ed il vento sembravano essere le uniche cose viventi in quel buio profondo. Per non inzupparsi portò la macchina fin davanti al garage. Lo trovò aperto, e questo lo inquietò. Ma la macchina di Lucia era dentro. Stava per entrare, quando udì un rumore come un veloce improvviso battipanni sulla sua destra. Trasalì e si spaventò. Ma poi capì che un rapace, forse un gufo, si era alzato dal cipresso a fianco della villetta e stava volando perdendosi nel buio.

La suggestione di quanto accaduto la sera prima stava ancora producendo i suoi effetti.

Cercò l'interruttore, ma la luce non si accese. Si diresse con la vista della memoria e nel semibuio verso la porticina interna di accesso alla casa. Era socchiusa. Tornò l'inquietudine, che aumentò quando vide che anche dentro casa la luce non c'era. Allora accese la torcia del telefonino. Ma proprio lì, con la luce verso terra, trovò una scarpa e la gonna di Lucia. La chiamò. Nulla. La richiamò. Nulla ancora. Con il cuore in gola si diresse verso la camera da letto. Inciampò in una sedia rovesciata a terra. Il cellulare gli cadde di mano e si spense. Si rialzò e subito aprì la camera da letto. Le finestre erano chiuse e gli avvolgibili abbassati: tutto era buio. Ma sentiva che qualcosa si muoveva sul letto. L'inquietudine divenne terrore che lo paralizzò.

Lo «scratch» di un cerino all'improvviso illuminò il volto di Lucia che lo guardava e sorrideva mentre accendeva una candela sul comodino. Poi altre candele accese man mano a scoprire quel corpo nudo sul letto che l'aspettava.

Il terrore si sciolse in emozione. Il corpo nudo della sua compagna, tanto amato e desiderato, non gli era apparso mai così bello.

Le si avvicinò, senza una parola, sedendole accanto sul letto.

Lei lo baciò intensamente e lungamente. Poi iniziò a spogliarlo togliendogli la maglia, la camicia, slacciando la cintura dei pantaloni fino a renderlo come lei, nudo e pronto all'amore.

Mario la baciò di nuovo, distendendosi accanto a lei e accarezzandole l'interno delle lunghe gambe che pian piano si aprivano e lasciavano salire quelle mani esperte.

Poi iniziò a baciarle il collo e quei forti capezzoli che al contatto si indurivano come lo spasmo di una conchiglia.

Mario era pronto, ma lei volle ancora aspettare.

Si chinò sul membro del suo compagno con le labbra dischiuse.

Mario non poté più resistere e le entrò tra le gambe, spingendo i colpi con forza, ma accarezzandole il viso, le braccia, il petto e baciandola con tenerezza.

E così raggiunsero insieme il piacere estremo guardandosi negli occhi e giurandosi, ciascuno nei suoi pensieri, l'eterno amore.

*Con gran passione,
tanta effusione
ed emozione
l'uno si sdraia
con la compagna,
l'altro ricorda
quella campagna
che non dà frutti
e fa tranelli.
Però se il tempo
sarà propizio
metterà a posto
tutti i tasselli.
Politicanti
strane persone
come gli amanti
hanno attrazione.
Ma tutto questo
che porterà
nel buio borgo
così lontano
dalla città?
Ansia e mistero,
promesse attese
lungo il sentiero
di quel paese,
che si fa oscuro
nella paura
di esser preso
certo e sicuro
dal fuoco acceso
della sventura.*

VII

Notte fonda e la luce che si squarciava intermittente ad ogni tuono sulle case dell'Aterno. La pioggia infrangeva il silenzio e le cime dei pioppi, con il suo lugubre brontolio che saliva, saliva man mano che aumentava l'intensità degli scrosci.
Una sassaiola di grandine iniziò a colpire i tetti e la terra e subito un manto bianco sinistro si spalmò sulla strada.
Il vento fischiava ancora una volta impazzito tra i vicoli e le piante e rumoreggiavano metalli scaraventati lontano.
E al rumore che non si placava si aggiungeva il ronzio del fiume che, come un vampiro col sangue, si alimentava di quel terribile maltempo e cresceva.
La paura è un sentimento sano che porta a proteggersi, ma in certi momenti non si può aver paura.
Quattro occhi in quel buio brillavano ad ogni lampo sotto i cappucci neri e grondanti.
Due figure avanzavano tra i pioppi dalla parte alta del fiume e portavano una cassa scura.
«Facciamo attenzione» disse la figura dagli occhi verdi intensi che perforavano il buio.
«Cantava De Andrè che a crepare di maggio ci vuole tanto coraggio» disse l'altra figura.
«Ma morire qui stanotte sarebbe ancora peggio».
Lambivano l'acqua tra la riva e la strada. Venivano avanti con l'inquietante passo leggero di chi procede e si nasconde, e si guardavano intorno per celarsi alla vista. Ma a quell'ora, in quella notte di pioggia e di tempesta, chi mai avrebbe potuto vederli nel buio pesto del quartiere isolato dell'Aterno?
Eppure da una finestra una tenda tornò al suo posto, ma loro non videro e proseguirono col pesante fardello.
«Ecco, è qui». Erano arrivati.

Restarono ancora per un po' lungo il fiume, coperti dalla vegetazione e dalla notte, poi decisero che potevano attraversare la strada ed entrare.

Una delle due figure, curvandosi fino a quasi sparire, svelta si portò davanti alla casa, la prima dopo il fiume, ed aprì la vecchia porta di ferro blindata. Poi tornò indietro a recuperare compagno e fardello.

Entrarono nell'atrio freddo, scuro come la notte, dall'odore di umido, polvere e legno marcio, e si diressero procedendo piano a tentoni verso la prima porta a destra. Aprirono la grande stanza cercando di far entrare la cassa tastando nel buio. Poi, una volta nella stanza, una di esse, restando nascosta sotto il cappuccio, accese la torcia del proprio cellulare che illuminò quell'enorme pavimento disseminato di casse.

Fuori, in una finestra di nuovo la tenda si mosse.

«Mettiamola qui, c'è ancora spazio» – disse la figura dagli occhi verdi.

Poggiarono a terra la cassa con cautela in una porzione di pavimento resa chiara dalla luce della torcia.

Spensero questa ancora prima di uscire e si diressero a ritroso verso quel fiume da cui erano venute.

La mattina dopo sembrò d'esser passati dall'inverno all'estate nel giro d'una notte, tanta fu la differenza tra quell'inferno appena trascorso ed il chiarore, la bellezza dei colori e soprattutto la vitalità della natura appena risvegliata. Non pioveva più, le nuvole avevano lasciato il posto ad un manto di cielo azzurro vivo, il sole splendeva ed asciugava la terra, tra le piante il fischio acuto e fastidioso del vento era stato sostituito dal coro dei cinguettii dei fringuelli, dei pettirossi e dei merli, anche se qualche gazza e qualche cornacchia aggiungevano il loro suono stridente e cercavano di ramazzare eventuali carogne lasciate dalla bufera.

Dal campo di terra bagnata il trattore di Felice Vendipietra immise il suo rombo sulla strada asfaltata, inzozzandola di zolle e si diresse verso il piccolo chiosco al centro del quartiere.

Qui Felice scese ed entrò tutto sudato.

Nel piccolo bar ogni mattina passavano tutti gli inquilini del borgo. Chi per il caffè, chi per le sigarette, chi per il giornale, chi soltanto per salutare.

Giorgia e Tommaso, i gestori del bar, non mancavano certo di simpatia ed avevano sempre un saluto ed un sorriso per tutti.

Al banco in piedi Vincenzo Pantagalli sorseggiava il suo caffè, senza fretta.

«Buongiorno, Felice» disse Tommaso «Anche se per te la giornata è cominciata da un pezzo, o no?».

«Io lavoro, io» rispose Felice «Non faccio mica il politico», e con il mento indicò verso Vincenzo Pantagalli.

E aggiunse: «Una spinetta, per favore».

«Mangiato forte già a quest'ora?» gli chiese Pantagalli.

«Politici o non politici, Franza o Spagna, purché se magna!» disse Tommaso, che in fatto di mangiare non era sicuramente secondo a nessuno. Infatti assomigliava ad uno di quei grassotti personaggi televisivi che fanno la pubblicità dei panettoni natalizi.

Giorgia invece, la moglie, seduta ed immersa nel display del cellulare, era tutta il contrario. Magra e piccola, appena le spuntava il viso dietro la cassa.

«Siedi al tavolo con me qui fuori, assessò?» disse Felice a Pantagalli «Ti devo parlare!».

Ed insieme uscirono l'uno ancora con la tazzina di caffè a metà e l'altro col boccale di birra appena riempito traboccante di schiuma.

Dalla finestrina inglese del chiosco Tommaso e Giorgia videro i due dapprima parlare vicini fittamente, poi Felice gesticolare con ampie aperture delle braccia, mentre Pantagalli con le mani unite sul tavolo e stringendo le spalle sembrava chiudersi sempre di più alla discussione.

«Non è che gli mena?» disse Giorgia a Tommaso.

«Tranquilla. Felice è esuberante, ma non è violento» rispose Tommaso.

«Ma che avranno da dirsi di tanto importante?» disse Giorgia.

In realtà Felice Vendipietra e Vincenzo Pantagalli avevano molto da dirsi. Felice aveva mal digerito di essere stato citato da Vincenzo come testimone nel processo che questi doveva sostenere per corruzione, abuso d'ufficio e altro. Aveva scelto di ritirarsi in campagna proprio per star fuori da tutte quelle cose che sapevano di burocrazia, di politica, di palazzi del potere e di intrallazzi vari. Eppure Vincenzo Pantagalli si era ricordato proprio di lui per dimostrare che il giorno che la polizia giudiziaria aveva indicato come quello in cui avrebbe ritirato presso il Comune alcune mazzette, in realtà lui era a Pescara, negli uffici della regione, con Francesco Cola, l'imprenditore che aveva avuto l'appalto per la realizzazione del quartiere Aterno. E Felice, che era andato lì per ottenere una tanto sospirata autorizzazione presso gli uffici dell'agricoltura, li aveva incontrati ed aveva preso a insultare Cola che si sarebbe dovuto vergognare: per la sua fame di soldi aveva rovinato un posto così bello e tranquillo, che invece la natura stessa aveva predestinato a far fiorire campi di zafferano e non insediamenti urbani.

«Ma che fine ha fatto quel figlio di puttana?» disse Felice.

«Non lo vedo da tempo» rispose Vincenzo.

«La casa qui al borgo ce l'ha sempre?».

«Penso di sì. Dove lo trova un posto migliore per portarci le sue giovani amiche?».

«Sta sempre lì. Vicino all'officina?».

«Quella è la villetta che ha lasciato per sé, dopo aver venduto tutto qui all'Aterno» disse Vincenzo Pantagalli e proseguì: «Pare che abbia appartamenti un po' sparsi ovunque, e non si sa mai dove stia. Hai ragione, è un bastardo senza scrupoli e lo dimostra quello che ha fatto quando ha realizzato questo quartiere. Io nutrivo fiducia verso di lui e per questo l'ho anche accompagnato negli uffici della Regione. Ma poi mi sono accorto che non ci si può fidare, è uno scapestrato, pensa solo a trovare i soldi per poterseli spendere con le puttane».

«Se le villette che vi ha costruito valgono meno della metà di quello che avete pagato, la colpa è vostra che non avete saputo controllare i lavori che stava facendo» disse Felice «E vi sta bene, perché siete venuti a rompere i coglioni a chi stava in pace».

«Comunque io al processo a testimoniare non vengo» proseguì Felice.

«E non lo puoi fare» rispose Vincenzo «Se non vieni, ti faranno una bella multa».

«Vedremo» concluse Felice e si alzò dal tavolo bevendo l'ultimo sorso di birra.

Giorgia e Tommaso li videro allontanarsi per strade diverse.

Appena dopo l'ultima curva la macchina prese a suonare e smise quando si fermò davanti alla casa delle sorelle D'Alessandro.

Gianluca, il fidanzato di Erica Ercolano, scese, aprì lo sportello, tirò avanti lo schienale della due porte e fece entrare Michela.

Finalmente, da quando Gianluca aveva preso la patente, Michela si sentiva un po' più donna, più considerata. Negli ultimi due anni era stata sempre lei a prendere la macchina per andare in centro, dopo essere passata a prendere prima Erica e poi Gianluca, che abitava in un'altra frazione fuori città.

Ora finalmente erano i suoi amici che passavano a prendere lei, per portarla come accadeva quasi sempre, a *Ju Capu*.

Per fare un aperitivo, per mangiare una pizza, o semplicemente per tirare fino a tardi si ritrovavano con gli amici di sempre in quel piccolo locale pieno di ragazzi e ragazze che aveva nelle strade adiacenti una quasi naturale prosecuzione. Strade e piazzette nei dintorni ogni sera erano disseminate di bottiglie di birra e di vino e, in mezzo ad esse, appoggiati ai muri, o seduti sui muretti, quei ragazzi si parlavano, si capivano, si sentivano parte di un mondo dove ogni cosa era giusta e senza pregiudizi.

Però quella sera quando loro arrivarono gli amici non c'erano e non c'era neppure tanta gente.

Ordinarono hamburger, patatine e birra e....

«Porca miseria, stasera gioca l'Italia» disse Gianluca.

«Ti sei pentito di essere uscito con noi?» disse Erica.

«No. Dicevo che per questo non c'è gente» rispose Gianluca «La partita a me non interessa, lo sai. Appena appena mi vedo le finali del mondiale».

«Però qui, senza nessuno è una noia...» disse Michela.

«Perché non ce ne andiamo da qualche parte?» propose Erica.

«Certo, ma dove?» rispose Gianluca «A quest'ora poi...»

«Andiamo sopra alle Rocche, e saliamo fino ai Piani di Pezza» propose ancora Erica «Lì non c'è luce e si vedono le stelle da vicino. Poi c'è un locale dove, se siamo fortunati ed è aperto, possiamo ancora bere qualcosa».

«Sì, perché siccome saliamo di qualche centinaio di metri, le stelle si vedono più vicine...» disse ironico Gianluca.

«Però è una buona idea» condivise Michela «Io non ci sono mai stata».

«E va bene» si arrese Gianluca, ed uscirono per andare dove avevano detto.

«Aspetta» Erica rientrò di nuovo nel locale.

Michela e Gianluca si guardarono interrogativi. Poi Erica uscì fuori con una cassettina di birra tra le mani… «Intanto mettiamoci al sicuro» disse e tutti risero.

«Queste ci terranno compagnia insieme alle stelle» assicurò «Però ora vado io dietro, perché voglio allungare le gambe sul sedile».

Quando giunsero ai Piani di Pezza, non c'era nessuno. Solo il buio e le stelle a fare da soffitto a quell'altopiano che nella più assoluta oscurità si intuiva lungo e profondo, circondato come una corona dal profilo delle creste dei monti di Campo Felice e delle cime del monte Velino.

E tutto era silenzio.

Gianluca aprì il tettuccio della macchina per meglio vedere le stelle da dentro l'abitacolo, perché le donne un po' di paura ad uscire lì in quel posto isolato dal resto del mondo e a quell'ora di notte l'avevano. Soprattutto Michela pensava alla possibilità che potesse arrivare qualche orso o qualche lupo che in quel posto sicuramente non mancavano.

Erica aveva aperto due birre e ne aveva passata già una a Michela e poi l'altra a Gianluca. E poi ne aveva preso una per sé.

«Quest'anno sto studiando astronomia. E' affascinante pensare a quelle cose così vive e lontane anni luce da noi. Eppure tante di quelle stelle che oggi noi stiamo vedendo, in realtà ora, in questo momento, sono già morte e spente» disse Erica, sporgendosi in avanti verso l'amica e poggiandole una mano sulla spalla.

«E' come per le cose belle e felici della vita: ti accorgi di loro quando non ci sono più» disse Michela, pensando al suo passato.

«Passa dietro che vedi meglio» chiese Erica a Michela, che saltò a fianco dell'amica sul sedile posteriore, mentre Gianluca era uscito a fare pipì.

«Io conosco solo l'Orsa Maggiore, quella Minore e la Stella Polare» disse Michela «Le altre non so proprio. Ecco forse Sirio, che è la più grande ed è quella che appare per prima la sera» E con gli occhi in su guardava incantata quel mondo di luce.

Erica guardava anche lei in su, ma guardava anche il viso di Michela che era in quel momento, col nasino in su, le poche lentiggini sul viso, gli occhi accesi ed il caschetto di capelli neri mossi dal vento, di una straordinaria bellezza.

Pensò quanto fosse bella l'amica, e che da tempo avrebbe desiderato baciarla, ma aveva sempre frenato quell'impulso per rispetto di Gianluca e per non rischiare di sentirsi rifiutata da Michela.

Ma quella sera c'era qualcosa di magico e di diverso. Quella sera sentiva che per loro tre non c'erano limiti od ostacoli. Quell'amicizia iniziata anni prima con il trasferimento al Borgo Aterno era diventata man mano negli anni, anche con Gianluca, solida come la roccia, ma soprattutto ora sentivano di essere padroni del mondo.

«Ecco, quello è Pegaso e quella vicino è la costellazione di Andromeda» disse Erica mentre orientava il volto dell'amica circondandolo con il braccio e carezzandole il viso.

Michela percepì quella inattesa carezza con un brivido che la scosse, ma non disse nulla. Non si aspettava questo dalla sua amica. Ma quel contatto di tenerezza e sensualità con Erica le era piaciuto.

Per questo si girò verso di lei e le sorrise.

Ed Erica subito la baciò.

Michela non aveva mai baciato una donna, ma non si sottrasse alla delicatezza ed al piacere di quel bacio e aprì le labbra accogliendo la lingua dell'amica. Si accorse poi che Erica aveva iniziato a carezzarle le cosce sotto la gonna corta.

Nel sentire i passi vicini di Gianluca le due donne si staccarono e, dissimulando un perdurante interesse verso il cielo, continuarono a descriverlo.

*Tempo inclemente
nell'aquilano,
tempo suadente
sull'altopiano.
Cosa nasconde,
quale mistero,
dentro la cassa
in quel sentiero
che si sconquassa
in quell'inferno
lungo le sponde
del fiume Aterno?
Traffici oscuri,
patti d'acciaio,
momenti duri
in quel vespaio.
Si sente intorno
quell'aria ostile
come se il giorno
nel nuovo vico
fosse un nemico
e fosse vile.
Ma nel risveglio
della bellezza
tutto riprende
felicemente
la sua dolcezza,
tutto rinasce
a nuova vita
tra quella gente
poco indulgente
e ancor smarrita.*

VIII

Sandro non riusciva a darsi una spiegazione. Lui non aveva problemi di insonnia. Dormiva sempre tranquillo e sereno. Però ogni volta che doveva alzarsi presto per andare a pescare, non riusciva a prendere sonno. E non c'era verso. Aveva sempre dormito, senza mai farsi prendere dall'ansia del sonno che non viene, tutte le volte che aveva dovuto affrontare un evento importante. Aveva dormito la notte prima degli esami di maturità. Aveva dormito ogni notte precedente quei pochi esami che aveva sostenuto finora all'università. Aveva anche dormito la sera che, dopo aver tanto desiderato la sua compagna di corso con cui si vedeva ogni mattina, finalmente aveva fatto sesso con lei. Eppure, ogni volta che doveva alzarsi presto per andare a pescare, la notte precedente non dormiva. L'ansia della preparazione, del coinvolgimento emotivo verso quella pratica, quello sport che per lui era una vera e propria passione, non lo facevano dormire.

E quindi anche quel lunedì mattina, che non era ripartito per l'università ma era rimasto a casa per andare a pescare con il fratello Filippo, vedeva scorrere il galleggiante lungo la correntina del fiume con quel po' di abbiocco, dovuto alla notte insonne. Però teneva ben ferma e salda nelle mani la sua bolognese, pronto a ferrare alla prima immersione del galleggiante, segno che il pesce, una trota o un'alborella, aveva abboccato.

Erano scesi a valle lungo la riva sinistra dell'Aterno ad un paio di chilometri da casa e si erano fermati dove il fiume curvava e creava dalla parte opposta un mulinello d'acqua di grande profondità che in parte era coperto dalla vegetazione di sponda della riva destra, costituita da arbusti, canne, erba e ninfee.

Stava quasi per chiudere gli occhi quando vide che il galleggiante, mentre percorreva la corrente estrema del fiume che lambiva la vegetazione sulla riva opposta, d'improvviso affondò. E lui immediatamente, scuotendosi dal torpore, diede la ferrata. Sentì un grande peso fare resistenza nell'acqua e pensò ad un enorme pesce, ma stranamente non dava quei colpi che normalmente danno le prede che non vogliono essere tirate fuori dall'acqua. Anzi sembrava venire su lentamente e pesantemente senza opporre resistenza. Poi vide emergere pian piano, arpionata, la parte superiore di una sfera bianca. Pensò ad una palla. Pensò di tirarla a sé, ma quella sfera si arrestò. La vide incagliata tra gli arbusti che nel frattempo erano venuti in superficie e tirò con maggior forza, ma niente, quella palla non veniva. Allora, nel tentativo di disincagliarla, sollevando di più la canna, la strattonò con colpi lenti ma poderosi, e ad ogni colpo si accorse che quella sfera non proseguiva nell'acqua con i suoi naturali contorni, ma emergeva e tornava giù come una strana massa dai contorni indefiniti, tutta coperta di erba bagnata. Tirò ancora ma niente. Misti a quell'erba, c'erano come dei filamenti bianchi che circondavano, a forma di corona, la parte medio-bassa della sfera. Ed era lì che l'amo aveva arpionato la palla. Allora pensò che spostandosi qualche metro in avanti avrebbe potuto liberare la lenza. Ma all'improvviso si raggelò. Ad ogni passo compiuto in avanti, negli occhi di Sandro si erano susseguiti curiosità, stupore, paura ed un tale ribrezzo da provocargli un conato di vomito.

Infatti, nel procedere in avanti sulla riva del fiume, Sandro aveva visto man mano spuntare un orecchio, il profilo del naso, due labbra aperte che lambivano la superficie del fiume ed incameravano acqua e due occhi sporgenti ben fuori dalle orbite di un volto gonfio e spento.

Gridò al fratello di venire da lui e si resero conto che quella testa affiorante apparteneva ad un corpo che giaceva lì sotto.

Mentre Sandro, impietrito, quasi per un irrazionale impulsivo tentativo di mantenere ferma quella scoperta, teneva, con la lenza tirata, il suo macabro pescato ancora agganciato alla canna, Filippo chiamò il padre, il sovrintendente Ercolano.

Questi, che in quel momento si trovava presso il corpo di guardia all'ingresso della questura con altri colleghi, senza dir nulla si precipitò verso le scale, le salì in un baleno, ed entrò di corsa nell'ufficio del sostituto commissario Sorrentino.

«Forse ci siamo» disse ansimando «Lo sparo all'Aterno... C'è un cadavere».

«Mi hanno chiamato i miei figli» disse ancora, ansimando più forte, «Lo hanno trovato un paio di chilometri più a valle del borgo. E' ancora nell'acqua. E' emersa solo la testa. Il cadavere è in una buca d'acqua profonda».

«Andiamo» disse Sorrentino ad Ercolano «Di' intanto a Di Tommaso che avvisi il dirigente e la procura. E faccia venire la polizia scientifica. Ci sarà bisogno anche dei sommozzatori».

Mentre percorrevano la superstrada che conduce alla Mausonia, a tutta velocità e con la sirena che strepitava, il cellulare di Sorrentino suonò.

Era il vice questore Camilli.

«Sorrentino» disse Camilli «Proprio stamattina sto andando al ministero per una riunione importante. Di questo caso se ne occupi lei. Ma chiami subito il magistrato».

«L'ho già fatta chiamare da Di Tommaso» disse Sorrentino «Dovrebbe venire la dott.ssa Di Giuseppe».

«Bene. Mi raccomando. Mi tenga informato» chiuse Camilli.

Superarono il bivio che scende al quartiere Aterno e, dopo un paio di chilometri, si fermarono sulla strada in corrispondenza del punto indicato dai figli di Ercolano. Poi dovettero attraversare la campagna fino alla riva del fiume, tra campi arati, saltando fossi e rigagnoli, ed infangandosi le scarpe. E si accorsero di essere arrivati sul luogo per la presenza dei fratelli Ercolano, fermi sulla sponda opposta.

Tuttavia non riuscirono ad arrivare al fiume perché dalla riva una fitta vegetazione lo ricopriva quasi per metà. E da lì non riuscivano a vedere la testa, coperta da quel groviglio di canne e piante. Evitarono di toccare ogni cosa, per non alterare la scena del crimine. Sorrentino chiese ai colleghi della questura di informare chiunque sarebbe venuto che era meglio recarsi sulla riva sinistra del fiume, dove si sarebbe potuto procedere con più agevolezza al recupero del cadavere ed alla raccolta delle prove.

E così, lui ed Ercolano proseguirono in cerca di un ponte dove girare e ripercorrere a ritroso la strada lungo l'Aterno.

Così facendo, girarono al primo ponte e, tornando indietro sulla strada verso L'Aquila, Ercolano riconobbe la macchina dei figli e si fermarono. Dovettero di nuovo percorrere a piedi un lungo tratto di campagna fino al fiume, anche questo fatto di terra appena arata e fossi pieni d'acqua. Arrivarono sul fiume nel punto dove erano fermi i figli di Ercolano, costituito da una spiaggetta di sassi ed arena e senza quella fitta vegetazione dell'altra sponda.

Videro quella testa bianca e gonfia che affiorava, mantenuta a pelo d'acqua dal filo teso della canna da pesca che Sandro nel frattempo aveva poggiato ad un ramo a forchetta piantato a terra.

«Hai provato a vedere se, tirando più forte, viene?» disse Sorrentino a Sandro.

«Si. Ci ho provato» rispose Sandro «Ma rischio di spezzare la canna».

«Quindi, il corpo deve essere bloccato giù» disse Sorrentino «Altrimenti sarebbe emerso».

Ne ebbe la conferma, quando arrivarono due pattuglie della volante, insieme al sostituto procuratore dott.ssa Di Giuseppe, ed alla polizia scientifica con due sommozzatori che quasi subito, dopo una prima ricognizione del posto, si immersero. Riemersero dicendo che il corpo non era affondato completamente, ma era rimasto incagliato, a mezz'acqua, ad alcuni tronchi d'albero e rami sommersi. Ma la cosa singolare era che ad essere incagliata alla vegetazione che saliva dal fondale era una corazza smanicata, una specie di armatura, che racchiudeva il tronco di quel corpo. Ci sarebbe voluto un po' di tempo per disincagliarlo e, tolta la corazza, farlo riemergere.

Sandro tagliò il filo ed il padre lo invitò a tornare a casa con Filippo, perché la scena che da lì a poco si sarebbe presentata alla loro vista non sarebbe sicuramente stata piacevole.

Mentre la scientifica iniziava a fare i primi rilievi, dopo aver delimitato l'area con il nastro bianco e rosso, i sommozzatori si immersero di nuovo, con la necessaria attrezzatura, per portare a riva il cadavere.

«Sappiamo chi è?» disse la dott.ssa Di Giuseppe.

«No. Ma sappiamo dove è stato ucciso!» rispose Sorrentino ed indicando verso il sovrintendente Ercolano, «Poco più su da qui, dove abita Ercolano».

«E come fa ad esserne così sicuro?».

«Intuito di poliziotto» Sorrentino sorrise.

«In realtà giovedì notte c'è stato uno sparo a Borgo Aterno e sembrava che tutto fosse a posto ma...».

«... ma non è così!» sembrò rispondere con tono di rimprovero la dott.ssa Di Giuseppe «Sorrentino, perché non ne ha informato i superiori?».

«Perché non c'era nulla di anomalo, nessuna scomparsa denunciata alla questura, nessuno aveva visto nulla, insomma niente di niente. Ed ora spunta 'sto cadavere qua. Vediamo chi è».

Proprio in quel momento riemerse il primo sommozzatore che trainava qualcosa nel fiume di voluminoso ed indefinito, ma che creava con il suo scoordinato movimento un ondeggiante rimescolio dell'acqua che giungeva fino alla spiaggetta. Seguiva l'altro sommozzatore che riportava in superficie una pesante armatura smanicata, come quelle dei cavalieri del medioevo. E così portarono a riva quel corpo. Era certamente gonfio e bianco e si poteva già definire appartenuto ad un uomo tra i cinquanta ed i sessanta anni, che però nessuno, al momento, sembrava conoscere o comunque riconoscere. Indossava giacca e pantaloni che dovevano essere stati grigi. Non aveva alcun documento, solo un cellulare ormai inutilizzabile, ma nessun altro oggetto addosso che ne facilitasse l'identificazione. Però al centro del petto, dentro la giacca aperta su quel corpo gonfio e fradicio d'acqua, si intravedeva un foro sulla camicia anch'essa grondante d'acqua e appiccicata al tronco. Sotto la camicia e la canottiera, il foro proseguiva nella carne. Un colpo solo, dritto al cuore! Il PM ordinò che fosse posto nella cassa e portato all'obitorio a disposizione dell'autorità giudiziaria. Così pure quell'armatura strana fu portata presso gli uffici della scientifica.

La rilevazione di eventuali orme su quella spiaggetta, peraltro fatta di pietre e di poca sabbia, sarebbe stata ormai impossibile, sia per lo sconvolgimento della situazione ambientale dovuto al temporale di tre giorni prima, sia per l'inquinamento involontario fatto dai fratelli Ercolano durante la mattinata di pesca, sia infine per la sovraffollata presenza degli inquirenti. Del resto non sembrava che intorno ci fossero elementi utili da analizzare. Il sostituto commissario poi era convinto più che mai, secondo le dichiarazioni già raccolte dei testimoni sullo sparo, che il luogo dell'omicidio fosse più a monte, probabilmente lungo le rive del fiume, ma di sicuro dentro il nuovo borgo dell'Aterno.

Neppure si poteva pensare che fosse stato gettato in quella buca d'acqua dalla riva opposta, data la fitta vegetazione che la ricopriva che, se avesse consentito il passaggio di un corpo inerte, e per di più con quell'armatura, ne avrebbe conservato le tracce. E loro di tracce, al di là del fiume, non ne avevano viste.

Quando il piemme, i sommozzatori, la scientifica, il cadavere e l'armatura lasciarono la spiaggetta, a Sorrentino non restò che tornare al borgo. Alla ricerca del punto di esecuzione dell'omicidio e dell'arma del delitto. Ma soprattutto alla ricerca dell'identità di quell'uomo, delle motivazioni della sua uccisione e sopra ogni cosa alla ricerca dell'assassino.

*Fiume che scorri
lungo le sponde
tutto trasporti
verso le onde,
fino a quei porti
che danno vita
alla marina,
che sono attivi
sulla banchina.
Fiume tu scorri
e sol trattieni
chi non è vivo
chi tu mantieni
morto e nascosto
freddo e protetto
dentro il tuo letto.
Poco il percorso
di quella testa,
della persona
ben poco resta.
Non si comprende
chi si sorprende:
dopo lo sparo,
morte evidente.
Non si capisce
chi si schernisce:
mai dar per certo
quello che è incerto.
Ora il mistero
diventa nero:
si cerchi chi sa
e chi parlerà.*

IX

Aveva ironizzato e scherzato con la dott.ssa Di Giuseppe parlando del suo intuito di poliziotto, ma Sorrentino in cuor suo sapeva che proprio quell'intuito era venuto meno. Aveva sbagliato. Aveva sottovalutato la particolarità di quello sparo di notte in quel quartiere buio fuori città. Aveva sottovalutato la vicinanza dello stesso alle abitazioni, segno che qualcuno del posto doveva esserne coinvolto. Anche se ancora non si sapeva chi fosse l'ucciso, se del posto o di altrove, era lì all'Aterno che si doveva indagare.

Pensava che sarebbe andato a cercare in ogni casa qualche indicazione, qualche indizio, qualche elemento di certezza che potesse costituire una traccia utile per la ricerca dell'assassino.

Gli restava difficile pensare ad un suicidio. Già l'idea che qualcuno si potesse sparare dentro il fiume chiuso in una corazza di ferro non lo convinceva. Ma seppure un pazzo avesse voluto dar luogo ad una sceneggiata di tal genere, il corpo, con quella pesante zavorra, sarebbe stato trattenuto lì, sul fondo del fiume, nel luogo stesso dello sparo e non sarebbe stato trasportato dalla corrente per due chilometri fino a quella buca. E lì nelle acque basse del fiume, qualcuno lo avrebbe sicuramente visto il giorno seguente. Ma soprattutto l'armatura non aveva fori all'altezza del cuore, né altre aperture o buchi e questo era il segno evidente che quel corpo vi era stato racchiuso dopo la morte, sicuramente dopo lo sparo.

Quindi l'uomo era stato ucciso nel borgo e portato fino al luogo del suo ritrovamento. Ma come? L'assassino era disceso, tra la vegetazione, lungo la riva sinistra del fiume portandosi dietro il cadavere e la corazza o li aveva caricati in macchina per giungere, attraverso la campagna, alla spiaggetta sempre trascinando o tenendo sulle spalle quei pesanti fardelli? Poteva essere stata a fare tutto questo una sola persona? E poi, dove era stato ucciso? All'aperto? Dentro una di quelle case del borgo? E con quale arma? Questo l'avrebbe detto l'autopsia, ma ora quell'arma dov'era? La vittima non era certamente del borgo, altrimenti il sovrintendente Ercolano l'avrebbe riconosciuta benché trasformata dalla permanenza in acqua. Ma bisognava proseguire ad accertare se qualcuno avesse visto qualcosa in quella maledetta notte. Pertanto, la prima mossa di Sorrentino sarebbe stata quella di andare in ogni casa a cercare informazioni.

E così stava facendo quando arrivò la telefonata dalla questura. C'era una persona scomparsa da alcuni giorni. Si trattava del professore di matematica Antonio Attanasi. A denunciare la scomparsa era stato il preside che, dopo l'assenza ingiustificata del venerdì precedente e vedendo che la cosa si era ripetuta anche il lunedì mattina, considerato che il sabato e la domenica la scuola era chiusa, aveva temuto che gli fosse successo qualcosa. Peraltro il professore Attanasi non aveva famiglia e viveva da solo in città, per cui nessuno avrebbe potuto accorgersi della sua scomparsa, se non la scuola. Il preside, preoccupato, dopo aver inutilmente telefonato al cellulare e, trovatolo spento, al fisso di casa senza ottenere risposta, aveva anche mandato un bidello a casa del professore all'Aquila ed anche qui nessuno aveva risposto, ma neppure i vicini di casa avevano saputo dare notizie. Infine il preside aveva sentito che i social network ed i quotidiani on line locali riferivano del ritrovamento di un corpo nel fiume Aterno appartenente ad un uomo adulto e si era maggiormente preoccupato.

Sorrentino chiese il numero del preside e lo chiamò.

«Buongiorno preside. Sono il sostituto commissario Sorrentino, ho saputo ora che lei ha denunciato la scomparsa del professore Attanasi. In passato non era mai capitato che non si presentasse a scuola senza avvisare e non desse notizie di sé?».

«Mai. Ha sempre giustificato con largo anticipo le sue assenze, che poi sono state pochissime».

«Me lo può descrivere?» disse Sorrentino

«E' intorno ad un metro e settanta, quasi completamente calvo, ma con un po' di pizzetto bianco, corporatura media».

«La ringrazio» disse Sorrentino «per lo più corrisponde» e riattaccò.

Quindi, come aveva riferito il preside in questura, nessuno sapeva più nulla del professore Attanasi da alcuni giorni e in buona parte la descrizione, salvo che per la corporatura, che appariva robusta ma poteva essere stata trasformata dalla permanenza in acqua per quattro giorni, coincideva.

L'intuizione venne improvvisa.

Se il cadavere era veramente del professor Attanasi, tutto sembrava ruotare intorno alla professoressa D'Alessandro: lo sparo, la telefonata, la scuola e il Borgo Aterno, teatro dell'omicidio.

«Questi elementi non possono costituire una prova e neppure un semplice indizio, ma sarebbero comunque il punto di partenza per iniziare ad indagare» pensò Sorrentino.

«Ma soprattutto iniziare da lei, davanti al cadavere» pensò ancora «Anche per vedere la sua reazione».

Richiamò: «Preside, oggi è in servizio la professoressa D'Alessandro?».

«Certo» disse il preside «Ora è in quarta A».

«Quando finisce di fare lezione?» chiese Sorrentino.

«Ormai stanno finendo. Tra poco terminerà l'ultima ora»

«Bene. Cercherò di essere lì prima di un quarto d'ora, ma se non arrivo in tempo, trattenga la professoressa D'Alessandro ancora per un po'. Le vorrei parlare».

Arrivò al liceo accompagnato da Ercolano che non scese e restò in auto. Chiese al bidello dove fosse la quarta A, in quanto intendeva aspettare Giulia all'uscita dall'aula, ma questa era aperta e ormai vuota. Quindi chiese dove fosse la presidenza. Trovò il preside che parlava con Giulia, rimasta in piedi e con lo stesso pallore nel volto di quando era andata a trovarlo, dopo la telefonata anonima, in questura.

Non sapeva se Giulia avesse rivelato al preside di aver ricevuto quella telefonata e tutta la vicenda dello sparo al Borgo Aterno. Per questo chiese di voler parlare con lei riservatamente. Anzi avrebbero parlato al bar di fronte, davanti ad un aperitivo. Giulia acconsentì.

«Quindi sa? Il preside l'ha informata?» domandò Sorrentino «Ci sono buone probabilità che quella sera, all'Aterno, sia stato ucciso il professore Attanasi».

Giulia aveva il viso stravolto e alcune lacrime le scesero silenziose, da sotto gli occhiali spessi.

«Sì. Mi ha detto del cadavere» rispose Giulia.

«E lei le ha detto qualcosa dello sparo all'Aterno?» chiese di nuovo Sorrentino.

«No. Non voglio pensare che quel cadavere appartenga ad Antonio».

«C'è un solo modo per averne la definitiva certezza. Che lei venga con me per il riconoscimento» concluse perentorio il poliziotto.

Giulia si portò le mani al volto, scosse la testa più volte, ma poi con un cenno del capo annuì rassegnata.

«Prendo la macchina» disse.

«Vengo con lei» rispose Sorrentino che invitò Ercolano a tornare da solo in questura, mentre lui sarebbe andato all'obitorio con la professoressa.

Durante il percorso la tensione si poteva misurare, tanto che se fosse esistito un apparecchio, come il barometro per la pressione atmosferica o il termometro per la temperatura o l'amperometro per la corrente o ancora lo sfigmomanometro per la pressione corporea, cioè un eventuale misuratore di tensione umana, questo avrebbe dato in quel momento lì, tra i due, un valore elevatissimo.

Nessuno dei due parlò.

Giunti all'obitorio, Sorrentino accompagnò Giulia nella stanza delle celle frigorifero, dove l'anatomopatologo della polizia stava esaminando un corpo esamine sopra una pietra di marmo. Giulia vide già da lontano che si trattava del professore di matematica e si arrestò, quasi a non voler proseguire e dover ammettere alla legge ed a se stessa che quella che stava vivendo era la realtà e non una fiction televisiva. Ma poi, raccolse tutto il coraggio che aveva e si avvicinò.

«Sì, è lui» disse.

«Grazie» rispose Sorrentino e si rivolse all'anatomopatologo per sapere qualcosa di più.

Seppe dunque che il professore Attanasi era stato ucciso da distanza molto ravvicinata, secondo i primi segni del foro d'ingresso del proiettile. Ma per tutto il resto avrebbe dovuto attendere i risultati dell'autopsia, che sarebbe stata effettuata da lì a poco.

Quindi uscirono.

«Mi dispiace» disse Sorrentino «Avrei voluto risparmiarle questo strazio, ma lei è la persona in questo momento che mi può fornire le migliori indicazioni su questa vicenda».

«Quello che so gliel'ho già detto» disse Giulia.

«Ho bisogno di sapere qualcosa di più sul professore» disse Sorrentino «Ma ora devo tornare in questura per i verbali e tutto il resto. Mi lasci lì. Tanto ci passa davanti nel tornare a casa. Presto la chiamerò».

E così Sorrentino tornò in questura, mentre Giulia proseguì verso il Borgo Aterno, con tanti pensieri che le affollavano la mente e tanta angoscia nel cuore.

*Matematica
non opinione
due più due
già danno il nome.
Il professore
tutti lo sanno
finì i suoi giorni
dentro il capanno
posto sott'acqua,
con quel costume
dentro quel fiume
duro e crudele.
Fermo restando
quell'uccisione
una tragedia,
un'abiezione,
con qual movente,
quale ragione
va il delinquente
a quell'azione?
Forse uno sgarro?
Un'aggressione?
Una vendetta?
Una passione?
E' solamente
la mano infame
di chi colpisce
senza ragione?
Oppur finisce
con mano giusta
l'ora più angusta
dell'espiazione?*

X

Città bella
Città che mi parli di notte
Città dai mille segreti
Città dei tanti amori
Città senza peccato
Città del freddo che riscalda i cuori
Città che mi hai adottato
Città di luci e di colori
Città ferma
Città dei trecento dolori
Città che sognai
L'Aquila, bella mé
Tu non mi tradirai
Più.

Dal balcone della sua casa ristrutturata il sostituto commissario Sorrentino cercava di distrarsi e non pensare al lavoro ed a quel cadavere appena ripescato. Guardava quel centro storico semivuoto e pensava a quanti possibili modi ci si poteva riferire alla sua città. Una città che solo da un po' di tempo iniziava a sentire sua. E paradossalmente dopo il terremoto, in lui che aveva sempre fatto il paragone in negativo con il sole, il mare ed il calore umano della sua terra d'origine, era scattata come una scintilla d'amore verso quella città. Forse sarà stata la ormai lunghissima permanenza, forse per un'inconsapevole tendenza a proteggere i deboli ed a stare dalla loro parte, forse perché ogni persona ed ogni cosa che incontrava durante la sua giornata gli parlava un linguaggio schietto, fiero e nello stesso tempo dolce e sincero, sapeva che da lì non sarebbe più andato via. Il suo mondo era il suo lavoro ed aveva tanti amici tra i colleghi ed anche tanti amici al di fuori della polizia. Frequentava il circolo della questura ma anche quello del Rotary e trascorreva gran parte della sua giornata fuori casa. Ma da un po' di tempo la sera lo coglieva una strana malinconia che non gli provocava angoscia né dolore, bensì una sorta di oscuro compiacimento. Gli mancavano le lunghe passeggiate sotto i portici, chiusi dal giorno del terremoto ed ancora impraticabili. Era lì che una volta s'incontrava sempre con molte persone con cui si fermava a scambiare quattro chiacchiere e a prendere un gelato nei pomeriggi d'estate, o un aperitivo o un rum dopo cena nelle sere d'inverno. Ma ora, soprattutto quando non trovava nei circoli persone con cui soffermarsi o non aveva voglia di andarvi, se ne restava in casa con la sua malinconia. Cominciava a pensare alla mancanza di una donna con cui condividere le serate. Non aveva mai voluto una famiglia, anche perché la sua totale dedizione a quel tipo di lavoro non gli avrebbe permesso di essere un padre presente e poi perché riteneva che chi svolge mestieri pericolosi come il suo non debba avere figli. Ma una donna sì. A quarant'anni si sente il bisogno di avere una donna accanto. Ma su quel fronte la vita non gli aveva offerto grandi opportunità. Non era brutto, anzi era alto e robusto ed era anche dotato di un certo fascino, almeno a quanto dicevano le colleghe poliziotte. Diverse volte aveva guardato a qualche amica o collega con interesse, ma era profondamente timido quando si trattava di conquistare una donna. Le poche volte che era andato a letto con qualcuna si era trattato di «opere di beneficenza», come lui le chiamava, che qualche collega sposata, in crisi con il marito o per vendetta di un tradimento subìto, gli aveva concesso.

Pensava a Giulia.

Avrà avuto la sua stessa età e rifletteva come sarebbe con un look più giovanile. Se invece di quegli occhiali spessi e quella coda di cavallo a tenere legati i lunghi capelli, li avesse tagliati e avesse scoperto i suoi begli occhi neri, avrebbe dimostrato meno anni. E comunque aveva un aspetto tenero e dolce che a Sorrentino piaceva.

Attenzione Sorrentino, il diavolo si veste da angioletto quando vuole confondere le sue prede!

La coincidenza delle due location, la scuola e il luogo dell'uccisione, ne facevano, al momento, la principale indiziata. Ma proprio non ce la vedeva nel ruolo di quella che spara ad un uomo a distanza ravvicinata, poi lo porta due chilometri più giù e lo getta nel fiume, peraltro dopo averlo vestito con una corazza di ferro. Lei aveva detto che dormiva al momento dello sparo ed era rimasta dentro casa con le sorelle. Avrebbe sempre potuto avere un complice. Ma il movente?

Ad ogni modo lei in quella vicenda c'entrava. La telefonata anonima che aveva detto di aver ricevuto la legava a quell'omicidio.

Doveva indagare negli ambienti della scuola: interrogare preside, bidelli e professori, ma soprattutto lei, per vedere quali fossero i suoi rapporti effettivi con Attanasi ed anche per capire chi fosse quel professore di matematica.

La mattina seguente si recò di nuovo presso la scuola. Volle parlare dapprima con il preside, poi con i professori ed infine con i bidelli. E venne a sapere che il professore di matematica Antonio Attanasi era un buon insegnante, quasi sempre presente. Era di carattere piuttosto schivo, ma era dotato di una buona preparazione ed una facile dialettica, doti queste che emergevano soprattutto nei consigli d'Istituto dove spesso riusciva ad imporre agli altri le sue idee. Tutto questo gli derivava anche dalla sua frequentazione del mondo della politica, dove metteva a frutto la sua professione di ingegnere. Spesso era chiamato a partecipare ad importanti progetti pubblici e privati e tale attività, soprattutto di collaborazione con gli enti pubblici, era aumentata dopo il terremoto, quando era entrato anche nella commissione di vigilanza e controllo dell'ufficio della ricostruzione.

Al termine parlò con Giulia.

«Al di là del rapporto di lavoro» disse Sorrentino «Come erano i suoi rapporti personali con Attanasi?».

«Non c'erano rapporti personali. Solo professionali.» rispose Giulia «Non voglio dire che si parlava sempre e solo di lavoro, ma la nostra frequentazione era limitata alla scuola. Tutto qui».

«E lei come lo vedeva Attanasi? Che tipo era?».

«Mah! Uno come tanti. Un po' per conto suo. Però era bravo e quando si stava tutti insieme aveva un buon eloquio. Ecco, una di quelle persone che, nei momenti che non ti aspetti, ti stupiscono per la loro capacità dialettica».

«Mi hanno detto che era anche un politico, o quanto meno aveva buoni rapporti con il mondo della politica...» disse Sorrentino.

«Certamente si sapeva vendere» rispose Giulia.

«In che senso?» disse Sorrentino, pensando che finalmente si stesse aprendo una breccia nelle indicazioni poco utili che fino a quel momento erano pervenute dalla Scuola.

«Nel senso che aveva la capacità di sapersi proporre, e questo nella politica conta» si sentì rispondere Sorrentino, deluso.

«Ed era riuscito anche ad entrare nella commissione di vigilanza e controllo della ricostruzione...» disse Sorrentino.

«Lì certamente non ci stava per i soldi. Pagano solo un gettone di presenza di pochi euro» rispose Giulia «Lo so perché anche mio padre ne faceva parte».

«Attanasi comunque faceva anche la libera professione...» disse Sorrentino.

«So che lavorava anche per proprio conto e con alcune ditte locali» rispose Giulia.

«Ovviamente in nero…» disse ancora Sorrentino «E mi dicono che aveva un rapporto molto stretto con la ditta Cola».

«Cola?» disse Giulia, come stupita.

«Sì. La ditta dell'imprenditore Francesco Cola. Perché la conosce?».

«Certo. E' la ditta che ha costruito il nostro quartiere, quello dell'Aterno».

Le antenne dell'investigatore Sorrentino improvvisamente si alzarono e iniziarono a captare segnali positivi.

«Vorrei parlare con questa persona» disse «Lei sa dove posso trovarlo?».

«Non saprei» rispose Giulia «E' da un po' che non si fa vedere giù da noi».

«Perché? Veniva spesso al Borgo Aterno?».

Giulia gli rivolse un sorriso tra l'ironico e l'imbarazzato. «Che cosa sa lei di Cola? Le hanno detto che tipo è?».

«No».

«E' uno a cui piace divertirsi» disse Giulia «…e sperperare tutti i soldi che ha guadagnato, soprattutto dopo il terremoto, con la ricostruzione».

«Da noi» proseguì «Dopo la vendita di tutte le villette, ne ha lasciata una per sé e la usa solo, e spesso, per portarci le sue amiche, scelte sempre molto giovani. Lo vedono e lo sanno tutti. Solo, come le ho detto, da un po' di tempo non l'ho più incontrato».

«Ma dove vive?»

«Ha casa in centro, ma non so dirle esattamente dove sia».

«Grazie» disse Sorrentino «Mi è stata utile».

«Commissario» disse Giulia «Io ho paura. Per me e per le mie sorelle».

E proseguì: «Ora che so che quella telefonata non era uno scherzo, mi sento di più in pericolo».

«Lei mi dice che non aveva altri rapporti con Attanasi, se non quelli scolastici» disse Sorrentino «Allora le chiedo: perché l'assassino lo ha ucciso per lei? Mi resta difficile pensare che possa averlo fatto per questioni legate alla scuola: che so, un compito in classe?! Un avanzamento di carriera?! Una discussione sulla valutazione di un alunno?! Non c'è movente! Mi sembra da quanto mi ha detto il preside, che tra voi non ci sia mai stata la possibilità di entrare in conflitto per l'attribuzione di cattedre, peraltro in materie così diverse. Dunque, il movente non può che doversi ricercare nei rapporti personali. Perciò le ripeto: quali erano i rapporti tra lei ed Attanasi? Me lo dica ora, Giulia! Non facciamo che poi spunta fuori un fidanzato geloso».

E mentre diceva questo sentiva che un pizzico di gelosia si insinuava anche nella sua mente.

«No, commissario, nessun fidanzato e nessun rapporto personale con Attanasi» disse Giulia, determinata ed anche un po' indispettita.

Questa risposta, ma soprattutto il modo in cui era stata data, fece rincuorare il sostituto commissario Sorrentino, e non solo per la posizione di Giulia nelle indagini.

In realtà Giulia gli aveva nascosto, ritenendolo ininfluente, e perché un po' se ne vergognava, quell'unico episodio in cui Attanasi venne a trovarla al borgo per discutere sugli orari scolastici che il preside aveva definito su indicazione di lei e a lui non andavano bene. Ed Attanasi prese ad insultarla sull'uscio di casa. Peraltro non c'era lì nessuno che avesse visto o sentito.

«Stia tranquilla, Giulia. Non penso che lei sia in pericolo. L'assassino non ce l'ha con lei. Semmai la protegge. Ed io scoprirò perché...» disse Sorrentino, mentre si congedava dalla professoressa Giulia D'Alessandro, stringendole la mano.

Sulla tua terra,
città ferita,
sta risorgendo
piano la vita
e chi è vissuto
dentro il tuo cuore
con te ha contratto
patto d'amore.
Su questa terra
resta il ricordo
del tempo andato
di chi ha avuto
e non ha dato
e se qualcuno
chiede perché
son tanti i dubbi
son molti i se.
Non resta tanto
dell'insegnante:
una corazza,
ferite tante
buttato in acqua
come un pupazzo
e tratto a riva
ormai paonazzo.
Semmai quel corpo
avrà giustizia,
si dovrà avere
tanta perizia,
senza clamore
verso l'autore
della nequizia.

XI

La prima cosa che notò Sorrentino entrando nella stanza del vice questore Camilli furono le gambe accavallate e scoperte fino a metà coscia del pubblico ministero dott.ssa Carla Di Giuseppe, seduta davanti alla scrivania del poliziotto.

Si sedette sulla sedia libera ed attese che il superiore parlasse.

«Allora Sorrentino, che ci dice di nuovo?» disse Camilli «Qui sono tutti in fibrillazione e dobbiamo arrivare subito all'assassino. Lei sa bene, i primi momenti sono quelli decisivi».

«Sto aspettando l'autopsia» rispose Sorrentino.

«I risultati dell'istituto medico-legale e della scientifica sono arrivati» intervenne la Di Giuseppe.

«In sostanza, molte tracce sono state cancellate dalla bufera del giorno dopo l'omicidio, che, anche in base alle testimonianze raccolte sullo sparo, dovrebbe essersi verificato nella notte tra giovedì e venerdì» disse Camilli «Il colpo è stato esploso a distanza molto ravvicinata, quasi a contatto con la vittima. Lo si vede dalle bruciature che, nonostante la lunga permanenza in acqua del cadavere, sono ancora evidenti. Il proiettile ha attraversato il cuore facendolo esplodere ed è uscito. Il foro d'uscita è più grande rispetto a quello d'ingresso, anche questo a dimostrazione della breve distanza dello sparo.

Gli abbiamo trovato addosso il cellulare che purtroppo è gravemente danneggiato dalla lunga permanenza in acqua. La scientifica sta facendo del suo meglio per recuperare i dati».

«Attanasi è stato gettato in acqua, quando era già morto» disse ancora Camilli «Non è stata trovata traccia di acqua nei polmoni».

«Bisognerà tornare lungo l'Aterno, soprattutto al borgo, e cercare meglio se possa essere identificato un possibile luogo del delitto» disse il magistrato «Magari l'assassino si è disfatto dell'arma gettandola in acqua. E' possibile che abbia anche preso il portafoglio della vittima, che non è stato trovato».

«E la corazza?» disse Sorrentino «Che dice la scientifica della corazza?».

«Niente di particolare» rispose Camilli «Non si sa da dove provenga. E' un vecchio arnese senza la copertura delle braccia, vecchio ed arrugginito».

«Quando quell'armatura è stata portata a riva» disse Sorrentino «ho notato che non aveva fori, né ammaccature, segno che Attanasi vi è stato messo dentro quando era già morto».

«Proprio così» disse il vice questore «Il corpo non è andato completamente a fondo, ma è rimasto incagliato, con una delle fibbie della corazza, ad alcuni rami di alberi sommersi in quel punto dell'Aterno dove è stato ritrovato».

«E dove è stato gettato» soggiunse Sorrentino «Perché sicuramente non poteva, con quella zavorra, essere trascinato dalla corrente da un altro luogo».

«Quindi qualcuno l'ha ucciso due chilometri più a monte ed è andato a buttarlo lì» disse la Di Giuseppe.

«Sorrentino, lei deve tornare all'Aterno e trovare le tracce e tutti gli elementi di quell'omicidio» fu perentorio Camilli «Deve cercare di vedere se l'assassino si è disfatto dell'arma gettandola in acqua, anche trovare il proiettile se possibile. Porti di nuovo con sé la scientifica e completi la rilevazione degli elementi d'indagine».

Tornato nel suo ufficio, Sorrentino rifletteva su quelle ultime parole: «Completare la rilevazione degli elementi d'indagine».

Non era sicuro che la cosa più importante, in quel momento, fosse capire il calibro del proiettile, accertare per quale via l'assassino avesse portato il corpo fino a quell'ansa del fiume, piuttosto che indagare sui perché di quell'omicidio.

I più recenti metodi di indagine che portano, ad esempio, a trovare i colpevoli attraverso la prova del DNA, anche a distanza di anni, hanno certamente valenza scientifica, ma non convincevano Sorrentino il quale riteneva di poter trovare gli autori dei fatti criminosi, risalendo ad essi attraverso i comportamenti e la personalità delle vittime.

Quindi per il sostituto commissario Sorrentino lo studio delle relazioni umane valeva, ad esempio, molto di più della prova balistica nelle indagini per omicidio.

Tuttavia non avrebbe certamente disatteso gli ordini superiori, ma sarebbe tornato sui luoghi del delitto lasciando alla scientifica di «completare la rilevazione degli elementi d'indagine», mentre lui avrebbe seguito ben altre tracce.

Ora che i giornali e soprattutto il tam tam dei social network avevano diffuso le foto della vittima ed ampie notizie sull'omicidio, a tutti sembrava di conoscere da sempre il professore di matematica Antonio Attanasi.

Chi lo aveva conosciuto a scuola, chi lo aveva visto diffusamente in quel ristorante o in quel negozio, chi lo aveva incontrato chissà quante volte per strada, tutti ormai sembravano avere familiarità con quel viso. Ed anche Giorgia e Tommaso, nel loro piccolo bar, ne parlavano come persona da tempo conosciuta.

«...ma sai quante volte l'ho visto?!» diceva Giorgia.

«Dove?» rispondeva Tommaso.

«Qui al borgo» ribadiva Giorgia

«Ma se lo abbiamo visto insieme una sola volta...» affermava Tommaso.

In quel momento entrò Sorrentino.

«Buongiorno, Commissà» fece Tommaso.

«Mi prepari un caffè?!» disse Sorrentino.

«Certo, subito» rispose Tommaso, ed aggiunse «Chi ce l'avrebbe detto!!! Magari l'assassino sta qui tra noi, al Borgo Aterno».

«Chissà!» rispose omertoso Sorrentino, ma subito chiese: «Lo avete mai visto Attanasi da queste parti?».

«Lo dicevamo ora con mia moglie» rispose Tommaso «Una sola volta, ed era insieme a Cola, l'imprenditore che ha costruito il borgo».

«Non l'imprenditore, ma il puttaniere Cola» intervenne la moglie.

«Ricordo che qualcuno disse che quel signore che venne con lui, Attanasi, era suo socio» affermò Tommaso.

«No» disse Giorgia «Ricordo bene che dicevano che era un socio in affari, in sostanza un affarista come lui» e proseguì: «Ma anche qui al borgo Cola una volta aveva le sue socie, per altri tipi di affari».

«Mi dicono che porta spesso qui le sue giovani amiche» Sorrentino cercò di stimolare ancor più quella propensione al pettegolezzo.

«Queste sono ragazzette, ma io mi riferisco a ben altre rispettabili signore» disse lei accentando in modo particolare le due ultime parole.

«Zitta, che arriva il marito» disse Tommaso, sorpreso e guardingo, volgendo lo sguardo verso la finestra inglese del chiosco.

In quel momento entrò Pantagalli.

«Commissario, che piacere trovarla qui» disse.

«Buongiorno, Pantagalli» rispose Sorrentino.

«Allora il morto c'era!?» disse Pantagalli.

«Lei lo conosceva?» chiese Sorrentino.

«Beh! Era ingegnere e, oltre ad insegnare, aveva uno studio proprio. In più collaborava spesso con il Comune».

«Lei conosce Francesco Cola, l'imprenditore, vero?» chiese Sorrentino.

Pantagalli sbiancò. Gli sembrò di essere tornato agli interrogatori avuti dopo l'arresto. Certo, lui li conosceva entrambi e conosceva anche il loro rapporto affaristico. Con Cola aveva avuto anche una comune militanza politica, ma soprattutto, quando era assessore, gli era capitato di andare insieme alla Regione per sollecitare il pagamento di finanziamenti regionali per opere pubbliche realizzate, di cui Cola era stato appaltatore. Attanasi non gli era simpatico, anche perché aveva avuto il vago sospetto che ci fosse lui dietro le denunce di corruzione che gli erano state mosse. E questo perché era stato contrario alla sua nomina nella commissione di vigilanza e controllo per la ricostruzione.

«Se non ricordo male, lei, Pantagalli, conosce bene Cola e so che porterà anche lui a testimoniare al processo!» disse di nuovo Sorrentino, a cui non sfuggì il cambiamento di umore di Pantagalli.

«Diverse volte ci siamo incontrati quando ero assessore. Lui ha fatto diversi lavori per il comune».

«Invece Attanasi lo ha mai incontrato?» chiese Sorrentino.

«Qualche volta a scuola, al ricevimento dei genitori, perché è stato insegnante di matematica di mia figlia Erica».

«E che persona era?».

«Come insegnate era bravo. Ma come uomo non lo stimavo. Da quanto mi dicevano di lui, era uno di quei personaggi che navigano sempre nel mare magnum della politica e dell'intrallazzo. Non lo volevo nella commissione per la ricostruzione. E chissà forse da qui sono nati i miei problemi».

«In che senso?».

«Niente» rispose Pantagalli «Mi avrà portato sfortuna!».

Sorrentino non capì, ma non approfondì.

«Mi sa dire se tra Cola e Attanasi c'erano rapporti, diciamo così, professionali?».

«Credo che i rapporti tra loro fossero molto intensi. Del resto, come possono essere i rapporti tra un imprenditore ed un tecnico...» rispose Pantagalli.

«Va bene» disse Sorrentino «ci sentiremo ancora in futuro, se ne avrò bisogno», e salutò anche Tommaso e Giorgia, che nel frattempo avevano rivolto il loro interesse agli altri clienti appena entrati.

*Questo è il momento
di fare il punto.
Ogni elemento
trovi lo spunto
per dar valore
alle parole.
In molti sanno
chi era il morto
nessuno sa
per quale torto,
perché è finita
la bella vita
dentro quel porto.
Ora indagare,
dover trovare
piccoli vizi
dei giusti indizi
fino alle prove
presso quel borgo
oppure altrove.
Sembra quel posto
così tranquillo
così composto
gente per bene
che sta insieme
senza cavillo,
ma nel profondo
si scopre il mondo.
Tra le parole
dette a metà
uscirà il sole
e la verità.*

XII

Motivo di frequente discussione tra le sorelle D'Alessandro era la messa in ordine del garage, ma soprattutto il continuare a tenervi, coperti da un telo, i rottami dell'auto incidentata del padre. Alba non voleva sentire ragioni e per lei la presenza di quell'ammasso di lamiere in casa era una vera e propria ragione di vita.

Da quando aveva preteso che le sorelle acconsentissero a ottenerne la restituzione, dopo il dissequestro da parte della magistratura, non c'era giorno che Alba non si recasse in garage a trascorrere il suo tempo intorno a quel sacrario.

Ma non si limitava a guardare le lamiere contorte.

Anche con l'ausilio dei documenti dell'incidente che aveva ottenuto dalla polizia, ogni giorno riguardava le parti della meccanica di quell'auto ed aveva raccolto i suoi studi in una cartella che teneva gelosamente conservata dentro il portabagagli della macchina, che nessuno avrebbe aperto.

Nella stessa cartella dove aveva anche raccolto i documenti che aveva lasciato il papà ingegnere.

Di una cosa Alba era sicura, che in tutti questi anni lo studio di quell'auto distrutta le iniziava ad alleviare il rimorso di quanto accaduto.

Lei infatti non era per niente d'accordo con quel verbale della polizia stradale che aveva addebitato la colpa dell'incidente all'alta velocità, all'asfalto precario ed alla distrazione del conducente.

Lei, ingegnere meccanico, aveva smontato quella macchina, giungendo a controllare anche il più piccolo pezzo delle sue parti, dal telaio al motore, dal sistema di trasmissione alle sospensioni, dallo sterzo alle ruote, dal sistema elettrico a quello frenante.

Ed aveva trovato, e riportato nei suoi appunti, diverse anomalie, come nella ruota che la polizia aveva asserito essere scoppiata nell'urto ed era rimasto solo lo pneumatico senza battistrada. Lei invece riteneva che questo si fosse staccato durante il percorso, determinandone lo scoppio. Questa poteva essere stata la causa dell'uscita di strada dell'auto e non il suo abbraccio al padre.

Aveva poi anche accertato la rottura del braccetto dovuta al distacco della testina. Anche questa poteva essere stata la causa dell'incidente in quanto la ruota non avrebbe più risposto allo sterzo.

Ed infine aveva trovato rotta la testa a snodo della scatola guida: in tale situazione l'auto diventa inguidabile, va dove le pare, ad esempio puoi ancora comandare una ruota col volante, ma l'altra gira come vuole. Ed anche questa potrebbe essere stata la causa dell'incidente.

Cominciava a sentirsi soddisfatta delle sue ricerche e continuava a occuparsi, in modo maniacale, di quella macchina distrutta, custodita sotto un telo nel garage, quasi a voler essa stessa stabilire un rapporto simbiotico con quel rottame.

Anche la sua vita era stata distrutta da quell'incidente.

Da allora viveva anch'essa, come in una campana di vetro, dentro le mura domestiche, custodita dall'amore delle sorelle, che lei ricambiava dedicandosi ogni giorno alle pulizie e alla cucina, quando non era in garage.

Di sera invece se ne stava sulla sponda del fiume a guardare allontanarsi per qualche ora, nello scorrere dell'acqua, anche i suoi fantasmi e le sue angosce.

«Posso, ispetto'?» disse il sovrintendente Ercolano, entrando nell'ufficio del sostituto commissario Sorrentino – «Ho qui il plico della banca con tutti i movimenti finanziari di Attanasi e Cola degli ultimi anni, come mi aveva chiesto».

Giovanni Ercolano ancora non riusciva a capire bene come chiamare un ispettore di polizia cui avevano cambiato denominazione e qualifica, ma che non era né vice commissario, né commissario. A volte usava il termine dottore, in segno di riconoscimento del valore della laurea di Sorrentino. Ma aveva rispetto della gerarchia militare e quindi restava ancorato alle vecchie qualifiche, pur sapendo di operare una sorta di dequalificazione del grado di Sorrentino, a cui peraltro non importava affatto in che modo fosse chiamato.

«Vediamo» disse Sorrentino, e si immersero a capo chino ad esaminare i dati di quella copiosa documentazione.

La prima sorpresa non fu proprio tale, in quanto Sorrentino, dall'opinione che si era fatto di Cola, aveva immaginato di trovare i conti di questo in rosso. Ma la grande quantità di movimenti dimostrava quanto si sapeva intorno a Cola, e cioè che di soldi ne aveva guadagnati tanti, ma ne aveva altrettanti dissipato.

Anche il saldo positivo di Attanasi non destò particolari sorprese, dato che l'immagine che finora era venuta fuori dalle indagini dava l'idea di una persona affarista ed attenta al risparmio.

Ma la vera sorpresa furono i quattro bonifici di settantacinquemila euro ciascuno che Attanasi aveva fatto in favore di Cola in poco tempo.

«Di solito è l'imprenditore che paga il progettista, e non il contrario» disse Sorrentino, e proseguì: «Dobbiamo assolutamente trovare Cola».

«Siamo stati sia al Borgo Aterno sia in città, in tutti gli indirizzi che di Cola abbiamo reperito e non abbiamo trovato nessuno» disse Ercolano.

«Nessuno sa dove possa essere?».

«Cola non è sposato e non ha figli. Abbiamo chiesto agli uffici dell'impresa e sembra che non si faccia vivo da tempo. Però, hanno detto, che questo è normale. L'impresa va avanti anche senza di lui che da tempo appare e scompare senza dire mai nulla».

«Stavolta forse non è così» disse Sorrentino «Dobbiamo avviare le ricerche su tutto il territorio nazionale, e magari avvisare anche l'Interpol. Penso che la sua sparizione possa, in qualche modo, essere legata all'omicidio di Attanasi».

«Pensaci bene, Ercolano. I trecentomila euro avuti da Attanasi potrebbero essere un prestito che Cola ha chiesto all'ingegnere e che non è stato in grado di restituire. E per questo potrebbe averlo eliminato».

«O ancora» proseguì Sorrentino «potrebbero essere il frutto di qualche operazione illecita tra i due compari, con somme di denaro passate a Cola tramite Attanasi».

«E quindi Cola lo ha ammazzato per eliminare un testimone scomodo ed è fuggito, magari all'estero» affermò con decisione Ercolano.

«Non arriviamo a facili conclusioni» disse Sorrentino «Ma facciamo rintracciare Cola, subito e dovunque».

«Io intanto vorrei tornare a parlare con Pantagalli» disse ancora Sorrentino «Mi è sembrato un po' reticente. Ci sono alcuni punti che mi deve assolutamente chiarire».

*Altra materia
e nuove piste
entrano in gioco
ed alimentano
tutto quel fuoco.
Cosa ha lasciato?
Perché è scappato?
Dove ha raggiunto
nuove conquiste
l'imprenditore
che non resiste?
In altro luogo
cosa non va
in quel relitto
lasciato là?
Quando le azioni
del quotidiano
perduranti
dall'archeano
fanno dell'uomo
che le esperisce
un uomo arcano
che seppellisce
sotto macerie
di falsità
quello che è stato
e non sarà,
dove vedremo
l'ultimo atto
d'una commedia
che non ci inganna,
che non ci tedia?*

XIII

«Che succede ancora, dottore?» disse Pantagalli, entrando nell'ufficio di Sorrentino al primo piano della questura.

La celerità con cui si era presentato, dopo che Sorrentino gli aveva telefonato, denunciava non solo il suo carattere ansioso, ma anche una grande paura per quello che stava accadendo.

«L'ho mandata a chiamare perché ho ancora bisogno di parlarle» disse Sorrentino.

«Mi dica pure».

«Lei mi sa dire quali lavori ha eseguito la ditta Cola dopo il terremoto?».

«Con esattezza non saprei. Però ricordo, oltre alla realizzazione del complesso residenziale dell'Aterno, qualche piccola opera pubblica finanziata dalla Regione, di cui mi sono anche personalmente interessato quando ero assessore e poi il lavoro della ricostruzione e messa in sicurezza di due importantissimi edifici del centro storico appartenenti ad una società che sembra far capo a lui».

«E di questi lavori era progettista Attanasi?».

«Sicuramente non lo era dei lavori di ricostruzione e messa in sicurezza dei due edifici del centro. Vi sarebbe stato conflitto di interesse».

«Già» disse Sorrentino «per via dell'incarico che l'ingegnere aveva nella Commissione di controllo...».

«Esattamente» rispose Pantagalli.

«Ma lei non ce lo voleva in quella commissione, vero?» disse Sorrentino

«No! Non mi piaceva».

«Però lei non è stato ascoltato e Attanasi ha avuto ugualmente l'incarico...».

«Si dice che ci sono persone che hanno santi in paradiso» disse Pantagalli «Ma ce ne sono altre che i santi ce li hanno anche in purgatorio ed all'inferno».

«Che vuol dire?».

«Vuol dire che queste persone riescono ad avere tutto da chiunque sia al potere, sinistra, destra, centro, centrodestra, centrosinistra, movimenti, leghe, e quant'altro...» rispose Pantagalli.

«E sono tanto potenti da vendicarsi di chi gli mette i bastoni tra le ruote?» disse Sorrentino e guardò negli occhi Pantagalli, il quale conosceva troppo bene quello stimato investigatore.

«So dove vuole arrivare» disse Pantagalli «Non ci ha creduto che io abbia addebitato i miei guai alla sfortuna...»

«Infatti» disse Sorrentino «Mi dice perché pensa che dopo la sua contrarietà ad Attanasi siano iniziati i suoi guai con la giustizia?».

Pantagalli lo guardò dubbioso. Quanto stava per dire avrebbe potuto nuocergli doppiamente. Lo avrebbe esposto al sospetto di un suo possibile atto estremo contro Attanasi, ma lo avrebbe anche reso vulnerabile di fronte a possibili azioni di ritorsione da parte di ambienti molto potenti.

Però ormai il dado era tratto e non poteva mentire a Sorrentino.

«In effetti ho fondate ragioni di ritenere che le denunce contro di me siano state fatte proprio da Attanasi» disse.

«Denunce anonime?» chiese Sorrentino.

«Non propriamente» rispose Pantagalli «Diciamo denunce pilotate dentro certi ambienti».

«Quando la magistratura mette in galera ladri ed assassini, va tutto bene. Quando poi tocca voi politici, allora vi sentite dei perseguitati» disse Sorrentino.

«Un conto è quando la magistratura persegue la politica corrotta» rispose Pantagalli «Un altro conto è quando la magistratura diventa essa stessa corrotta nel tentativo di fare politica».

«Ma il problema centrale è che la politica non riesce più a difendere se stessa» proseguì Pantagalli.

«E' una questione di legittimazione» disse Sorrentino «La magistratura è ancora legittimata dal consenso popolare, se non altro perché riesce, non sempre ma in molti casi, a rendere giustizia, la politica ormai ha perso ogni credibilità».

«E' qui il punto» disse Pantagalli «la politica ha perso credibilità proprio perché, avendo affidato la propria ragione d'essere ad un consenso popolare troppo generalizzato, non riesce a garantire quegli standard di qualità e competenza che occorrerebbero per gestire al meglio la cosa pubblica».

«Non la seguo, Pantagalli» disse Sorrentino

«Mi spiego» disse Pantagalli «Che cosa si fa per entrare in magistratura? Si prende una laurea e si fa un concorso pubblico di notevole difficoltà. Poi, una volta divenuti magistrati, si fanno corsi e tirocini vari, fino ad avere la giusta preparazione per svolgere al meglio quella professione. E così fa il medico, l'ingegnere, in genere ogni professionista pubblico o privato. Nell'economia, tutte le più importanti operazioni macro e micro economiche sono affidate ad esperti che hanno studiato e hanno competenze in tal senso, ma anche quando parliamo di imprenditori che non hanno studiato e si sono fatti da sé, ci troviamo di fronte a persone che hanno acquisito nel tempo una notevole esperienza, e comunque rischiano in proprio. Diversa è invece la politica. Quali requisiti di preparazione culturale e giuridica sono richiesti per l'esercizio dell'elettorato attivo e passivo? Una volta c'era almeno la prova dell'alfabetismo per essere eletti, cioè che si sapesse leggere e scrivere, oggi nemmeno questa. Si può diventare presidente della Repubblica anche con la quinta elementare. Ma soprattutto non ci sono altri sistemi di selezione della classe politica dirigente che non siano quelli affidati alla libera scelta di tutti gli elettori. Ma qui è il problema fondamentale di questo sistema malato. Questo è l'elemento di criticità della democrazia. Il diritto di elettorato attivo e passivo a tutti. Intendiamoci, io non dico che non si debba dare a tutti l'opportunità di votare o di essere votati, ma solo dopo aver acquisito una specifica abilitazione, una vera e propria patente. Ecco: la patente di voto. Cioè tutti dovrebbero avere il diritto di conseguirla, ma con lo studio della costituzione e dell'educazione civica, con appositi test psico-attitudinali, con esami sulla storia dei partiti politici, ecc. Solo in tal modo potremmo avere la certezza di aver affidato la scelta di una classe politica idonea e preparata ad un elettorato capace di farla».

«Pantagalli» disse Sorrentino «Lei torna indietro di centinaia di anni, quando il voto era legato al censo».

«No. Perché allora votava ed era votato solo chi aveva denaro. Io dico che debbano votare tutti, solo devono saperlo fare. Io dico che debbano poter essere votati tutti, ma devono saper legiferare, amministrare e governare» rispose Pantagalli.

«Ma siamo in democrazia» ribatté Sorrentino «Il governo è affidato al popolo che lo svolge attraverso i propri rappresentanti».

«Lei pensa che sia così?» disse Pantagalli, e si lasciarono con questo grande punto interrogativo sopra le loro conclusioni.

Uscito Pantagalli, Sorrentino si recò nella stanza del vice questore Camilli ed insieme decisero di andare alla procura a parlare con la dott.ssa Di Giuseppe.

Entrato nella stanza del magistrato, Sorrentino non si sedette sulla sedia di fronte alla scrivania, come fece Camilli, ma preferì restare in piedi, di lato, per poter continuare a godere, come la volta precedente in questura, della vista delle belle gambe della Di Giuseppe.

«Cola è introvabile» esordì Camilli.

«Lo stanno cercando ovunque, ma finora senza risultati» disse la Di Giuseppe.

«Neppure i rilievi della Scientifica hanno aggiunto altro a quanto già sapevamo» proseguì «Non è stata ancora trovata l'arma, si pensa ad una pistola calibro 7,65. Né si è riusciti a sapere con precisione dove l'assassino sia passato per gettare il cadavere in acqua».

«Poi ci sono i suoi interrogatori fatti agli abitanti del borgo, prima e dopo il ritrovamento del cadavere» disse ancora il magistrato rivolto a Sorrentino.

Voleva informare i suoi superiori dei dubbi che aveva avuto su Pantagalli, e cioè sul possibile, anche se remoto ed improbabile, movente di questo per vendetta contro la denuncia che riteneva gli avesse fatto Attanasi. Ma poi avrebbe dovuto spiegare che Pantagalli riteneva, senza averne le prove, di essere perseguitato dalla magistratura, e lasciò stare.

Però riteneva necessario far disporre delle intercettazioni.

Perciò disse: «Giudice, deve autorizzare intercettazioni ambientali e telefoniche nei confronti di quelli del borgo Aterno che sappiamo di certo aver avuto rapporti con Attanasi e Cola, e quindi oltre che nei confronti dello stesso Cola, anche sulla professoressa Giulia D'Alessandro e su Francesco Pantagalli».

La Di Giuseppe guardò Camilli, per chiedere conferma, il quale annuì e quindi acconsentì ad autorizzare le intercettazioni.

«Sorrentino» disse Camilli «finchè non verrà rintracciato Cola, che ci dovrà dare parecchie spiegazioni, lei continui ad indagare nella scuola ed al borgo, come sta facendo, ma anche al comune. Ci risentiremo appena qualcuno di noi avrà acquisito nuovi elementi».

E si congedarono. Intanto, per tutta la durata del colloquio, Sorrentino aveva immaginato quanto sarebbe stato piacevole far aprire quelle gambe.

*Con il piacere
di aver davanti
gambe invitanti
di quella donna
che non nasconde
alla sua vista
le grazie escluse
dalla conquista,
lui se ne sta
per riferire
quanto accertato
e quanto sa.
Ma non tutto
viene scoperto,
tra il dire e il fare
c'è dell'incerto,
lui vuole andare
sulla sua strada
comunque sia
comunque vada.
Quella politica
pare che abbia
la sua ragione
nell'ignoranza:
benché presente
quell'opinione
senza patente
non serve a niente.
Ma la speranza
di ogni tensione
è che alla fine
possa trovarsi
la soluzione.*

XIV

Non s'erano più viste da quella sera.

Erica e Michela avevano quasi timore di incontrarsi di nuovo e per questo chi con una scusa, chi con un pretesto, avevano respinto sul gruppo di WhatsApp gli inviti ad uscire che Gianluca più volte aveva loro inviato.

Avevano paura che, vedendosi, avrebbero potuto spezzare quell'amicizia e quell'affetto che le univa per il timore di dover ammettere che con quel bacio avessero in qualche modo dichiarato la propria omosessualità.

Ma entrambe sapevano che non era così.

Entrambe sapevano di desiderare di far l'amore con gli uomini, di essere attratte dagli uomini e che quel bacio era stato un modo del tutto loro di essere unite.

In sostanza sapevano che, qualunque cosa sarebbe accaduta tra loro, sarebbe stata solo una storia del tutto personale tra due amiche e non si sarebbe mai potuta ripetere con altre donne.

Gianluca aveva iniziato a capire che qualcosa c'era stata tra loro due e volle prendere l'iniziativa.

Chiamò Erica e le disse che sarebbe passato a prenderla per farsi accompagnare in città per avere da lei dei consigli su alcuni acquisti da fare.

Però, giunto davanti alla casa di Erica, mentre attendeva che questa uscisse, staccò i cavi della batteria.

Quando Erica arrivò, Gianluca provò ad avviare il motore che non si accese. Quindi le disse che avrebbe dovuto chiamare Michela per riparare il guasto. E così fece. Michela giunse subito. Sorrise con affetto all'amica che ricambiò. Aprì il cofano del motore e sorrise anche a Gianluca scuotendo la testa con ironica complicità e Gianluca annuì. Quindi riattaccò i cavi della batteria e chiese di aspettarla: sarebbe andata a prepararsi per andare con loro.

Così partirono, con la musica a palla, decisi ad andare lontano da quel borgo triste e buio, decisi ad andare ad immergersi nelle luci della notte della grande città e quindi con destinazione Roma. Si dissero che quella notte non sarebbero rientrati e quindi avvisarono le rispettive famiglie che sarebbero rimasti a Roma ad un concerto che si sarebbe protratto fin quasi all'alba.

Invece, lasciata la macchina alla stazione Termini e scesi a piedi per via del Tritone, si tuffarono nelle vie del centro della capitale a vivere il fascino della vita notturna romana.

Cenarono in un'osteria del centro mangiando filetti di baccalà, fiori di zucca, penne all'arrabbiata con abbondante peperoncino e bevendo calici di vino bianco di Frascati.

Poi si inoltrarono nei vicoli tra Fontana di Trevi, il Pantheon e piazza Navona, entrando quasi in ogni locale e continuando a bere prosecchi e rum.

Verso le tre, stremati dall'alcool e dal lungo camminare decisero che era ora di tornare, ma riuscirono a capire, con quella piccola residua lucidità che era loro rimasta, che non sarebbero potuti ripartire in quelle condizioni.

Quindi suonarono al primo albergo che incontrarono.

Sembrava una piccola pensione ma quattro grandi stelle facevano bella mostra di sé nell'insegna.

Venne ad aprire un ometto con gli occhi appesi e i capelli tinti di rosso fin sopra il cuoio capelluto lasciato in vista dalla spettinatura della notte.

«Non voglio che Michela vada a dormire in un'altra stanza» disse piano Erica a Gianluca con voce supplichevole e maliziosa.

Gianluca, capendo che Michela aveva sentito e che non aveva espresso una diversa volontà, «Vorremmo una stanza con tre letti» disse e consegnò il suo documento, a cui si aggiunsero quelli delle due ragazze.

L'ometto guardando quei giovani ragazzi con sguardo ironico: «Ho solo una matrimoniale con lettino» rispose.

«Va bene lo stesso» tagliò corto Gianluca.

E salirono in camera senza valigie e una gran voglia di riposare.

Ma appena Gianluca ed Erica furono nel letto matrimoniale e Michela nel lettino singolo, Erica si alzò e, senza dire parola, si diresse verso l'amica, la prese delicatamente per mano e l'accompagnò nel suo letto, nel mezzo tra lei e Gianluca.

Si erano coricati con indosso soltanto la biancheria intima.

Restarono in silenzio, mentre si guardavano negli occhi con sorrisi di piacere e complicità.

Fu Erica a prendere per prima l'iniziativa e slacciò il reggiseno di Michela, che offrì così quei seni sodi e belli alla vista dei suoi amici.

Questa subito si vendicò slacciando a sua volta il reggiseno di Erica che si alzò in ginocchio sul letto per far vedere i suoi seni più piccoli, ma non meno belli di quelli di Michela.

Poi si ridistese accanto a Michela, le accarezzò il viso e la baciò.

D'istinto Michela offrì le labbra all'amica e contemporaneamente, spingendo le natiche indietro, si concesse a Gianluca.

Questo le sfilò le mutandine e fu dentro di lei.

Michela era in estasi. Si sentiva nel contempo uomo e donna, posseduta dall'uomo, mentre baciava l'amica e con la mano le dava piacere. La testa le esplodeva di voglia e di dolcezza.

Poi fu la volta di Erica a stare in mezzo.

Quando furono spossati, si strinsero tutti e tre in un unico abbraccio e così restarono per tutta la parte restante della notte, abbandonandosi al sonno rigeneratore.

Con quel rapporto, con quell'atto suggellarono definitivamente la loro indissolubilità.

*Se è perfetto
il numero tre
c'è una ragione,
ci sarà un perché.
Son giovani e belli
han quel nonsoché
che li fa diversi
da questi e da quelli.
Non han pregiudizi
non temono i vizi
ma schietti e sinceri
nei loro pensieri
si vogliono bene
senza catene,
sanno essere amanti
nei giochi piccanti.
Son forti e capaci
di andare avanti
nei loro progetti,
nei loro affetti,
senza temere
d'esser frenati
in quel piacere,
senza curarsi
di chi dissente
dal loro amarsi.
Vogliono viver
la libertà
cercando sempre
la felicità.
Ma sarà questa
la verità?*

XV

Senza luna, il buio era ancora più profondo sulle rive dell'Aterno.

La quiete apparente del borgo diffuse improvviso il bisbiglio di passi veloci che tornavano a casa.

Il rumore di tacchi di donna, spediti e veloci, si univa alla voce del fiume come un coro sinistro di dissonanze.

D'improvviso quei passi si arrestarono, come a voler sentire, percepire, captare qualcosa, qualcuno che si univa a quel coro con un sottile fruscio.

Per poi riprendere ancor più veloci verso la méta.

Ma non riuscirono ad arrivare alla porta di casa.

Dagli alberi di sponda del fiume Felice Vendipietra salutò con voce calda e rassicurante: «Buonasera, Giulia!».

Nonostante fosse nel frattempo arrivata quasi davanti a casa, Giulia aveva ancora il cuore in gola, anche perché non riusciva a distinguere di chi fosse quella sagoma tra la vegetazione del fiume.

«Chi è?» chiese.

«Sono Felice. Felice Vendipietra» e si avvicinò.

«Buonasera, Felice. Meno male che è lei. Mi sono spaventata!».

«La capisco. Di questi tempi…Non è sicuro, per una donna, rientrare a quest'ora, soprattutto qui dove non si vede un accidente».

«Attanasi non era una donna. Eppure è stato ucciso, sicuramente qui da noi, e di notte» disse Giulia.

Ripensando alla gaffe, Vendipietra non ribatté e cambiò argomento.

«Sono stato ad irrigare. Ho raccolto delle fave. Se le accetta…» E si avvicinò ancor di più a lei, porgendogliene una busta piena.

«Grazie» disse Giulia «A me piacciono molto, e poi la genuinità dell'appena raccolto... Come si dice: dal produttore al consumatore...»

Poi proseguì: «Le posso offrire una birra?».

«Beh! Sì! Ho finito e stavo tornando a casa. Mi fa piacere fermarmi un po' qui in giardino con lei» rispose Vendipietra che, però, subito si accorse di aver fatto la seconda gaffe della serata, per quell'esigenza di precisare di voler restare in giardino, quasi non volesse entrare dentro casa.

Ed infatti lei, con la malizia che è tipica delle donne quando provano piacere a mettere in difficoltà gli uomini: «Chi le ha detto di fermarci in giardino? Io l'ho invitata ad entrare!».

Ma Vendipietra che a questo punto non poteva non stare al gioco, disse: «Se per baciarti dovessi andare all'inferno, lo farei. Così potrò poi vantarmi con i diavoli di aver visto il paradiso senza mai entrarci».

«Accidenti» disse Giulia «Lei pensa che casa mia sia un inferno?».

«Ma con lei sarebbe il paradiso. Shakespeare dice inferno, ma vuole dire il paradiso, perché con lei... insomma... e comunque mi arrendo» rispose Vendipietra. «Ho fatto la terza gaffe della serata, può bastare».

«Tranquillo» disse Giulia «Scherzavo. Non intendevo sedurla. Ci beviamo una birra qui in giardino, e ci rilassiamo un po', prima di andarcene a dormire».

Ma poi aggiunse: «E comunque dentro c'è Alba...».

Non fu una sola birra quella sera a far compagnia alla professoressa Giulia ed al contadino Felice. Lei, entrata e riuscita in un lampo ed accesa la luce esterna del giardino, si era cambiata in golfino e pantaloni e conduceva quella piacevole conversazione con Felice sulla piccola scala di casa, tenendo le gambe raccolte e strette tra le braccia, con le ginocchia al petto. Lui, rimasto con gli abiti da lavoro, le sedeva vicino sulla sedia del giardino. Parlarono un po' di tutto, dell'omicidio di Attanasi, di come Francesco Cola fosse malvisto da entrambi, della realizzazione di quel borgo che Felice ancora non riusciva a mandar giù. Parlarono del lavoro, della vita in città prima e dopo il terremoto e di come sarebbe una vita totalmente vissuta in connubio con la natura.

«Qui si sta bene» disse Vendipietra «Anzi si stava meglio quando non c'eravate voi. Non dico di lei…», pensando alla possibile quarta gaffe e cercando di rimediare.

«Voglio dire, si stava meglio quando non c'era questo quartiere. C'ero solo io e la campagna, la pace e la natura. Certo, se mi sono costruito questa vita, l'ho fatto anche per interesse. La produzione dello zafferano rende bene, ma ho imparato ad apprezzare sempre di più questo stare in contatto con la terra e le poche cose che una vita da contadino ti offre…».

«Noi siamo i disturbatori…» lo interruppe Giulia.

«Però da un po' di tempo ho trovato il modo di adottare le mie contromisure» disse Felice.

«Come?» chiese Giulia.

E lui rispose: «Che fa d'estate chi vive in città per rigenerarsi dallo stress? Va al mare, in montagna o comunque in vacanza. Da quando è stato realizzato questo borgo, anche io sento il bisogno di allontanarmene per qualche mese all'anno».

«Perciò d'estate, per un certo tempo, non la vediamo» disse Giulia «Dove se ne va?».

«C'è un posto in una vasta area di montagna, a molti chilometri da qui, dove, in perfetta solitudine, metto la mia tenda e mi accampo, portandomi dietro con la jeep tutto quanto possa occorrermi per un mese: acqua, cibo, i pochi necessari capi di vestiario, ecc. E qui vivo veramente a contatto con la natura».

E Giulia, che da donna responsabile guardava alla concretezza delle cose: «E per la conservazione degli alimenti, come fa?».

«Ho imparato a scavare delle buche e tenervi, nel ghiaccio che porto con me, cibo e bevande».

«Immagino che sia una bella esperienza» disse Giulia.

«Giulia» disse Felice, poggiandole la mano su quelle braccia esili con cui lei proteggeva le gambe dal fresco della notte «dovrebbe venire anche lei, in quei posti. E provare l'emozione di vivere nella natura. Sentire il profumo intenso e fresco del sottobosco. Svegliarsi al mattino al canto vario e melodioso della cinciallegra. Seguire nelle ore del giorno il laborioso martellare del picchio verde, mentre un'upupa dalla testa coronata ti vola accanto e l'aquila reale sovrasta planando le cime dei monti. Guardare un cervo che si avvicina brucando e, vedendoti, fugge via bramendo. La notte poi il canto acuto dell'allocco continua a farti compagnia, mentre il bosco rumoreggia al passaggio di cinghiali e caprioli e anche dell'orso bruno marsicano. Non di rado la volpe viene a smaltire i pochi avanzi. Qualche volta anche l'ululare dei lupi ho sentito da lontano».

«E non ha avuto paura?» disse Giulia.

«Non hai paura se tu stesso sei parte integrante di quell'ambiente» rispose Vendipietra enigmatico.

Proprio in quel momento qualcosa si mosse nel buio all'inizio di quella strada che costeggiava il fiume.

«Sarà stato qualche animale selvatico» disse Giulia, suggestionata dalla descrizione della vita del bosco che le aveva appena fatto Vendipietra.

E lui per non farla impaurire, disse «Certamente».

Poi proseguì: «Giulia, io ho visto quella sera Attanasi venire a farle quella scenata davanti casa sua. Stavo per intervenire e prenderlo a pugni. Ma non me ne ha dato il tempo. E' andato subito via».

«Meglio così. Comunque un po' me la sono cercata. Avevo forzato la mano del preside con un orario scolastico a solo mio vantaggio. Ma l'ho fatto per stare più tempo a casa con le mie sorelle. Attanasi non ha..., anzi non aveva nessuno che lo aspettava a casa».

«Ma è ora di andare a dormire» e lo salutò con un bacio sulla guancia.

Mario non fu l'ultimo quella notte a rincasare nel Borgo Aterno.

Entrò in casa in silenzio, cercando di non far rumore per non svegliare Lucia.

Depose con tanta premura ed attenzione quel pacco che aveva con sé ad un angolo della sala.

Poi fece la doccia e si accoccolò nel letto vicino alla sua donna.

Intanto Felice era tornato verso il casolare.

Con stupore vide la macchina dello zio proprio davanti alla porta.

«Ma che ci fa qui a quest'ora?» pensò.

Entrò sicuro di trovarlo in casa, ma guardò in ogni stanza e dello zio non trovò traccia.

Quindi tornò fuori e guardò dentro la macchina, pensando che vi si poteva essere addormentato, ma niente. Lo zio non c'era.

Allora si allarmò ed iniziò a cercarlo. Non escludeva di poterlo trovare disteso a terra, per un malore, e per questo con la torcia elettrica illuminava il terreno dove passava, sia che fosse incolto sia che fosse già arato o seminato. Ma niente. Dello zio nessuna traccia. Ad un tratto pensò di cercare nella stalla dove Vendipietra teneva la mucca, il maiale e le galline che gli fornivano il necessario apporto di proteine animali durante l'anno. E sulla paglia vide lo zio disteso. Pensò al peggio. Gli si avvicinò per sentire il cuore. Batteva regolare. Ne fu sollevato. Lo zio dormiva. Pensò di lasciarlo lì, ma fu troppo forte la curiosità di sapere il motivo di quella presenza. Lo svegliò.

«Zio Giulio, svegliati».

«Quello aprì un occhio lentamente, poi l'altro ma sembrava ancora assente.

«Zio, perché stai qui» urlò Felice

«*Che cazz... Manco ecco pòzzo stà?*» disse lo Zio mentre iniziava a svegliarsi meglio.

«Ma perché sei venuto qui? Lo sa zia? A quest'ora si starà preoccupando».

«*Chella? Lassala perde. E' 'na jana[6]. Me tè appiccicatu comm'a 'nu ciucciu*».

«Ma che sei venuto a fare?».

«*So' jito éssosottu a Sant'Eusanio a scannà 'na pèchera a Francisco, quijiu che sta a Pile. Pò ce ne semu jiti a ju lacu de San Demetrio, la semu fatta alla cottora[7] e ce la semu magnata*».

«Con chi?» chiese Felice.

«*Come co cchi? Co quiji de ju retrou[8]..... Ce ne stavemo sei. Ce semu fattu 'na damigianella pina zippa de vinu bbonu*».

«Quindi non ce l'hai fatta a tornare a casa, e ti sei fermato qua. Ora avverto zia che ti fermi qui da me. Andiamo a casa, almeno dormi in un letto comodo».

«*Prima te so vistu. Ma 'na bbotta a ssa quatrana ce la sci ata, o no?*» Disse Giulio.

---

[6] Strega
[7] Paiolo
[8] Circolo

«Se non la smetti, la do a te una botta in testa, così dormi meglio» disse Felice, mentre lo portava, sorreggendolo per un braccio, nel letto comodo di casa sua.

*Quanta paura
senza sventura!
L'ansia e l'attesa
del brutto evento
prostrano l'uomo
nello scontento,
ma poi raggiunge
con un sorriso
chi ha la vita
sopra il suo viso.
Che cosa invita
cosa sospinge
a stare soli
nella natura?
Quale animale
è più dell'uomo
migliore amico,
più galantuomo?
Esser lontani
dalla città
porta silenzio
e felicità,
ma sotto il sole,
sotto la pioggia,
tra un campo arato
ed una roggia
che si farebbe
per conservare
quel che si ha,
che si darebbe
per mantenere
la tranquillità?*

XVI

Il sovrintendente Ercolano accompagnò di nuovo Sorrentino al Borgo Aterno.

Per strada cercarono di fare il punto delle indagini e soprattutto di capire dove potesse essere scappato Cola, perché ormai erano del tutto convinti che ad uccidere Attanasi fosse stato lui per ragioni di interesse economico.

Quei trecentomila euro versati da Attanasi a Cola senza perché, e che si presumeva questi dovesse in qualche modo restituire, potevano costituire un movente più che valido.

Ma la polizia aveva cercato ovunque, nelle sue case, presso i suoi parenti, presso i suoi amici, ma di Cola nessuna notizia.

Se ne stava nascosto chissà dove, perché le foto segnaletiche finora non erano servite a nulla.

Poteva essere fuggito clandestinamente all'estero, ma, anche in questo caso, chissà dove.

Nonostante ci fossero già stati gli agenti a cercare Cola, Sorrentino volle tornare di nuovo alla villetta di questi al Borgo Aterno, con la speranza di trovare qualche indizio che gli consentisse di capire dove poteva essersi rifugiato.

Il mandato del giudice gli consentiva stavolta di perquisire tutta la casa, così come tutte le altre case di proprietà di Cola.

Entrarono e trovarono una casa stranamente in ordine per essere di un single che vi portava le sue frequenti conquiste.

E tutto faceva pensare che la casa non fosse più stata aperta da tempo.

Non c'era nulla che potesse far risalire ad un possibile altro rifugio di Cola, né trovarono alcun elemento che potesse far collegare il proprietario all'omicidio di Attanasi.

Così i due poliziotti decisero di chiudere ed andar via e Sorrentino, dato ormai che s'era fatto tardo pomeriggio, lasciò che Ercolano restasse lì a casa sua, al borgo.

Lui aveva in mente altro. Pensò di cogliere l'occasione per tornare a trovare Giulia. Benché da lei avesse ormai avuto tutte le informazioni che gli servivano, gli faceva piacere rivederla.

Perciò la chiamò al cellulare.

«Buonasera Giulia, sono Sorrentino»

«Ah, dottore, buonasera» rispose «Come mai? Ha ancora bisogno di me?».

«Di sicuro» rispose ironico Sorrentino «ma solo per prendere un aperitivo in compagnia».

«Ma io sono a casa» disse Giulia «Ormai non torno in città».

«Non si preoccupi» disse Sorrentino «Verrò io da lei».

E nel frattempo era arrivato presso la sua porta di casa, era sceso dall'auto della polizia e aveva suonato.

«Un attimo» disse Giulia ancora al cellulare «Stanno suonando alla porta».

Aprì e lo stupore fu tutt'uno con un grande sorriso.

«Già qui?» disse Giulia, continuando a ridere.

«In realtà sono tornato qui al borgo per servizio e ho avuto voglia di vederla» disse Sorrentino

Giulia si sentì imbarazzata, ma lusingata.

Si guadarono per un lungo attimo negli occhi, poi Sorrentino disse: «Allora, quest'aperitivo?».

«Se entra glielo offro io» disse Giulia

«Facciamo due passi fino al baretto?» propose Sorrentino, che nel frattempo, restato sull'uscio, aveva sbirciato dentro il grande salone ed aveva visto Alba ai fornelli.

«Allora» disse Giulia, mentre l'accompagnava verso il chiosco di Tommaso e Giorgia «Come vanno le indagini?».

«Stiamo cercando Cola» disse Sorrentino «Sembra scomparso».

«Pensa che sia lui l'assassino?» disse Giulia.

«Non lo so» disse Sorrentino «Ma troppe cose lo legano ad Attanasi».

Si fermarono al tavolo fuori del chiosco. Tommaso arrivò quasi subito e chiese: «Vi posso proporre un buon aperitivo?».

«Per me fai tu» rispose Sorrentino.

«Anche per me» disse Giulia.

Tommaso tornò subito dopo: «Ecco qui. Bitter, Strega, ghiaccio e zafferano».

Gustarono il cocktail con tartine di ventricina, olive e patatine e parlarono a lungo, nonostante l'ora di cena ormai incalzasse.

Però ad un tratto, mentre Sorrentino parlava, Giulia si accorse che non lo stava più seguendo, in quanto si era persa dietro questo suo pensiero: fino a qualche giorno prima la sua vita era dominata esclusivamente dalla scuola, dalle cose di casa e dalle sorelle. Ora, in soli due giorni, due uomini si erano interessati a lei, facendole chiaramente capire di volerla corteggiare. Felice Vendipietra era un bell'uomo ed era attratta da lui fisicamente, ma anche mentalmente per il suo modo di ragionare sul mondo e sulle scelte ambientaliste. Ma in tutti questi anni lei aveva vissuto da balia e da tutrice delle proprie sorelle ed ora sentiva di aver bisogno di qualcuno che si prendesse cura di lei, che la proteggesse, che la facesse sentire al sicuro ed in questo quel poliziotto sembrava l'uomo ideale. Avrebbe accettato le avances di uno solo dei due. Non era quel tipo di donna a cui piace passare da un letto ad un altro o avere diversi amanti contemporaneamente. Perciò li avrebbe frequentati entrambi finché il primo di loro non si fosse dichiarato. E solo a questo avrebbe detto sì.

«Giulia» la scosse Sorrentino, che si era accorto della perdita di attenzione della donna «non mi ascolta?».

«Mi scusi dottore» disse «Pensavo che si è fatto tardi e Alba e Michela si staranno preoccupando».

«Mi scusi lei» disse Sorrentino «La riaccompagno a casa. Ma mi deve promettere che una di queste sere verrà a cena con me».

La ricerca di Francesco Cola era ormai diventata un caso di rilevanza nazionale ed anche internazionale. Polizia di mezzo mondo, carabinieri, guardia di finanza e perfino i forestali neo carabinieri cercavano Cola ovunque, ma nessun indizio o comunque elemento spuntava che potesse agevolarne la ricerca.

Sorrentino decise di iniziare una sua ricerca personale.

Era riuscito a risalire a tutte le case, piccoli appartamenti, cantine, locali vari che erano intestati a Cola. Tra questi un piccolissimo attico in un palazzo di quattro piani in centro storico, in un'area ancora totalmente abbandonata, dove dovevano ancora avere inizio i lavori della ricostruzione. Ed ove fino a quel momento nessuno aveva pensato di dover arrivare a cercarlo.

Sorrentino giunse tra la polvere delle residue macerie e del cemento che proveniva dall'unico palazzo a fianco dove invece i lavori erano iniziati ed entrò dal portone principale dell'immobile, lasciato aperto sin dal giorno del terremoto.

Aveva la pistola nella fondina alla cinta dei pantaloni e si premunì facendo scattare il colpo in canna.

Le scale del palazzo, ovviamente disabitato, che si aprivano a destra del cortile interno, erano tutte ancora piene di calcinacci e mattoni caduti durante la scossa del 2009 e Sorrentino, facendosi strada, salì al quarto piano.

Qui due appartamenti si fronteggiavano: l'uno dei signori Di Marco, l'altro di Aloisio. Era questo. Fittiziamente intestato ad Aloisio, in realtà apparteneva a Francesco Cola, ed anche questo era destinato ad essere dependance per i suoi vizi e divertimenti.

Bussò a lungo senza ottenere nessuna risposta. Entrò con la pistola in pugno forzando la serratura di quell'appartamento che sembrava in condizioni migliori degli esterni e delle scale. Qualche crepa e non di più. La presenza della corrente elettrica attivata, che avrebbe dovuto costituire motivo di rassicurazione, in realtà lo inquietò maggiormente. Girò per le stanze alla ricerca di qualcosa che neppure lui sapeva, finché in camera da letto l'odore dolciastro del sangue richiamò la sua attenzione.

La macchia era lì, grande e ripugnante, sulla coperta del letto disfatto. Qualcuno aveva finito proprio lì i suoi giorni.

Doveva continuare a cercare. Chi vi era stato ucciso, non poteva essere lontano.

Di sotto vi erano solo appartamenti disabitati e chiusi.

Scese le scale fino al cortile dove otto porte stavano a dimostrare la presenza di altrettante cantine corrispondenti agli appartamenti presenti. Quella di Cola doveva essere la numero 8. Spinse. La porta si spalancò non incontrando alcuna resistenza dalla serratura manomessa. Entrò. Non vi era altro che un grande congelatore acceso. Il timore lo assalì, ma il senso del dovere prevalse sulla paura. Aprì. Un volto d'uomo inebetito dalla morte e dal ghiaccio lo guardava. Richiuse d'istinto. Era Cola. Le foto segnaletiche che lui stesso aveva diffuso parlavano chiaro. Il corpo di Francesco Cola era in quel congelatore. Finito lì dopo essere stato ucciso nella camera da letto di una delle sue case in attesa della ricostruzione post terremoto.

*Dove ci porta
morte ed amore,
vita e dolore,
l'eterna lotta
dell'esistenza,
dopo che il morto
rende la prova
dell'innocenza?
Quale periglio,
quale scompiglio
travolge l'uomo
nella coscienza?
Eros, Tanatos
restan saldati
dalle vicende
che li han legati,
disorientando
l'inquisitore
su quell'affare
delle dimore
dove lo sparo
le vite ha rotto
ed ha corrotto.
Se fuoripista,
l'investigatore
cambia la vista
di quel clamore
su altre vie
ricostruite
per dare un nome
a chi ha spezzato
quelle due vite.*

XVII

Anche stavolta partì subito la notizia sulla rete, in tv e sui giornali, cartacei ed on line, e con essa partirono le indagini della scientifica alla ricerca di tracce, di elementi di prova, di qualsiasi indizio potesse dare elementi in ordine alla figura dell'assassino.

Ma Sorrentino, tra tutte le informazioni che gli arrivarono, ne colse solamente due come veramente importanti: la prima sull'arma del delitto, una pistola di calibro 7,65, che, dati i rapporti che univano le due vittime, poteva rendere plausibile l'ipotesi che l'assassino fosse lo stesso di Attanasi; la seconda veniva dagli operai che stavano lavorando alla ricostruzione dei palazzi vicini, i quali avevano visto delle persone portare un grosso scatolone imballato ma avevano pensato che si trattasse di materiale che sarebbe dovuto servire alla ricostruzione imminente anche di quel palazzo.

Sorrentino ormai era consapevole che con l'uccisione di Cola le indagini sarebbero dovute ripartire da capo.

Una cosa però stavolta era sicura: ad uccidere Cola ed Attanasi non era stata una sola ma due o più persone.

Pensò che avrebbe dovuto ancora sentire molte persone del borgo. L'aver puntato subito il dito su Cola lo aveva distolto da piste che invece potevano portare alla soluzione del caso. Non solo. Ma averle trascurate poteva averne determinato l'inquinamento.

Ad esempio non aveva mai parlato con Alba, la sorella di Giulia. Quando si era apprestato a farlo, si era lasciato convincere da questa ad evitare per non comprometterne la tranquillità, dati i suoi problemi psicologici.

Ora però non poteva non coinvolgerla.

I suoi doveri gli imponevano di interrogarla. Ma lo avrebbe fatto con tatto e discrezione, senza neppure farle accorgere che si trattava di un interrogatorio di polizia giudiziaria.

Perciò pensò che il posto migliore dove sentirla fosse proprio la casa dove viveva con le sorelle e quindi chiamò Giulia.

«Ciao, Giulia. Devo finire di interrogare tutte le persone che abitano al borgo, e quindi non posso esimermi dal sentire Alba. Ho pensato di venire io stesso da voi. Mi dispiace ma non posso non farlo. Ne va della completezza delle indagini».

«Capisco» rispose Giulia «Vieni stasera a cena da noi. Così potrai parlarle senza che lei senta troppo la tensione di un interrogatorio».

Si era accorta che era passata a dargli del tu. Così spontaneamente, senza pensarci. Evidentemente la continua frequentazione cominciava ad aprire qualche breccia.

E lui colse al volo quell' occasione: «Verrò senz'altro. Sono sicuro che sei anche una brava cuoca. Però devo chiederti un favore. Durante la serata tu e Michela mi lascerete solo con Alba, almeno per un po'».

«Ti aspetto» Giulia confermò il passaggio al tu.

La cena fu come Sorrentino aveva pregustato. Soprattutto l'ottima pasta alla chitarra con il sugo di granchio. Partirono un paio di bottiglie di Montepulciano d'Abruzzo rosato. E il parrozzo dulcis in fundo.

La serata in compagnia delle sorelle Giulia ed Alba fu molto piacevole. Michela, la sorella piccola, come ormai da tempo era solita fare, era fuori con i suoi amici. La serata fu tanto piacevole che Sorrentino stava pensando di parlare da solo con Alba in un'altra occasione.

Ma fu proprio Giulia che lo richiamò ai suoi doveri al termine della cena quando chiese ad Alba di portare Sorrentino in garage a fargli vedere come aveva scomposto la macchina incidentata del padre.

Alba, che non si staccava mai, né mentalmente, né fisicamente dal suo feticcio, ne fu felice.

E quindi se ne andarono in garage dove la macchina, o quel che di essa restava, giaceva tra i mille pezzi in cui era stata sezionata.

«Lei conosceva il professore Attanasi e l'imprenditore Cola?» disse Sorrentino, guardando quell'ambiente di pezzi di macchina sparsi ovunque.

«No, no» rispose lei

«E quella sera sentì lo sparo».

«Sì, sì».

Sorrentino, che a tavola aveva avuto modo di sentirla parlare e ne aveva apprezzato la profondità di pensiero, capì che doveva cambiare la modalità del dialogo, per cui: «Le mancano mamma e papà?».

Lei fu colta di sorpresa da quella domanda e sentì scenderle le lacrime in modo istintivo, naturale e, come se d'improvviso si trasformasse in un'altra: «Sono ancora con me» disse.

Sorrentino fu colpito da quell' affermazione e volle approfondire.

«In che senso?».

«Lei sa che cosa è l'anima del mondo?» disse Alba.

«No».

«Per molti è Dio» proseguì Alba «Ecco, da quando sono morti i miei genitori, io so che esiste, e che i miei genitori ne fanno parte».

«Cioè?» disse Sorrentino per sentire dove voleva arrivare.

«Quando si muore, l'anima continua a vivere in rapporto con le altre anime. Non si tratta di comunicazione di pensieri, anche telepatici, come noi li conosciamo. Questo appartiene all'intelligenza e quindi alle cose fisiche. Invece c'è una fusione spirituale con le altre anime: un po' come quando tra due persone innamorate non servono le parole, ma possono continuare ad amarsi anche stando lontane o, se vicine, solo guardandosi negli occhi. Oppure come fa l'asceta che parla con Dio solo con il sentimento dell'amore. Ma accade anche che le anime dei morti, specialmente quando il sentimento che le lega ai viventi è molto forte, possono far sentire la propria presenza anche alle persone che sono ancora in vita. Io, da quando i miei genitori non ci sono più, a volte sento la loro presenza e li sento vicini, non accanto, ma dentro di me, dentro la mia anima. Ora, ho letto che qualcuno dice, partendo dalla filosofia di Platone, che le anime tendono a fondersi in una grande anima universale, che è Dio, l'anima del mondo.

Io non so se questo è vero e non so dire se ciò che ha fatto la Chiesa nei secoli, e cioè aver voluto gestire e governare la vita degli individui, intervenendo sulle sue fasi fondamentali come la nascita, la morte, la vita di coppia, ecc., con la scusa di curare le loro anime, sia stato giusto o meno.

Ma sono certa che esistono delle anime più illuminate che vivono con Dio un rapporto più intenso e questi sono i santi. Ed anche credo che se il corpo con la morte finisce nel nulla, se il pensiero è anch'esso fisicità, in quanto espressione del cervello e quindi destinato a crescere, svilupparsi, deteriorarsi e morire come ogni cosa materiale, solo l'anima è eterna nel suo infinito corrispondere dentro l'anima del mondo».

«Quindi per te non conta essere buoni o cattivi?» disse Sorrentino «Si va tutti in Paradiso?»

«No. Io penso che il contatto dei viventi con l'anima mundi è impedito dal male e favorito dal bene: bisogna solo capire cosa è bene e cosa è male. Rubare è male ma un padre che ruba per sfamare il proprio figlio che sta morendo di fame, chi può giudicarlo? Uccidere è male. Ma chi può dire che una mamma che uccide chi sta per fare del male a suo figlio sia contraria all'anima del mondo?».

«Da quanto mi dice, se ha trovato il senso della vita e della morte, se ha trovato anche il modo di continuare ad avere i genitori vicino, sebbene morti da molti anni, perché continua a non essere serena e ad essere inquieta?» disse Sorrentino

«Perché, per anni, il rimorso mi ha logorato» rispose Alba «Ma ora non più. Ora so che cosa è successo».

«Quando?».

«Quando la macchina uscì di strada e per tanto tempo ho pensato che la colpa fosse mia, per aver fatto distrarre mio padre» rispose ancora Alba

«Perché non fu così?».

«No. La ruota è scoppiata da sola. E la macchina è diventata ingovernabile. Per questo siamo usciti di strada».

Da tutto il colloquio avuto con Alba, Sorrentino si convinse ancor più che era vero quanto si diceva sulla stranezza di quella ragazza. E difficilmente una così avrebbe potuto compiere con quella lucidità ed efferatezza con cui erano stati realizzati, ma soprattutto con le modalità con cui erano stati compiuti, i due omicidi di Cola e Attanasi.

Perciò tornò dentro nella sala grande, dove la sorella aspettava il loro rientro, e le lanciò un rassicurante sguardo di ironica rassegnazione.

*Che cosa vedi
anima mia
oltre il futuro
della mia vita?
Che cosa chiedi
quando la via
oltre quel muro
è già finita?
Un nuovo mondo,
un Dio infinito,
un girotondo
fatto d'amore
vivo ed unito.
Sentire il peso
delle miserie
qual nostro fine
e all'improvviso
restar sospeso
oltre il confine
del mondo eterno
ed indiviso:
senza più fame
senza l'inverno
senza le brame
dell'eccedenza
senza le trame
della violenza.
L'anima pura
con il suo ardore
pensa all'amore
vince il dolore
e guarda in su.*

XVIII

Nonostante il clima di tensione e di tristezza che aleggiava sulle abitazioni del Borgo Aterno, Pantagalli aveva diffuso gli inviti a partecipare alla mostra di pittura che sarebbe stata inaugurata il primo maggio nel cortile e sotto il porticato del Castello cinquecentesco, parzialmente riaperto al pubblico dopo il terremoto del 6 aprile 2009 ed ancora, in gran parte, in fase di ristrutturazione.

Le fasi dell'organizzazione ormai ampiamente avviate ed il tema «L'Aquila, prima e dopo «, così importante per la città, non consentivano rinvii, e non poteva certamente essere lui, presidente di una delle più importanti associazioni culturali, a tirarsi indietro.

Lui stesso si impegnò a pubblicizzare l'evento con ampia diffusione della notizia e del manifesto sui giornali, nei bar, in tutti gli angoli della città, delle frazioni e dei borghi vicini, ed ovviamente e più proficuamente, su tutte le Tv, i giornali on line e le pagine dei social network seguiti dalla popolazione locale e non solo.

Perciò la partecipazione del pubblico fu ampia.

Accorsero anche diversi abitanti del Borgo Aterno e Sorrentino.

L'intero quadrato del cortile e tutto il porticato erano stati utilizzati per l'esposizione di quadri, realizzati nel periodo precedente il terremoto e collocati accanto a opere che rappresentavano lo stesso scorcio del paesaggio aquilano dopo la ricostruzione, oppure soltanto immaginato dall'autore laddove questa non fosse ancora avvenuta.

La basilica di Collemaggio, la fontana delle 99 cannelle, lo stesso Castello, la scalinata di San Bernardino, la fontana luminosa erano tra le opere più rappresentate, ma c'erano anche quadri che riproducevano, nel presente e nel passato, scorci di bei vicoli e belle piazze, come Costa Masciarelli, Fontesecco, via Fortebraccio, piazza Duomo, piazza San Marciano, piazzetta San Biagio, piazzetta 9 Martiri, nonché cortili di palazzi importanti dal XIV al XIX secolo.

Al centro del cortile, in uno dei piccoli spazi non occupati dall'allestimento, Sorrentino scorse Pantagalli, con a fianco la moglie Maria, intenti ad intrattenere alcuni politici presenti.

Si avvicinò.

«Buongiorno Pantagalli» disse Sorrentino «Complimenti, ottima riuscita!».

Pantagalli rispose soltanto dandogli la mano, non potendo interrompere il discorso già avviato con gli ospiti.

Allora Sorrentino si rivolse alla sig.ra Pantagalli.

«Maria!» disse «Mi fa un po' lei da guida?».

«Volentieri» disse Maria, che evidentemente cominciava a trovare pesante la conversazione tra il marito ed i suoi interlocutori.

E così si spinsero, tra la folla, in quel percorso d'arte, che restituiva dignità e cultura alla città ferita.

Dopo un quarto d'ora di lezione, da parte di Maria, sulla storia ed il paesaggio aquilano, fu Sorrentino a cambiare discorso: «Suo marito è stato indeciso fino all'ultima ora se aprire o meno questa mostra...».

«E' caparbio, mio marito. Quando deve fare una cosa, non molla facilmente»

«Già! Come dicono in questi casi i presentatori televisivi? Lo spettacolo deve continuare...» disse Sorrentino, e poi: «Lei conosceva bene Cola?» quell'accento sulla parola «bene» non fu casuale.

Maria lo fissò. Per un po' sembrò che non sapesse che cosa rispondere, ma poi disse: «Vede Commissario, a noi tutti quando nasciamo consegnano un libretto d'istruzioni, proprio come se fossimo dei giocattoli o un elettrodomestico. E' il libro delle regole che la vita ci impone di rispettare e che qualcuno ha già scritto per noi: la religione, lo Stato, la società, ecc. Poi nella vita, ma non sempre, arriva l'unica cosa che non potrà mai essere gestita da regole, e questa cosa è l'amore. Quando arriva l'amore, tutto ti sembra cambiare, la vita delle regole viene sconvolta e tu pensi che per vivere ti basti solo lui. Ma l'amore ha una sua unica regola fondamentale: la reciprocità. Se questa non c'è, l'infatuazione, il sesso, la passione e tutto il resto si spengono».

Sorrentino restò sorpreso da tanta, immediata sincerità, e disse: «Da quanto tempo è finita?».

«Ci siamo visti qualche volta di sera da soli a casa sua al borgo, quando non c'era mio marito. Ero presa da quell'uomo così scaltro ed intraprendente che frequentava mio marito per i suoi affari e contemporaneamente corteggiava me. E me ne ero innamorata. Ma ben presto mi sono accorta che io ero solo una delle tante che portava a letto in quella casa, e quindi ho subito troncato quella storia».

«E suo marito» disse Sorrentino «Non si è accorto di nulla?».

«A mio marito ho detto tutto. Dicendogli tutto ho pensato di recuperare quel rapporto che il tempo ha reso più solido ed importante di un amore passeggero. Non so ancora se ci sono riuscita. Ma ora sono serena» rispose.

«Ed ora mi scusi, non vorrei che mio marito si ingelosisse di lei» disse ironicamente sorridendo, e si avviò per tornare verso il gruppo di Pantagalli.

«Ecco un altro motivo che mi dovrebbe far sospettare di Pantagalli» pensò Sorrentino «Ma perché uccidere Attanasi? Non si uccidono due persone quasi contemporaneamente per motivi così diversi. Non mi sembra Pantagalli un killer seriale che, all'improvviso, decide di far fuori ogni persona che possa avergli arrecato un danno nella vita. Comunque è sotto intercettazione. Se lo ha fatto, lo ha fatto con dei complici. Vedremo».

A questo pensava quando, proseguendo nel percorso, si imbatté in Lucia.

Da quando Mario gliela aveva presentata, ogni volta che la vedeva Sorrentino non sapeva se guardarle in alto quegli occhi verdi meravigliosi, oppure in basso le lunghe bellissime gambe, che lei non disdegnava di mostrare fiera sotto la minigonna, quando non era costretta ad indossare il più sobrio tailleur da hostess.

«E Mario?» disse Sorrentino «Non dirmi che sei qui da sola».

«Magari» rispose lei «Mi vuole sempre con sé».

«Beh! Non ti segue mica sugli aerei».

«Ci mancherebbe. Anche perché non potrei dargli retta. E poi, a ognuno il suo lavoro».

«Deve essere difficile, per un uomo geloso, avere una compagna che fa la hostess» disse Sorrentino.

«Ecco qui» rispose lei «il solito luogo comune della hostess vista come terra di conquista. Voi uomini non cambierete mai».

In quel momento arrivò Mario.

«Venite» disse «Devo mostrarvi una cosa».

Li portò a sinistra del portone d'ingresso del castello, dove un'ampia e larga scalinata scendeva nei sotterranei. Scesero. Man mano il senso di umido e di freddo diventava sempre più intenso. Tra i calcinacci crollati dai muri ed i cordoli in pietra, a suo tempo realizzati per far meglio scendere i cavalli, era ben difficile camminare. D'un tratto Mario indicò qualcosa a terra. Sorrentino si accovacciò sopra quella polvere e annusò: non poteva essere che polvere pirica. Ne seguirono le tracce scendendo fino ad un ampio salone. Qui un'ampia chiazza della stessa polvere giaceva nel mezzo.

«Vabbè che siamo dentro una casamatta, nei sotterranei di uno dei quattro bastioni della Fortezza spagnola, ma che ci fa qui oggi questa polvere da sparo?» disse Sorrentino «Non ci saranno mica i fantasmi dei soldati spagnoli del '500?».

«E' gente viva e vegeta» rispose Mario «Hanno utilizzato questo posto, in questi anni di chiusura del castello, per preparare munizioni o fuochi pirotecnici illegali».

«Farò venire di notte una pattuglia a vedere» disse Sorrentino «Anche se penso che ormai, con l'inizio dei lavori di ricostruzione, sarà ben difficile che continuino ad utilizzare questo posto».

«Ma tu come ci sei arrivato?» disse a Mario.

«Ero curioso di vedere in quali condizioni si trovassero i sotterranei dopo il terremoto, ho un po' forzato la porta d'accesso e sono sceso» disse Mario, mentre risalivano.

«Fa sempre così» disse Lucia «Mi lascia sola e poi dice di essere geloso. Ti sembra un comportamento coerente?».

«Secondo me lo fa per metterti alla prova» disse Sorrentino, e poi con un sorriso tra l'ironico e il beffardo, rivolgendosi a Mario: «Attenzione a non farlo di nuovo quando ci sono io. Potresti non ritrovarla».

Sorrentino lasciò la coppia e si recò verso l'uscita del castello. Qui incontrò Pantagalli.

«Mi dispiace per prima» si scusò Pantagalli «Ma sarei stato scortese verso i visitatori».

«Non si preoccupi. Sua moglie è stata preziosa».

Ovviamente Sorrentino pensava a cosa diversa da Pantagalli: al primo importavano le indagini molto di più della mostra.

Dopo la scoperta del cadavere di Cola, non aveva avuto ancora modo di riparlare con Pantagalli e perciò approfittò di quella occasione.

«Che mi dice dell'assassinio di Cola?» disse Sorrentino «Da principale sospettato a cadavere. E' ovvio che chi l'ha ucciso, lo ha fatto per un comune interesse che coinvolgeva anche Atanasi».

«Non penserà a me?» disse Pantagalli «Ce l'avevo con lui, ed anche con Attanasi, ma per motivi diversi. E certamente non al punto di arrivare a tanto. E poi non sono capace di uccidere una mosca».

«Già» pensava Sorrentino «E poi chi lo avrebbe aiutato? La moglie, la figlia, entrambe? Vedremo se le intercettazioni ci daranno qualche elemento in più».

Intanto volle chiedergli ancora: «Sono sicuro che Cola ed Attanasi avessero diversi nemici, ma c'è qualcuno a cui lei penserebbe in modo particolare».

«Ricordo la volta che Felice Vendipietra, il contadino che sta vicino al Borgo Aterno, insultò Cola» disse Pantagalli, e gli raccontò quell'episodio presso la regione e la rabbia di Vendipietra verso quel costruttore responsabile della perdita della sua tranquillità nelle campagne dell'Aterno.

«Non credo che per motivi di tal genere un uomo possa arrivare ad uccidere, ma non si sa mai» disse Sorrentino, mentre tra sé pensava che una chiacchierata con Felice Vendipietra sarebbe stata utile. Quindi salutò Pantagalli.

Mentre percorreva la strada per uscire dal parco del Castello incontrò Giulia, che invece arrivava in quel momento.

Ma che era successo? Aveva per caso letto nei suoi pensieri? La coda di cavallo era scomparsa per far posto ad un bel caschetto nero con la frangia. Allo stesso modo, erano spariti anche gli occhiali sicuramente sostituiti da lenti a contatto che davano risalto ai suoi begli occhioni neri. In più indossava, con rinnovata eleganza, un tailleur gessato grigio scuro giacca e pantaloni.

Sorrentino si emozionò e sentì il cuore in gola.

Come aveva detto la signora Maria? Quando arriva l'amore, lo riconosci perché sembra che le regole della vita si sconvolgano. Giulia poteva essere una possibile indiziata, addirittura sottoposta ad intercettazione, per richiesta dello stesso Sorrentino che tuttavia sentiva crescere dentro un sentimento che si stava affermando al di sopra di ogni cosa.

Però Sorrentino un limite lo aveva, eccome. Anche lui aveva una regola che dominava su tutte e che non avrebbe mai potuto infrangere. La regola del rispetto di se stesso attraverso la lealtà verso quella professione che aveva scelto, amava e che mai e poi mai avrebbe tradito. Perciò Giulia, per quanto attraente e bella ai suoi occhi, continuava ad essere per lui anche oggetto delle sue indagini.

«Stai benissimo così» le disse.

«Sai. Gli anni passano e qualche piccolo intervento sul look ci evita di ricorrere al bisturi».

«Ma dai. Tu non hai bisogno del chirurgo plastico».

«Non ci andrei mai. Anche perché li hai visti quelli che vi fanno ricorso? A me sembra che veramente cambino, come si dice, i connotati. E diventano dei mostri. Invece è la natura che ci segue nelle fasi della giovinezza e della vecchiaia, e si è più belli quando si invecchia in modo naturale».

«Tu lo conosci Felice Vendipietra, che tipo è?» chiese Sorrentino.

Quella domanda a bruciapelo, improvvisa ed inaspettata, scosse Giulia, a cui sembrò che quasi Sorrentino avesse spiato il loro incontro dell'altra notte al borgo.

«Perché me lo chiedi?».

«Così, per sapere» disse Sorrentino «Vorrei sentire tutti gli abitanti del borgo, e lui mi sembra che abbia avuto motivi di rancore verso chi ha realizzato il quartiere».

«Non è una cattiva persona» disse Giulia «Ha quel tipico atteggiamento di chi ha visto profanare quell'ambiente che lui aveva scelto come sito dove vivere in pace, e noi siamo andati a rompergli le scatole. Ma tutto qui. Non ucciderebbe nessuno per questo».

Mentre diceva questa cosa, a Giulia sembrò di essersi spinta oltre nella difesa di una persona che, in definitiva, a stento conosceva e, per non far sorgere dubbi in Sorrentino sui suoi rapporti con Vendipietra, sviò: «Rino, siamo stati bene l'altra sera a casa. Se vuoi venire a cena domani sera, penso che anche alle mie sorelle farebbe piacere».

Lui disse di accettare molto volentieri quell'invito con il quale Giulia si apriva ancor più, anche perché nel precedente incontro con Alba aveva avuto l'impressione di aver trascurato un particolare che invece sarebbe stato molto utile approfondire. Solo che non riusciva a capire quale fosse. Aveva bisogno di tornare urgentemente in quel garage…

*Dentro i muri
di quel maniero
forte ed austero
la bella città,
oggi ferita,
vuol riacquistare
la sua dignità
nell'accostare
scorci di vita
nuova ed antica.
Ma pur in questo
vecchio maniero
torna l'inganno,
torna il mistero:
tante sorprese
che porteranno
nuove ragioni
e situazioni.
L'aria malsana
delle galere
rende più cupe
quelle atmosfere,
ma non è vana
quella discesa
pronta a svelare
quella sorpresa.
Poi tutto emerge
in superficie:
chi si giustifica,
chi si corregge
chi dall'amore
passa al rancore.*

XIX

«Non mi dica che fa tutto questo da solo» disse Sorrentino a Vendipietra non appena giunse a trovarlo nei campi che questo era intento ad arare.

«Lei è l'ispettore Sorrentino o sbaglio?» disse Vendipietra.

«Si, sono Sorrentino» rispose «Mi dispiace distoglierla dal suo lavoro nei campi, ma ho bisogno di parlarle».

«Vengo subito» disse Vendipietra e spense il motore del trattore, scendendo e lasciandolo in mezzo al campo.

«E comunque non faccio tutto io» proseguì «Specialmente per la coltivazione dello zafferano puoi fare ben poco con i mezzi meccanici. Prendo degli immigrati che fanno lavoro stagionale per rimettere a dimora i bulbi, ogni volta che finisce il ciclo vegetativo. Ma per tutto il resto, mi arrangio da solo».

«Che mi dice degli omicidi scoperti in questi giorni?» disse Sorrentino

«Che se la sono meritata» rispose Vendipietra.

«Lei ha avuto un alterco con Cola, vero?» disse Sorrentino «Ma poi come è finita?»

«Non è finita» rispose Vendipietra «Almeno fino a quando continueranno a distruggere la privacy di questi posti».

«Ma Cola è morto. E poi che c'entrava lui?» disse Sorrentino «Faceva l'imprenditore e quindi faceva il lavoro che gli veniva commissionato».

«Lui ed altri come lui hanno mangiato bene con questo borgo. Evidentemente qualche suo compare non è rimasto soddisfatto».

«Chi, per esempio?» disse Sorrentino.

«E che ne so io? Io mi faccio i fatti miei. Voglio vivere in pace qui nella mia campagna e godermi la natura. E poi, come diceva Nietzsche? Meglio non sapere niente, che sapere tante cose a metà».

«Forse avrò ancora bisogno di lei» disse Sorrentino «Si tenga disponibile. Arrivederci». Salutò, in modo freddo e distaccato. Quell'uomo, con quell'aria arrogante, un po' rancorosa e piena di sé non gli era piaciuto.

Tornò a riprendere la macchina, lasciata sulla strada principale al centro del borgo ed istintivamente pensò a Giulia ed all'invito a cena.

Nella sua stanza della questura Rino Sorrentino pensava alla difficile situazione di quell'indagine. Il magistrato ed i suoi superiori si aspettavano da lui risultati immediati, ma lui ancora brancolava nel buio. Qualcosa cominciava a prendere consistenza nella sua mente, ma ancora era troppo lontano dalla soluzione. Ripensava ai personaggi di quella vicenda: i due morti ammazzati, uniti nella loro sorte non soltanto dallo stesso calibro dell'arma che li aveva uccisi, ma anche dalle loro relazioni. Relazioni che si intrecciavano con il mondo losco e corrotto degli appalti pubblici, dove sembrava che loro sapessero muoversi con una certa destrezza. Ma perché uccidere Attanasi al Borgo Aterno? Cosa legava quest'uomo ai residenti di quel quartiere? Forse la sua collaborazione con Cola che di quel quartiere era stato il costruttore ed in quel quartiere teneva il suo pied-à-terre dove era solito consumare le sue continue frequentazioni con le donne? Ma lui, tranne qualche sporadica volta, in quel quartiere non s'era mai visto. E poi chi tra i residenti avrebbe potuto commettere due delitti così efferati? Due delitti commessi con modalità che richiedevano non solo una buona dose di fantasia e destrezza, ma anche delle necessarie complicità. Doveva forse iniziare a rivolgere le sue indagini altrove? Moventi che legassero i due ad alcuni abitanti del Borgo Aterno c'erano, non tanto gravi da giustificare addirittura due omicidi, ma pur sempre dei moventi. Ad esempio Pantagalli: sapeva con certezza che le denunce che lo avevano portato ad essere arrestato erano partite da Attanasi e c'era stata poi da sua moglie la confessione di quella relazione avuta con Cola. Quindi anche sua moglie, Maria, per la gelosia di essere una delle tante amanti di Cola, avrebbe potuto ucciderlo. E così Vendipietra, che aveva un vero e proprio astio nei confronti di Cola per aver costruito quel borgo vicino alla sua proprietà agricola. Giulia D'Alessandro, la tenera e dolce Giulia, era l'unico vero punto di collegamento di Attanasi al Borgo Aterno ed al suo omicidio, in virtù della colleganza al liceo ed in virtù della telefonata ricevuta. Però proprio questa telefonata la scagionava e sembrava renderla quasi una complice inconsapevole. Ma Giulia gli aveva detto tutta la verità?

Si presentò con tre rose: una per Giulia, una per Alba ed una per Michela, ma dovette darle tutte e tre a Giulia, perché quella sera a cena furono da soli. Michela era uscita con i suoi soliti amici, Erica e Gianluca, ed era riuscita a portare con sé Alba.

La stessa Giulia dichiarò a Sorrentino di essere rimasta sorpresa dell'insistenza di Michela a portar fuori Alba, tanto da riuscirvi.

Sorrentino, trovandosi in casa da solo con Giulia, fu preso da sentimenti contrastanti: la giusta occasione per fare quel passo verso Giulia, l'imbarazzo di farlo, ma anche la possibilità di poter tornare in quel garage senza la presenza di Alba.

Giulia, una volta resasi conto che la serata poteva essere diversa da come inizialmente aveva pensato, volle darle quel pizzico in più di malizia che meritava. Perciò prese le tre rose di Sorrentino e le mise in un vaso al centro della tavola, già preparata per due, uno di fronte all'altra. La luce calda e bassa era diffusa da applique e lampade alle pareti. E lei indossava maglietta e shorts che valorizzavano le sue belle gambe.

La cena fu all'altezza delle aspettative di Sorrentino. Accompagnati da calici di rosso della zona d'Ofena, mangiarono sagne e fagioli e arrosticini d'agnello.

Durante la cena Sorrentino parlò poco. L'emozione di trovarsi da solo in casa di Giulia gli ostacolava la capacità di conversazione. Cercava di essere brillante, ma si sentiva goffo e inadeguato. Si era ripromesso che non avrebbe parlato di lavoro, almeno fino al momento di chiedere di farsi riaccompagnare al garage, ma sentiva che gli altri argomenti di conversazione stentavano a decollare.

Anche Giulia aveva quella naturale riservatezza che non la faceva essere una grande conversatrice, per cui ogni argomento, appena iniziato, trovava repentina e facile chiusura.

Fu Sorrentino che, all'improvviso, come riuscendo a liberarsi d'un freno inibitore, per una sorta di orgoglio maschile e di rivincita sul suo passato, disse: «E no! Così non va. Devo dirti una cosa. Se non ti dico questa cosa passeremo tutta la serata con le mezze frasi e le conversazioni spezzate. Tu mi piaci, Giulia. Mi piaci tanto».

Giulia provò un grande piacere a sentirlo parlare in quel modo. Non rispose. Ma si alzò. Gli si avvicinò e lo baciò, mentre lui restava seduto al suo posto.

Aveva deciso. Quello sarebbe stato il suo uomo.

Come previsto, con quel bacio si erano sbloccati. Iniziarono a parlare di tutto. Delle loro vite. Del loro passato. Del lavoro. Ed inevitabilmente dei delitti di Attanasi e Cola. Giulia parlò di quella mattina dopo lo sparo, quando uscì di casa con Michela ed andò a prendere la sua macchina al garage di questa, del senso di oppressione e di ansia che avvertiva anche quando, per farla uscire, Michela dovette spostare la macchina e le due vespe che stava riparando, di come quest'ansia crebbe e non si placò durante la mattinata fino al culmine che raggiunse quando arrivò la telefonata dell'assassino. Perché ormai era certa, chi le aveva telefonato era l'assassino. Ma perché? Che voleva da lei? E che c'entrava lei con Cola e Attanasi?

Sorrentino si sentiva però ancora in imbarazzo. Doveva chiedere a Giulia di fargli rivedere il garage di Alba, ma gli sembrava di approfittare di quello che era appena successo con lei. Però sapeva che non poteva trascurare il suo intuito di poliziotto. C'era in quel garage qualcosa che doveva assolutamente capire.

Fu alla fine della cena, quando Giulia lo invitò a sedere sul divano, in attesa che lei sparecchiasse, che Sorrentino disse: «L'altra sera, quando ho parlato con Alba in garage, ho visto che ci sono ancora nella macchina dei cd con le canzoni degli anni settanta: Battisti, Baglioni, Venditti, ecc. Ne prendiamo qualcuno per sentirlo insieme?».

Nonostante sapesse di profanare il sacrario di Alba, Giulia non poté dire di no a quella richiesta che sapeva di voglia di tenerezza e d'amore.

Pertanto disse: «Il garage è chiuso a chiave. Le chiavi, sia della serranda esterna che della porta interna, le hanno Alba e Michela. Sono loro che hanno a che fare con la meccanica. A me non interessa. E così anche le chiavi della macchina, benché sia stata smontata da Alba in mille pezzi. Però io ho fatto una copia di tutte le chiavi. Mi raccomando, non dirlo a loro che ce l'ho e che ti ho fatto prendere quei cd. E mi raccomando. Poi rimettiamoli al loro posto. Alba e Michela non si devono accorgere che li abbiamo presi».

E quindi gli consegnò le chiavi.

Mentre Giulia restava in casa per finire di sistemare la cucina, Sorrentino entrò in garage e riguardò attentamente i rottami della macchina, i mille pezzi del motore sul tavolo da lavoro, le ruote da una parte, i pezzi della carrozzeria come paraurti, fari, ecc. da un'altra parte. Che cos'era che non quadrava? La macchina era completamente sventrata, ma... sì, c'era un pezzo intatto, al suo posto e chiuso: il portabagagli.

Ecco quella particolarità che a Sorrentino era sfuggita. Tutto era aperto e smontato, tranne il portabagagli. Lo aprì con le chiavi che gli aveva fornito Giulia, vide i documenti e lesse. Lesse a lungo. Poi si avvicinò alle ruote che, smontate, giacevano ad un angolo della stanza. Restò un po' ad osservarle, dubbioso. Infine prese i cd e tornò da Giulia, che nel frattempo lo aspettava seduta sul divano.

«Ce ne hai messo di tempo per trovare i cd !?».

«Mi sono un po' fermato a riguardare quella macchina. E ho pensato al tuo dolore». In effetti Sorrentino non mentiva. Mentre guardava la macchina e leggeva le carte, pensava al dolore che avevano sofferto quelle tre ragazze rimaste orfane all'improvviso.

Si sedette sul divano, vicino a lei, dopo aver messo nello stereo un cd di Baglioni e, mentre ascoltavano "Questo piccolo grande amore", fecero l'amore.

*Fare una scelta
d'odio o d'amore
con tanta gioia
o con dolore
è sempre un rebus
di ogni mente
ma quando tutto
è lì presente,
ti dà certezza
e sicurezza,
allora il dubbio
viene risolto
e nell'amore
viene disciolto.
Tutto procede
e non si vede
qual' occasione
dell'uccisione,
qual soluzione
dell'abiezione
Ma sulla terra
fertile e pronta
o nel relitto
che si confronta
ci sono tracce
di ogni mistero.
Ben poco importa
cosa succede
chi sta al di fuori
o chi risiede,
quello che conta
oggi è l'impronta.*

XX

Sorrentino arrivò in questura intorno alle 10 contemporaneamente al sostituto procuratore Di Giuseppe, a cui tutti questi appellativi al maschile erano di certo inappropriati, trattandosi invece di una giovane molto bella.

Così almeno pensava Sorrentino mentre la salutava all'ingresso.

Invece il p.m. non era pervaso da pensieri altrettanto lusinghieri nei confronti di Sorrentino ed infatti gli disse: «Non dovrebbe già essere in ufficio?».

«Anche lei» rispose Sorrentino.

«A parte il fatto che non è questo il mio ufficio» disse lei «Noi siamo svincolati dal rispetto degli orari».

«Noi chi?» disse sornione Sorrentino.

«Noi magistrati e dirigenti della pubblica amministrazione».

E mentre discutevano entrarono nell'ufficio del vice questore aggiunto Camilli.

«Dunque, dottoressa, Sorrentino, abbiamo i primi risultati delle intercettazioni e dei controlli» disse Camilli «Come richiesto da Sorrentino, oltre a Vincenzo Pantagalli e alla professoressa Giulia D'Alessandro, abbiamo messo sotto intercettazione anche Felice Vendipietra, Alba D'Alessandro e Maria, la moglie di Pantagalli.

Finora sono emersi scarsi elementi.

Pantagalli chiede ad un politico locale di *togliere di mezzo quelle cose che sai*, ma non sappiamo a che cosa si riferisce.

Vendipietra parla con un amico e gli dice: *Se non se ne vanno, faccio come quella volta*, ma anche qui non abbiamo capito con chi ce l'ha.

Giulia D'Alessandro parla con la sorella Michela e le dice: *Fammi mettere la macchina davanti, sennò succede come la mattina dello sparo che per farmi uscire dovesti spostare due vespe.*

Maria parla con il marito e gli dice: *Sorrentino sa. Quello sbaglio lo sto ancora pagando.*

E poi abbiamo controllato le caselle di posta elettronica di Attanasi e Cola ed abbiamo trovato una corrispondenza inviata da Cola ad Attanasi dai contenuti piuttosto sibillini: *Aspetto i tuoi saluti. Altrimenti saprò ricompensarti con Garbo».*

«Non c'è dubbio che non c'è nessun elemento che possa portare ad indentificare l'assassino» disse la Di Giuseppe.

«Non ne sarei così convinto» rispose Sorrentino.

«Lei pensa che con questi pochi elementi possiamo trovare chi ha ucciso Cola ed Attanasi?» disse il p.m. Di Giuseppe.

«Magari arrivando in ufficio alle otto» rispose ironico Sorrentino, ed uscì per tornare nella sua stanza.

Sorrentino ed Ercolano avevano appena lasciato il deposito di demolizioni *Abele*. Avevano girato a lungo tra i rottami, avevano parlato con i proprietari e gli operai, senza ottenere alcun risultato.

«Forse dovremmo estendere le ricerche anche ai paesi ed alle zone vicine» disse Sorrentino.

«Non penso possano essere andati tanto lontano» rispose Ercolano.

«Senti, ma poi chi è andato a riparlare con gli operai della ditta Lo Straccio?» chiese Sorrentino.

«Ci sono stato io. Ma niente, non hanno sentito nulla».

Ed Ercolano proseguì: «Avranno usato il silenziatore per ammazzare Cola o il delitto deve essere avvenuto di sera, quando non c'era più nessuno».

«Però che coglioni» disse Sorrentino «Vedono passare degli sconosciuti che portano un grosso scatolone dentro una casa disabitata vicina al cantiere e non avvertono nessuno».

«E chi avrebbero dovuto avvisare? Ancora in quell'immobile non hanno aperto nessun cantiere e quindi non c'era nessuno».

«Proprio per questo avrebbero dovuto insospettirsi e chiamare la polizia per far avvisare i proprietari dell'immobile».

In quel momento arrivò la telefonata dalla questura: «Dottore, l'abbiamo trovata. E' in un deposito al km. 18 della 17 bis».

«Bene. Vado subito» disse Sorrentino.

All'ufficio ricostruzione del comune dell'Aquila, il sovrintendente di polizia Giovanni Ercolano chiese di parlare con il dirigente responsabile.

«Ho bisogno di acquisire le copie della documentazione concernente il contributo di ricostruzione e messa in sicurezza dei due immobili della società *Rifare Centro*, nel centro storico».

«Di che anno parliamo?» chiese il dirigente.

«Penso intorno al 2011» rispose Ercolano.

«Ci vorrà un po' di tempo per fare le fotocopie» disse il dirigente «Sarà sicuramente più di un faldone voluminoso».

«Intanto vorrei vederli ora. Dopo tornerò a prendere le copie» rispose Ercolano.

Ercolano restò a leggere i documenti contenuti in quei quattro voluminosi faldoni per circa mezz'ora e prese appunti. Poi decise di andare agli uffici della conservatoria dei registri immobiliari ed alla camera di commercio.

Quindi chiamò Sorrentino: «Ho i dati. Ma per le copie ci vorrà del tempo».

*L'auto che va
lenta e sorniona
senza una méta
senza persona
da ricercare
sembra iniziare
ad accelerare.
Ogni ricerca
sembra sia buona
per dare un nome
a quel macello
che sia di questo
o sia di quello.
Ogni motivo
di quell'affare
losco e furtivo
finirà alfine
dentro il paiolo
incandescente
in quell'ambiente
vivo ma folle,
che tutto bolle.
Ora che il punto
volge alla méta,
che sia effettivo
o sia presunto,
restan le prove
da confermare
dentro il relitto
sopra la terra
o nel conflitto
che le sotterra.*

XXI

A *Ju Capu* quella sera quasi non si riusciva ad entrare. Centinaia di ragazzi e ragazze erano dentro e fuori il locale.

Bottiglie disseminate un po' ovunque e tanto vociare.

Gianluca, Erica e Michela arrivarono a serata inoltrata. Non trovando posto all'interno, scelsero un muretto dove già erano seduti un ragazzo ed una ragazza.

«Stanno riaprendo diversi locali» disse la ragazza.

«Sì» rispose il ragazzo «Nella zona della stazione».

«Io preferisco sempre qui in centro» sostenne la ragazza.

Gianluca, Erica e Michela non parlavano. Sembravano essere assorti in mille pensieri.

«E voi?» chiese il ragazzo «Da un po' non ci vediamo. Avete cambiato locale?».

«No» rispose Erica «*Ju Capu* non lo tradiamo. Siamo stati qui anche l'altra sera. Forse non c'eravate voi».

«Io non ci vado negli altri locali» disse ancora la ragazza «Ci sono certe persone che pensano di essere chissà chi. Ti guardano dall'alto in basso. Ti scrutano. Cercano di capire di che gruppo sei, con chi vai, se hai i soldi, eccetera eccetera».

«Qui è diverso» sostenne il ragazzo «Qui siamo tutti uguali».

«Non siamo tutti uguali» disse Michela.

«Perché? Tu pensi di essere diversa da noi?» chiese la ragazza.

«E tu, perché saresti uguale a me?» chiese a sua volta Michela.

«Perché ognuno di noi è un essere umano intelligente» rispose il ragazzo.

«L'intelligenza deve essere utilizzata» disse Michela «Tutti ce l'abbiamo, chi più chi meno, ma poi bisogna vedere come la usiamo».

«Perché tu pensi di essere meglio di me?» chiese la ragazza a Michela.

Gianluca, che fino a quel momento era stato in silenzio, disse: «Quando avrai fatto cose che nella vita ha già fatto questa ragazza, potrai paragonarti a lei. Meglio che tu lasci stare».

«E lasciatelo dire da chi la conosce bene» aggiunse Erica.

«Studi?» chiese il ragazzo a Michela.

«No. Fa il meccanico» disse Gianluca «E scommetto che tu non sai neppure che cosa sia un albero a camme».

I due interruppero quella conversazione e ripresero a parlare tra loro.

Michela si alzò per andare a prendere tre birre.

Tornò, dicendo: «Sapete chi c'è dentro il locale?».

«Chi?» chiese Gianluca.

«Sorrentino» rispose Michela.

«E che ci fa qui?» chiese Erica.

«E' seduto. Sembra che parli con il proprietario. Io aspetto che esca. Così sento che dice» disse Michela.

«Tu lo conosci! Io non ci ho mai parlato» affermò Gianluca.

«Che ti ha detto tua sorella dell'altra sera a casa tua?» chiese Erica a Michela.

«Secondo me hanno scopato» rispose Michela «Giulia il giorno dopo era tutta effervescente».

«E che le hai portato via Alba?» disse Gianluca.

«Dovevo farlo...» rispose maliziosamente ed ironicamente Michela.

In quel momento uscì Sorrentino e vide i ragazzi seduti sul muretto.

Si avvicinò.

«Buonasera ragazzi» esordì Sorrentino

«Salve, dott. Sorrentino» disse Michela «Loro sono i miei amici Erica e Gianluca».

«Se non sbaglio lei è la figlia del consigliere Pantagalli» disse Sorrentino.

«Piacere» Erica gli strinse la mano «E lui è il mio ragazzo».

Gianluca strinse la mano a Sorrentino senza troppo entusiasmo.

«Anche a me piace questo locale» disse Sorrentino «Sei libero di stare dentro o fuori, senza troppe regole».

«Basta che non si dia fastidio agli altri» rispose Gianluca.

«Una volta ci venivo sempre» proseguì Sorrentino.

«Ed ora, perché è qui?» chiese Michela.

«Dovevo parlare con il proprietario per questioni di lavoro» disse Sorrentino, restando evasivo.

«Dottore, li ha trovati gli assassini di Attanasi e Cola? Da quanto si legge sui giornali, sembra che sia stata un'unica mano» chiese Michela.

«Può essere. I due avevano parecchi traffici in comune» rispose Sorrentino «E nella ricerca dell'assassino siamo su una buona strada».

«E ci sono dei sospettati?» disse ancora Michela.

«Diciamo che qualcuno del Borgo Aterno dovrà dare parecchie giustificazioni alla polizia» rispose ancora Sorrentino.

I tre si guardarono con aria interrogativa.

«Faccio questo lavoro da anni. Molto spesso mi è capitato che l'assassino fosse molto più vicino di quanto io pensassi» disse Sorrentino, e poi: «E' bello essere così amici ed affiatati come siete voi».

«E lei che ne sa?» disse Gianluca.

«Me lo diceva l'altra sera Giulia. Uscite sempre insieme» disse Sorrentino.

«Non sarà mica un reato essere amici» chiese Erica.

«La mia non è una critica, anzi» rispose Sorrentino «Avessi avuto anche io da giovane un gruppo così affiatato. Tante cose le avrei risolte meglio».

«Già» disse Michela «Gli amici, quelli veri, non ti abbandonano».

E Sorrentino li salutò, lasciandoli alla loro serata.

Se Sorrentino avesse anche saputo quale altro legame li univa, non avrebbe condiviso da uomo delle regole.

*E qui interviene
in quell'agire
la miglior scelta
cui addivenire:
trovar la regola
che più conviene
per perseguire
il vero bene.
Trovar l'uscita
della matassa
onde evitare
di far restare
la propria vita
e il proprio orgoglio
sopra le spine
dell'agrifoglio.
Ma se la fregola
di definire
quel tal progetto
e quell'agire
però ti spinge
a farne senza,
quando il processo
viene bloccato
dall'ente ottuso
e scriteriato
prendi la regola
e buttala al cesso.
Sopra ogni cosa
del bene e del male
ciascuno ha
la sua morale.*

XXII

Il tempo era tornato ad essere brutto. La pioggia aveva ripreso a tormentare il Borgo Aterno. La voce del fiume si univa a quella del vento in un coro sinistro che copriva ogni cosa. Gli alberi sembravano assecondare quella voce danzando ritmicamente con essa e il primo imbrunire rendeva ancor più tetro quel paesaggio ostile.

Giulia sentì suonare alla porta di casa.

Aprì e vide Sorrentino. Il sorriso le si spense in volto quando notò che era accompagnato da due agenti in divisa.

Gli occhi di Rino Sorrentino non sembravano portare buone notizie.

«Come mai questa visita?» chiese Giulia.

«Mi dispiace Giulia» rispose Sorrentino «Sono qui per lavoro» e le consegnò un documento che lei, presa dalla sorpresa e dallo stupore, sembrò non riuscire a leggere.

«E' un ordine di sequestro» disse Sorrentino «Devo sequestrare la macchina che è in garage».

«Perché?».

«Ti dirò tutto. Intanto dove sono Michela e Alba?».

«Michela è uscita. Alba è in camera sua. Se vuoi, te la chiamo».

«No. Lascia stare. Lasciamola dov'è. Così la cosa sarà meno gravosa».

Fuori un carroattrezzi attendeva.

Sorrentino chiamò Mario: «Devi aprirmi il garage della villetta-deposito. Devo custodire momentaneamente una macchina. Te la mando con il carroattrezzi e due agenti».

Quando Mario era economo, la questura aveva preso in affitto, da un proprietario di Roma che l'aveva acquistata ma mai abitata, una delle villette vicino la sua per le esigenze della polizia di custodia dei beni sequestrati. Per lo più botti illegali, ma anche altro materiale. Lì, anche dopo aver cambiato funzione, Mario vi portava, quasi sempre di notte per non farsi vedere dai vicini ed evitare che si sapesse, il materiale che gli veniva consegnato dalla questura, facendosi anche aiutare a volte da Lucia, quando si trattava di materiale un po' più pesante.

Dopo che la macchina fu caricata sul carroattrezzi con tutti i pezzi in cui era stata scomposta, e tutto questo in presenza di Giulia che assisteva sbigottita e perplessa, Sorrentino parlò in disparte con i poliziotti. Questi partirono, mentre lui tornò in casa con lei.

«Qui ho un altro provvedimento del giudice» disse ancora Sorrentino «ma prima di fartelo leggere, ti devo spiegare».

Giulia lo osservò. Aveva fiducia nel suo uomo, ma il cuore le batteva forte per quello che le avrebbe potuto dire.

«Abbiamo sequestrato la macchina di tuo padre, perché lì dentro, nel bagagliaio, c'è la prova di tutto. Alba ha descritto, con dovizia e precisione, in questi anni, le vere cause dell'incidente che provocò la morte dei vostri genitori».

«Ma quali?» disse Giulia «Lei ha sempre ritenuto di esserne stata la causa...».

«No» disse Sorrentino «Alba ha scoperto che non si trattò di distrazione ma di problemi nella meccanica. Aver trovato che la gomma era scoppiata per aver perso il battistrada, che la rottura del braccetto era dovuta al distacco della testina e quindi la ruota, in questo modo, restando distaccata, non poteva rispondere più allo sterzo, tutto questo le ha dato la certezza che non fu quel bacio a causare la morte dei vostri genitori. E questo a lei è bastato per sentirsi finalmente assolta dai suoi rimorsi. Per esorcizzare quel demone che l'aveva tormentata per anni».

Giulia ne restò stupita e chiese «Che bisogno c'era di sequestrare la macchina?».

«Aspetta» rispose Sorrentino «Quanto scoperto da Alba è bastato a lei, ma a qualcun altro no. Qualcun altro che aveva lo stesso suo accesso al garage. Che aveva la chiave per entrare e, di nascosto di Alba, andare a leggere quelle carte».

«Chi?» di nuovo chiese Giulia.

«Colei che con la competenza del meccanico poteva capire che quei guasti non erano dovuti al caso e che quindi fosse necessario approfondire. Approfondire andando a leggere anche i documenti del padre, della sua professione, che ad Alba non interessavano più, ed aveva messo da parte, anche questi nel bagagliaio della macchina».

«Michela?!» disse Giulia

«Sì» proseguì Sorrentino «Quegli occhi allenati avevano subito notato che la gomma scoppiata, di cui erano rimasti brandelli intorno al cerchio, era di marca diversa dalle altre. Invece nelle carte del padre aveva ritrovato la fattura del montaggio, appena pochi giorni prima dell'incidente, di quattro gomme nuove della stessa marca. Quindi qualcuno aveva sostituito la gomma poco prima dell'incidente. Una gomma che non aveva perso il battistrada, ma ne era priva già al momento del suo montaggio, pronta a scoppiare. Quindi qualcuno aveva sabotato quella macchina».

«Ma chi? Mio padre non aveva nemici...».

«Sì. Giulia» disse Sorrentino «Michela ha cercato nelle carte di vostro padre per trovare qualche indizio che potesse darle le giuste indicazioni. E d'un tratto si è imbattuta in un appunto in cui tuo padre scrive di dover incontrare Attanasi e Cola e una data: la data precedente quella dell'incidente. L'appunto è scritto sul retro della brochure di un albergo di Roma, che dista poche decine di metri dall'albergo dove tuo padre, tua madre e Alba passarono la notte precedente il giorno della laurea e dell'incidente. Segno questo che tuo padre si vide con Attanasi e Cola quel giorno a Roma».

«Perché?» chiese ancora Giulia sempre più perplessa.

«Tuo padre era membro della commissione di vigilanza e controllo dell'ufficio della ricostruzione, così come Attanasi.

Sei stata proprio tu a dirmelo» rispose Sorrentino «Era intenzionato a dare parere negativo (c'è un suo no a penna sul documento della commissione anch'esso ritrovato tra gli appunti nel bagagliaio) ad un contributo di venticinque milioni di euro per la ricostruzione e messa in sicurezza di due edifici nel centro storico. Aveva capito che quei due immobili erano stati acquistati dopo il terremoto da una società facente capo a Cola, ma di cui era partecipe anche Attanasi, con certificazioni false che facevano risalire l'acquisto a prima del terremoto per ottenere i contributi della ricostruzione. Si è trattato di una vera e propria truffa in quanto i precedenti proprietari, residenti all'estero, non avevano i requisiti per poter ottenere alcun contributo. Peraltro, trattandosi di edifici gravemente danneggiati, Cola ed Attanasi erano riusciti ad acquistarli a poco prezzo: operazione che sarebbe andata a buon fine solo dopo la morte di D'Alessandro, quando quella società è riuscita ad ottenere il contributo. Siccome Attanasi venne a sapere della contrarietà di tuo padre, al fine di eliminare questo ostacolo alla concessione del finanziamento ed anche per impedire che potesse denunciare la cosa alla magistratura, decise insieme a Cola di corromperlo. Chiesero a tuo padre di vedersi a Roma, e giacché lui stava andando lì per la laurea di Alba, accettò. Però tuo padre non si fece corrompere e deve aver detto loro che avrebbe proseguito nel suo intento di non consentire la concessione del contributo. A questo punto i due decisero di farlo fuori e quella notte, magari pagando qualche complicità, provvidero a sabotare la macchina».

«Tu come le sai queste cose?» chiese Giulia.

Sorrentino rispose: «Noi abbiamo ripercorso e ritrovato le tracce di questa truffa, ma prima di noi ci è arrivata Michela, che decise di vendicare la morte dei genitori, facendosi giustizia da sé».

E Giulia intervenne ancora: «Perché non li ha denunciati alla polizia?».

«Perché evidentemente lei ha poca fiducia nella nostra giustizia. Forse lei crede che la pena inflitta non sia mai veramente proporzionata ai danni arrecati ed al dolore cagionato dai delinquenti. E poi ha voluto fare lei qualcosa di importante da dimostrare a chi ancora ama su questa terra, e cioè alle sorelle. Per questo ti ha telefonato, camuffando la voce, e ti ha detto "Ho sparato per te"».

«Ma come fai a dire che è stata lei?» lo interruppe Giulia, piangendo «Da che cosa lo hai capito? Che prove hai? Lei era in casa con me quando abbiamo sentito lo sparo».

«Lei era in casa con te dopo, ma non al momento dello sparo» disse Sorrentino.

E lei chiese: «Ma tu da quanto tempo sospetti di Michela?».

Sorrentino rispose: «Quando il giorno dopo lo sparo venni qui a trovarvi, mi fermai all'officina di Michela e rimasi un po' a parlare con lei prima di venire a casa tua. Ricordo bene che mi disse di aver lavorato tutta la giornata su un'Audi, mentre stava riparando l'unica Vespa 50 presente nell'officina. Invece sia da te che dalle intercettazioni è emerso che la mattina le Vespe 50 erano due. Di chi era quell'altra vespa? E perché era sparita? Lei non mi aveva detto affatto di averne riparato un'altra. Così ho pensato che fosse stata portata via ed ho iniziato a chiedermi il perché. Solo dopo ho capito. Quello era il mezzo con il quale Attanasi era andato al suo appuntamento con la morte».

In quel momento arrivò una chiamata al cellulare di Sorrentino dalla questura: oltre a Michela, avevano cercato anche Erica e Gianluca a casa loro, ma non li avevano trovati. Non si trovavano neppure nei locali della città. Quindi avevano diramato l'ordine di ricerca ed arresto a tutte le questure ed alle altre forze di polizia.

Sorrentino proseguì: «Dunque tua sorella aveva deciso di uccidere Cola ed Attanasi, ma sapeva di non averne la capacità, né la forza. Però sapeva di avere i suoi amici Erica e

Gianluca che non si sarebbero tirati indietro. Spiegò loro le ragioni, ragioni di giustizia, ragioni di togliere definitivamente dal mondo due autentici farabutti che avevano distrutto una famiglia e lasciato tre sorelle senza genitori. Peraltro Erica aveva anche i suoi motivi di odio sia nei confronti di Attanasi, di cui probabilmente il padre aveva più volte parlato a casa come possibile autore delle denunce che gli avevano procurato l'arresto, sia nei confronti di Cola, forse essendo anche lei a conoscenza della relazione con la madre che aveva rischiato di sconvolgere la sua famiglia».

«Tu pensi che questo sia stato sufficiente a convincere anche Erica e Gianluca?» disse Giulia.

Sorrentino rispose: «Io credo che quando un gruppo è veramente unito, come ho visto e tu stessa mi hai detto, quando c'è un forte legame, si instaura un rapporto tale che può portalo a fare qualsiasi cosa soprattutto quando crede di perseguire alti ideali, come quello della giustizia».

«Come?» disse Giulia.

Rispose Sorrentino: «Decidendo insieme un piano per uccidere i due farabutti. Acquistando una pistola calibro 7,65, probabilmente attraverso la rete internet, dove non è difficile rivolgersi al mercato illegale e clandestino di armi. Approfittando della frequentazione di *Ju Capu* da parte di Cola. Michela lo avvicina e lo corteggia. Ne ho avuto conferma dai proprietari del locale. Si fa portare da lui, per fare l'amore, in un suo appartamento in centro che deve ancora essere ristrutturato e quindi dove non c'è nessuno. Lui non si tira indietro. In fondo a lui interessa solo farsi una scopata con lei, poi la mollerà. Quando sono sul letto e lui le si avvicina, Michela prende la pistola e spara. Lo lascia lì. Su quel letto che si tinge di sangue. E' sera ed è buio. In quel centro storico disabitato nessuno ha sentito e nessuno la vede uscire. Il giorno dopo con il PK del padre Gianluca va ad acquistare chissà dove un congelatore usato di grandi dimensioni. Non vogliono che quel corpo mandi cattivo odore e si scopra subito l'omicidio.

Non lo vogliono per non mettere Attanasi in allarme. Perciò portano in quella casa il congelatore, ancora imballato, vestiti da operai. Gli operai, quelli veri che lavorano alla ricostruzione del palazzo accanto, pensano che si stiano preparando i lavori anche di quell'edificio. A quel punto depongono il corpo di Cola nel congelatore, pensando di andare un giorno a riprenderlo e farlo sparire».

«Mio Dio!» disse Giulia portandosi le mani sul viso «E Attanasi?».

«La trappola per Attanasi scatta invece con una tecnica diversa» rispose Sorrentino «Tra le carte di vostro padre, Michela trova il suo numero di cellulare. Gli telefona alle otto di sera. Probabilmente gli dice qualcosa che riguarda l'incidente di vostro padre, forse gli parla anche dei documenti nel garage della villetta dove abitate. Gli dà appuntamento al borgo ma di notte, perché vuole attendere che voi dormiate per non farsi scoprire e, uscendo dalla finestra, avere l'alibi di essere in casa a dormire».

«Come fai a dirlo?» disse Giulia.

«La scientifica ha ritrovato la traccia di una telefonata nel cellulare addosso ad Attanasi, benché fosse completamente rovinato dalla lunga permanenza in acqua, ma non è potuta risalire all'autore, in quanto la chiamata era stata fatta con un numero virtuale preso da internet. Attanasi ne sarà rimasto sconvolto. Si sarà sentito soffocato dalla paura di essere stato scoperto. Chiama Cola e questo ha il telefono staccato. Probabilmente scarico. Anche questa chiamata è registrata. Del resto Attanasi ha già pagato trecentomila euro a Cola in cambio del silenzio per quel sabotaggio. Ne è prova una corrispondenza on line tra i due dove Cola scrive ad Attanasi: *aspetto i tuoi saluti. Altrimenti saprò ricompensarti con Garbo*. I saluti sono ovviamente i soldi e Garbo era il nome di una spia. Infatti Cola, pur avendo una notevole proprietà immobiliare ha problemi di liquidità perché il mercato post terremoto è fermo e non riesce a vendere. Quindi ricatta Attanasi, minacciandolo di parlare se non gli avesse prestato quei soldi. Attanasi pensa ad un ricatto anche da parte di Michela. Decide di andare. Quando sarà lì, vedrà il da farsi. Se necessario, la sopprimerà. Ma i ragazzi hanno studiato già il loro piano. Da tempo, in un deposito di robivecchi, Gianluca aveva visto una vecchia corazza di ferro, un'armatura medievale senza maniche. Gli viene in mente come uccidere Attanasi e sbarazzarsi del suo corpo. Torna a prenderla cercando di non farsi vedere e la nasconde sulla riva, tra la vegetazione del fiume, di fronte alla villetta di Michela. Un operaio del robivecchi aveva visto da lontano un ragazzo prendere quell'armatura, senza poter tuttavia riconoscere la foto di Gianluca. Attanasi giunge in vespa percorrendo gli ultimi metri a motore spento e trova Michela ad aspettarlo sulla riva del fiume, di fronte alla porta di casa. Ha lasciato le luci di casa accese per farsi vedere da lui. Gianluca ed Erica sono nascosti tra gli alberi. Michela lo chiama sottovoce e gli fa cenno di avvicinarsi. Attanasi pensa che voglia dirgli qualcosa da vicino per non farsi sentire. Appena le sta ad un metro, Michela spara e lo centra al cuore. Cade senza un lamento sulla riva del fiume. Michela lascia la pistola vicino al cadavere e corre verso casa, rientrando nella sua camera dalla finestra lasciata aperta. Erica aiuta Gianluca a vestire il cadavere con quell'armatura ed a gettarlo in acqua. Poi lei stessa torna verso casa da dove vedrà poi uscire la madre spaventata dallo sparo. Gianluca, probabilmente lasciando per un po' il cadavere in acqua al buio dove nessuno può vedere, spinge a mano la vespa fino all'officina di Michela, che apre con le chiavi che lei stessa gli ha dato e la nasconde. Da qui sente che qualcuno è uscito e rimasto sulla porta di casa, per aver sentito lo sparo. Poi quando tutti sono rientrati, torna sul posto, prende la pistola, scende in acqua e conduce quel corpo inanimato nell'armatura dentro il letto del fiume, con l'acqua che gli arriva fino a metà coscia. Getta la pistola in acqua poco più avanti. L'abbiamo ritrovata. Sa che deve percorrere due chilometri per poter gettare quel fardello di carne e di ferro dentro quella buca profonda del fiume, che lui conosce bene per esservi andato alcune volte a pescare. La mattina dopo, di buonora, andrà a riprendere la vespa nell'officina di Michela e la porterà a nascondere tra i rottami di quel robivecchi».

Quindi Sorrentino le fece leggere l'ordine di custodia cautelare che aveva firmato il giudice per Michela e in quel momento arrivò dalla questura la notizia che i ragazzi erano stati ritrovati e condotti in carcere.

Giulia scoppiò a piangere. Sorrentino l'abbracciò. Lei sapeva che quell'uomo stava facendo il suo dovere, ma non poteva non pensare a tutto quello che aveva fatto Michela, a come, per giungere a tanto, doveva essere stata dolorosa e angosciosa in quei sei anni la perdita dei genitori. Pensò che forse lei non aveva fatto abbastanza per sostituirli. Si rammaricò di non essersi accorta di quello che stava accadendo intorno a lei, nella sua stessa casa. Si chiese dove avesse sbagliato e che cosa avrebbe dovuto fare per evitare tutto ciò. Ma niente. Non riusciva a trovare altro sentimento che una complessiva condivisione delle azioni di Michela. «Ho sparato per te!» le risuonava nella testa come un messaggio d'amore e di giustizia.

Il sostituto commissario aveva un nodo che gli stringeva la gola. Mai avrebbe voluto dare tanto dispiacere alla sua donna, alla donna che amava. Ma al di sopra di ogni cosa c'era il suo dovere, la sua onestà e la sua integrità di poliziotto. Avrebbe fatto lo stesso anche se si fosse trattato di sua madre e di suo padre. E questo Giulia lo capì. Le disse che per diversi anni Michela sarebbe stata in prigione, ma avrebbe avuto sicuramente l'applicazione delle attenuanti che le avrebbero comportato uno sconto di pena. Inoltre, Michela era una brava ragazza e un bravo meccanico e questo le sarebbe valso sicuramente, dopo qualche anno, di godere i benefici delle misure alternative, come il lavoro esterno, l'affidamento ai servizi sociali e la semilibertà.

Giulia chiese a Sorrentino di restare con lei quella notte. Voleva che lui le fosse accanto. E lui acconsentì. Ormai il più era fatto. I giorni successivi avrebbero visto definirsi gli adempimenti di routine, con l'interrogatorio del pubblico ministero, l'intervento degli avvocati difensori, eccetera eccetera.

Trascorsero la notte in un lungo tenero abbraccio, parlando solo con il loro respiro. Sorrentino sentiva il suo viso bagnarsi con le lacrime di lei. Pensò solo che Giulia aveva bisogno d'affetto e in quel momento tutti i pensieri svanirono lasciando il posto alle sue carezze. Carezze che venivano dal cuore di lui e si posavano su di lei. Man mano su quei visi bagnati le carezze si tramutarono in baci. E baciandosi si lasciarono andare al dolce appagamento dell'amore.

Intanto un'ombra si era avvicinata alla villetta-deposito della questura. Aveva rotto il vetro di una finestra a piano terra chiusa con sbarre di ferro e vi aveva gettato dentro una miccia accesa.

Il raggiungimento dell'orgasmo contemporaneo di Giulia e Sorrentino coincise con il grande boato di quella villetta che saltò in aria con tutto quanto conteneva, garage compreso e con un successivo ripetersi di esplosioni e fuochi d'artificio che proseguirono per circa mezz'ora.

In quel rogo la macchina, il portabagagli e le prove della colpevolezza di Michela, Erica e Gianluca andarono in fumo.

In questo modo, finalmente, giustizia era stata fatta.

*Quando la mano
della giustizia
porta lontano
ogni dolore
ogni mestizia,
quando il colore
della ragione
si fa espressione
del sommo bene
quando la pena
dell'espiazione
trova estinzione,
l'atto d'amore
resta soltanto
a spiegazione
di quel furore
di quell'azione
Ma quella storia
non è finita:
resta sospeso
ogni finale
nella memoria
della ferita.
Tutto ritorna
a scorrer piano
lungo le sponde
del fiume lento,
e si diffonde
nell'altopiano
il soffio sano
del nuovo vento,
dolce e contento.*

Seconda indagine

IL SINDACO SCOMPARSO

I

Quando il vice questore Camilli lo chiamò per affidargli quel nuovo incarico, sembrò a Sorrentino che in quell'ordine ci fosse una specie di intento punitivo per come si era conclusa la vicenda del delitto del Borgo Aterno.

Infatti i suoi superiori della questura, il magistrato, la stampa, tutti avevano puntato il dito contro di lui per non aver saputo custodire le prove di quel delitto.

Che poi a prendere il posto della giustizia umana fosse intervenuta la mano occulta della giustizia superiore, quella con la G maiuscola, quella in base alla quale i giusti valori sono riaffermati al di sopra di ogni regola scritta, era tutt'altra cosa.

Sorrentino in cuor suo sapeva che era stato meglio così.

Michela aveva seguito la sorella Alba, che completamente ripresasi e guarita dai problemi psichici, si era sposata e trasferita in una città del Nord, dove, con la sua laurea in ingegneria meccanica, aveva anche trovato lavoro in una casa automobilistica.

La sorella, che continuava ad essere un bravo meccanico, si era trasferita con lei.

Pantagalli, dopo tutto quanto era emerso e divenuto di pubblico dominio circa la condotta particolare delle sue donne, ma anche perché deluso dagli ambienti politici della sua città, aveva anche lui deciso di cambiare aria.

Con Maria ed Erica se ne era andato a vivere in una cittadina della costa adriatica.

Gianluca aveva voluto dare un taglio netto al passato, aveva smesso di studiare e si era trasferito presso alcuni suoi parenti in Australia.

Il contadino/filosofo Felice Vendipiera come sempre d'estate se ne andava nel suo solitario rifugio all'aperto in montagna e, mentre godeva della quiete del bosco interrotta solo dal mormorìo di un piccolo ruscello, diceva tra sé «Panta rei» pensando al fiume Aterno e a quelle case del borgo, realizzate lì, a suo avviso, per distruggere la sua tranquillità, e forse tra sé immaginando come sarebbe stato bello vedere anche loro andar via con l'acqua del fiume.

Per il resto la vita ed il fiume al Borgo Aterno continuavano a scorrere come sempre.

Mario e Lucia, sempre più uniti da una forte intesa sentimentale e fisica, continuavano la loro felice convivenza nella ritrovata quiete del Borgo.

Giulia sentiva la mancanza delle sorelle, come se d'improvviso una parte di sé si fosse allontanata dal corpo, ma era contenta per come le cose si erano risolte. Era felice della riacquistata lucidità e della nuova vita di Alba, anche se lontano da lei, ma soprattutto sapeva che Michela in una diversa città avrebbe ripreso le fila della sua vita.

Ma Giulia non era rimata sola in quella villetta al Borgo Aterno. Da un po' di tempo il sostituto commissario Rino Sorrentino, un po' per la stanchezza che sopraggiungeva di sera, un po' per abitudine, ma soprattutto per la voglia di stare più a lungo possibile con la sua donna, aveva iniziato a non tornarsene a casa ed a restare a dormire da lei.

Anche per questo non gli fu gradito il compito assegnatogli dal suo superiore di andare al comune di Vicopago per cercare di capire qualcosa, con molta discrezione, sulla notizia, appena giunta, della scomparsa del sindaco.

Soprattutto non gli andava di dover, per un po' di tempo, restare lontano da Giulia.

L'ordine infatti era quello di trasferirsi in quel comune per tutto il tempo della durata della situazione di criticità determinata dalla scomparsa del sindaco, fino a quando questi non fosse ricomparso o comunque finché lui non avesse scoperto le cause di quell'assenza.

Ma all'inizio, in considerazione che tale scomparsa era avvenuta da soli tre giorni, avrebbe dovuto cercare di capire ed accertare le cose con assoluta discrezione.

E questo per non creare troppa tensione su quella vicenda, anche per le conseguenze che ne sarebbero seguite sulla politica locale.

Solo qualora quella scomparsa fosse durata tanto da far pensare che qualcosa di grave fosse accaduto, solo allora avrebbe potuto iniziare ufficialmente le indagini.

L'eccessiva lontananza poi di quel comune sconsigliava anche eventuali piccole fughe, durante il giorno, per tornare a trovare Giulia.

E quindi con il pensiero di dover andare a vivere per qualche tempo in quel paese lontano da Giulia, Sorrentino si recò controvoglia al comune di Vicopago.

«Scusi signora, mi sa dire dove posso trovare un albergo?» chiese Sorrentino, affiancandosi con la macchina ad una donna che procedeva nella sua stessa direzione quasi al centro della strada con entrambe le mani occupate da buste della spesa.

«*Che uò? J'alberghe? Ecche 'nate ccòne 'nce staue cchiù manche le stallette pe le cajine*» rispose la signora.

«Ma non c'è neppure un posto per dormire in questo paese?» disse di nuovo Sorrentino

«*Adda udé a Mariuccia la bettecànda[9]. Chélla po' esse che cacche stanza la tè*».

«E dove si trova questa Mariuccia la bettecànda?» chiese Sorrentino.

«*Alla bettéga che sta alla piazza*» concluse la signora.

Quindi Sorrentino proseguì e parcheggiò nella piazza del paese.

Mariuccia la bettecanda era una bassa signora piuttosto grassoccia. Posizionata ferma dietro il bancone, distribuiva i

---

[9] Salumiera

generi alimentari senza fare altro movimento che quello di prendere e dare tutto ciò che era collocato nel raggio d'azione delle proprie braccia, davanti e dietro il bancone.

«*In che cosa la pòzzo servire?*» disse Mariuccia.

«Veramente avrei bisogno di una stanza» chiese Sorrentino «Dovrò fermarmi in paese per qualche giorno».

«*Sei fertenàte, signerì*» disse Mariuccia «*Propria oggi mi si è sciapata[10] chélla che sta a faccia a fronte[11]*».

«Quanto pago al giorno?»

«*20 euri*» rispose Mariuccia.

«Le devo dare un anticipo?» disse Sorrentino, mentre le porgeva la carta di identità.

«*E che siemo accucì de poca fiducia?*» disse Mariuccia, restituendogli, senza guardare e quasi offesa, il documento.

E Sorrentino capì che alla mancata registrazione del suo nome sarebbe seguita anche la mancata emissione della ricevuta fiscale.

Gli diede la chiave e gli indicò che sarebbe dovuto entrare nel portone del palazzo di fronte, al lato opposto della piazza e salire le scale fino al primo piano.

Nel pianerottolo c'erano quattro porte. Una di esse recava un grande cartello con scritto BAGNO e il timore di Sorrentino di non trovare il bagno in camera si fece certezza.

La numero 3, che corrispondeva al numero della chiave, era la prima a sinistra delle scale.

Entrò. Costituivano l'unico arredamento di quella stanza un letto singolo, un grande specchio, un attaccapanni ed un enorme armadio, campo di battaglia di tarli e tarme, probabilmente realizzato da un falegname che contemporaneamente aveva partecipato alla prima guerra d'indipendenza. Né un lume, né un comodino, né una scrivania, né un comò vi erano mai transitati.

---

[10] Liberata
[11] Di fronte

Lasciò i suoi vestiti in valigia, calzò le pantofole e, con il beauty case sottobraccio ed un asciugamano portato da casa, si avviò a visitare il BAGNO.

Il cattivo odore di quel bagno faceva pensare che anche le altre due stanze vicine fossero occupate.

Un piatto doccia senza cabina faceva disperdere l'acqua sul pavimento, ma una presa di scarico al centro del bagno era stata lì posizionata dal colpo di genio di qualche muratore.

Per il resto un water, un bidè, un lavandino ed uno specchio che avevano conosciuto tempi migliori completavano il kit dei sanitari presenti.

Nessun asciugamani, nessun sapone, ma posto in un angolo sul davanzale interno della piccola finestra, quasi si vergognasse della propria presenza, un rotolo già iniziato di carta igienica faceva mostra di sé.

Si lavò con la maggiore rapidità possibile, mentre mentalmente faceva l'elenco delle cose che l'indomani mattina avrebbe dovuto acquistare per poter trascorrere i giorni di permanenza in quel posto con un minimo di decenza.

Poi si recò di nuovo al genere alimentari di Mariuccia, proprio mentre questa stava chiudendo.

«Sa dove posso cenare?» chiese Sorrentino.

«*Ci sta la cantina*» rispose Mariuccia «*esse lì! Proprie sotte alla piazza. Ti fanno pure da manciare*».

Sorrentino capì che avrebbe dovuto lasciare lì la macchina e cercare a piedi questa osteria per le vie strette del paese.

La trovò. Era una piccola sala stretta con quattro tavolini posti l'uno dietro l'altro con a fianco otto panche, quattro per ogni lato. Non c'era un vero e proprio bancone, ma un grande tavolo con sopra bottiglie ed alimenti. Da una porta laterale proveniva un forte odore di cipolla e carne alla brace. Il fumo della cucina aveva invaso anche la sala. La presenza di un unico cliente non destava grandi aspettative in Sorrentino sulla qualità del menù. Dalla cucina uscì un ragazzo sui vent'anni, con un grembiule unto e le maniche tirate su. E ben sudato.

«Che cosa le porto da bere?» chiese il ragazzo.
«Una mezza birra» rispose Sorrentino.
«E da mangiare?».
«Due salsicce e un po' di verdura, se c'è».
«Abbiamo la cicoria ripassata in padella».
«Va bene» concluse Sorrentino.

Mentre cenava, Sorrentino scrutava un uomo che mangiava, come lui, da solo; che mangiava, senza guardarsi intorno e con gli occhi fissi al piatto, una zuppa che doveva essere di legumi vari, dove affondava velocemente a mò di scodella grosse fette di pane che lasciavano poi colare nel piatto e sul tavolo parte di quella brodaglia prima di trovare riparo e destinazione tra i pochi denti della sua bocca.

Poteva avere circa settant'anni. Era piccolo di statura e piuttosto malandato, con i pochi capelli lunghi unti e spiaccicati sul cuoio capelluto ed una barba rada ed incolta. Da lui proveniva, ad offendere ulteriormente le narici di Sorrentino, un vago odore di pecora.

«E' *Jupitte*[12]» disse piano il ragazzo a Sorrentino, avendo visto il particolare interesse di questo verso quella figura, e poi, quasi a voler giustificare quella presenza poco gradevole nel suo locale, proseguì: «Lui è vedovo. Quando viene gli facciamo trovare sempre un piatto caldo. Fa il pastore. Non parla però sa emettere dei suoni particolari con i quali riesce a farsi capire dalle pecore, ma anche da tutti gli altri animali».

«E dove vive?» disse Sorrentino.
«L'estate sta quasi sempre in montagna. Scende solo qualche volta per cenare. L'inverno invece torna in paese e dorme in una baracca che ha vicino allo stazzo dove rimette le pecore» rispose il ragazzo.

«Vi porto qualcos'altro?» chiese a Sorrentino.

---

[12] Lupetto

«No grazie» disse il poliziotto, che pagò e lasciò il locale con dentro *Jupitte* che nel frattempo si era addormentato sulla panca.

Tornato nella sua stanza, si distese sul letto ed iniziò il lungo percorso dei suoi pensieri fatto di Giulia, della questura, di come era finita l'indagine del delitto del Borgo Aterno, della ricostruzione della città, di questo paese, Vicopago, del sindaco scomparso e di come avrebbe dovuto presentarsi l'indomani al Comune per iniziare a capire quello che stava succedendo e... si addormentò.

II

Ricordi, amore mio, il nostro primo giorno?
Ero alla scrivania della mia stanza in comune. Tu arrivasti con grande affanno un'ora dopo l'appuntamento che ti avevo dato. Mi parlasti delle tue esperienze di lavoro, dei corsi che avevi frequentato, dei tanti comuni della Sardegna che, in sei anni, avevi girato come titolare o come reggente della segreteria. Non ne potevi più di stare lontano da casa, dalla tua terra, da tuo figlio. Mi quasi implorasti di sceglierti per ricoprire quel posto di segretario comunale che si era reso vacante dopo il pensionamento del vecchio titolare. Mi ricordo che avevi gli occhi lucidi ed il viso sconvolto.
Ti scelsi per quello, perché sapevo che, dopo aver sofferto la lontananza, ti saresti tenuta ben stretta quel posto vicino casa e saresti stata una brava funzionaria. Ma ti scelsi anche per la tua bellezza che da quel viso, in quel momento sconvolto ed ansioso, riempiva di sé e di luce tutta la stanza. E ti scelsi perché proprio da come ti presentasti a me, dalle tue parole, da quanto mi raccontasti della tua vita, ti sentii sola e indifesa, una piccola cosa con il bisogno di essere protetta, amata, coccolata.
Così cominciammo a lavorare insieme.
Dal giorno in cui prendesti servizio iniziò per me un modo diverso di venire in comune. Sapevo che ad attendermi avrei trovato, come sempre, i problemi e le criticità di un comune difficile, ma passare nel tuo ufficio e restare a parlare con te di lavoro e di altro mi consolava di ogni altra cosa che fosse andata male durante la giornata.
Poi arrivò il giorno in cui eravamo rimasti soli a lavorare di sera su alcune delibere. Tu eri particolarmente silenziosa. Non staccavi gli occhi dalle carte e non mi guardavi. Non era come le altre volte. Non mi raccontavi, come al solito, quello

che avevi fatto il giorno precedente, le cose di casa, il rapporto con i tuoi genitori, la crescita di tuo figlio, i momenti di vita altalenante con tuo marito. Scrivevi al PC e guardavi gli atti senza parlare.

Io ti chiesi che cosa fosse accaduto e vidi una lacrima, una sola che scendeva sul tuo viso. Io insistetti. Tu mi guardasti negli occhi e mi chiedesti di abbracciarti. Solo quello volevi da me. Che io ti abbracciassi e ti tenessi stretta a me. Nulla più. Lo feci. Furono forse due, tre minuti. Poi ti scostasti, tornasti a lavorare e mi dicesti: «Grazie«.

Non parlammo più per il resto della serata. Ci lasciammo così, chiudendo il portone del Comune e andandosene ognuno verso casa sua.

III

Prima di andare al Comune per cominciare ad accertare le cause della scomparsa, se da ricondursi o meno all'ambiente ed alla funzione, se temere un rapimento o qualunque altro fatto grave oppure pensare ad una spontanea, libera ed improvvisa decisione del sindaco di allontanarsi, Sorrentino decise di fare un salto a casa di questo, dove abitava con la madre anziana.

Era una casa vecchia con ingresso autonomo ed un piccolo giardino. Alle dieci e mezzo del mattino pensò che fosse l'ora giusta per andare a trovare una persona anziana, ma, con sorpresa, trovò nel cortile una giovane signora che stava stendendo i panni al sole. I capelli biondi e lunghi, il viso carino con il naso all'insù, la carnagione chiara, il corpo robusto e ben fatto e l'altezza facevano pensare inequivocabilmente ad una badante straniera, dei paesi dell'est.

«Buongiorno» disse Sorrentino «E' la casa del sindaco Fabrizio Merli?».

«Si.» disse la donna.

«E lui non c'è?».

«No. Lui è via. C'è la mamma».

«E lei è una parente?».

«No. Lui non ha fratelli. Solo mamma e io faccio badante»

«Dov'è la mamma del sindaco?».

«Ora appena svegliata» disse la badante «Aspetta. Io la preparo e lei ci parla».

Quindi Sorrentino si dispose all'attesa, nel sole più clemente di fine agosto, girovagando nel giardino con l'occhio attento dell'investigatore per cercare qualche traccia, qualche elemento utile a capire il perché della scomparsa del sindaco.

Ma non vide nulla di utile. Il garage aperto e senza macchina comprovava che il sindaco si era allontanato in auto e quindi per prima cosa avrebbe dovuto chiederne il tipo e la targa. Realizzò subito che questa informazione non avrebbe potuto averla dall'anziana madre e si riservò di acquisirla dall'occhio sicuramente vigile ed attento della badante.

Infatti, non appena questa tornò fuori per invitarlo ad entrare in casa, a richiesta di Sorrentino rispose che il sindaco aveva una Mercedes bianca targata FD 465 YX ed immediatamente Sorrentino girò l'informazione alla questura per far iniziare dalla polizia, sempre con la massima discrezione richiesta dal vice questore Camilli, la ricerca della macchina segnalata.

Quindi entrò in casa del sindaco.

La signora Iolanda avrà avuto sicuramente più di novant'anni, era seduta in poltrona e guardò con occhi assenti Sorrentino.

«Buongiorno, signora, come sta?» disse Sorrentino.

«Fa-bri-zio... Chia-ma-te... Fa-bri-zio...» rispose la signora Iolanda con voce tremula e lenta.

Sorrentino guardò la badante che strinse le spalle e guardò in su.

«Signora, suo figlio non c'è!» disse Sorrentino «Mi sa dire dov'è andato?»

«Fa-bri-zio... Do-ve... è... an-da-to?» fu la risposta della signora.

Allora Sorrentino rivolse con lo sguardo alla badante la stessa domanda.

«Lui via da tre giorni» disse la badante «Uscito con macchina la mattina e non tornato».

«Ieri appuntamento con il medico di sua mamma, ma lui non è tornato neppure per portarla. Io preoccupata, telefonato a lui, ma telefono spento, poi telefonato al Comune e nessuno lo ha visto. Perciò chiamata polizia».

«Ha provato a richiamarlo in questi giorni?».

«Si. Sempre telefono spento».

«Comunque ha fatto bene a chiamarci» disse Sorrentino «C'è qui in casa qualcosa che possa dirci dov' è andato?».

«Prego, qui studio» la badante indicò una porta chiusa nell'ampio salone.

E Sorrentino entrò.

Sapeva di non avere nessuna autorizzazione del giudice e neppure, ancora ufficialmente, dei superiori a rovistare tra le carte ed i documenti del sindaco, ma non poteva non approfittare di quell'occasione, quanto meno per capire se c'era qualche elemento che desse un significato alla scomparsa.

Lo studio di Fabrizio Merli era molto ordinato ed arredato in modo essenziale. Una scrivania al centro con la poltrona direzionale e due poltroncine davanti. Una libreria che copriva tutta la parete dietro la scrivania sullo sfondo della stanza. Un mobile basso e lungo nella parete di destra rispetto all'ingresso, sul quale erano poggiate alcune cartelle. Appese ai muri una serie di stampe riproducenti opere d'arte. Nella parete di sinistra una porta finestra aperta sul cortile. A ridosso della parete, dopo la finestra e più vicina alla scrivania, una stampante. Non v'era traccia di computer, segno che Merli usava un portatile anche in casa, ora scomparso insieme a lui.

Sulla scrivania non c'era altro che una lampada, un portapenne e uno scrittoio di cuoio. Guardò verso la porta e vide che la badante non lo aveva seguito fin dentro la stanza. Fu perciò veloce ad aprire lo scrittoio ma non c'era dentro alcun foglio. Quindi con pari velocità si rivolse verso le cinque cartelle ciascuna delle quali conteneva dei fogli che in quel momento non aveva il tempo di leggere. Perciò prese il cellulare e li fotografò. Li avrebbe letti poi, con tutta calma.

«Non c'è nulla che ci possa dire dove sia andato il sindaco» disse Sorrentino, che nel frattempo aveva lasciato lo studio attraverso la porta-finestra sul cortile, dove intanto era uscita, seduta sulla carrozzina, la signora Iolanda, spinta dalla badante.

«Se lui chiamerà, io faccio sapere» disse la badante dell'est.

«Io per qualche giorno sarò ancora qui a Vicopago» disse Sorrentino «Mi dia il suo numero di cellulare, così le mando un sms con il mio. Per qualsiasi novità, sentiamoci».

Così Sorrentino lasciò la casa del sindaco per recarsi al Comune.

Entrò nella sede municipale in tarda mattinata. Notò subito il silenzio che avvolgeva quell'ambiente vuoto e freddo. Nessun dipendente, nessun cittadino, nessuno all'ingresso, né sulle scale che portavano al primo piano.

Trasalì quando una voce dura e cupa lo arrestò prima dell'ultimo gradino: «Dove va lei?».

Si fermò. Non riuscì ad abbinare quella voce alla minuscola figura dell'omino calvo che dal basso guardava verso di lui. E salì l'ultimo gradino, guardandosi intorno.

«Le ho detto: dove va lei?» lo apostrofò di nuovo l'omino.

Stavolta non poté non convincersi che quell'uomo stava parlando con lui.

«A lei che importa?» rispose Sorrentino

«Sono un agente della polizia municipale» disse l'omino «Lei non può entrare. Gli uffici sono chiusi».

«Da come è vestito non si direbbe» ironizzò Sorrentino, vedendo quel tale che diceva di essere un vigile urbano, vestito con tuta sporca e scarpette.

«Ridiscenda le scale» solennizzò il vocione proveniente dall'ometto.

Mentre tornava indietro giù per le scale, Sorrentino fu indeciso se presentarsi come funzionario di polizia, ma preferì conservare l'anonimato.

«Ma non c'è proprio nessuno?» disse Sorrentino.

«Non ho detto che non c'è nessuno. Ho detto che gli uffici sono chiusi al pubblico. Quindi lei non può entrare» rispose il vigile, indicando a Sorrentino un cartello con gli orari di apertura al pubblico.

Sorrentino non poté che constatare con quanta ipocrisia ed indolenza colui che aveva programmato l'apertura al pubblico teneva a precisare che «*Per consentire ai dipendenti di poter lavorare in assoluta tranquillità e serenità, al fine di rendere migliori i servizi al cittadino, il pubblico è ricevuto tutti i giorni dalle ore 8,30 alle ore 10.00*».

Pertanto a mezzogiorno per lui non c'era speranza di essere ricevuto.

Non gli restava che cercare la comprensione e la benevolenza del piccolo vigile.

«Mi faccia la cortesia, sono venuto da lontano ed ho preso un giorno di ferie» gli disse «devo parlare con il sindaco».

Ma quello, ancora più integerrimo di prima, «Le ho detto che non si entra!» rispose «E poi il sindaco manca da tre giorni».

«E non posso parlare con qualcuno che lo sostituisce, il vicesindaco, un assessore?» chiese Sorrentino.

«Non c'è nessuno» rispose il vigile.

«Neppure un funzionario c'è?» incalzò Sorrentino.

In quel momento una porta al piano terra, dove intanto Sorrentino era ridisceso per parlare col vigile, si aprì quel tanto per consentire di vedere una testa di donna, anch'essa di bassa statura, che con una mano faceva segno a Sorrentino di avvicinarsi.

«Venga, venga» disse la donna, a bassissima voce ed accompagnando con le parole il cenno della mano.

Sorrentino le si avvicinò ed entrò.

«Mi chiamo Fiorella» disse la signora, premurandosi di chiudere subito la porta alle spalle di Sorrentino «Mi occupo dell'anagrafe».

«Salve, Sorrentino».

«Che cosa le serve?» disse Fiorella restando in piedi, con Sorrentino dentro quella stanza piena di scaffali e schedari.

«Volevo parlare col sindaco...»

«Ssssss» lo interruppe Fiorella, portando il dito indice al naso «Parliamo piano, qui hanno tutti le orecchie lunghe».

Sorrentino abbassò il tono della voce e chiese: «Ma perché? Che c'è di male?».

E Fiorella, con l'aria di chi dava l'idea di saperla lunga: «E' sparito... Sono tre giorni che non si fa vedere e nessuno sa dove sia. Secondo me è successo qualcosa. Ho parlato con la badante della mamma, a casa non è tornato e neanche loro sanno dove sia andato... Ma lei chi è? Che le serve?».

Sorrentino ritenne di doversi qualificare come poliziotto a quella signora disponibile e loquace, ma senza rivelare i veri motivi della sua presenza.

«Sono il sostituto commissario Rino Sorrentino» disse «e sono venuto per parlare con il sindaco».

La signora Fiorella era una di quelle persone dotate di eccessiva loquacità e scarsa riflessione perché, non considerando affatto i motivi che Sorrentino le aveva appena spiegato della sua presenza, disse: «La prefettura ha fatto subito a mandare il commissario a sostituire il sindaco...».

Sorrentino stava per dirle di essere un poliziotto e non un commissario prefettizio, ma si trattenne e pensò che in questa diversa veste avrebbe potuto sapere molte più cose dalla signora Fiorella.

«Ma oggi non c'è nessun altro, oltre lei?» disse Sorrentino.

«Sopra ci stanno i capi, il ragionier Peretti ed il geometra Crocetta» disse Fiorella con un filo di voce, avvicinandosi quasi a parlare nell'orecchio di Sorrentino sempre rimasto in piedi vicino a lei.

E proseguì: «Ma per carità, quelli non vogliono essere disturbati fuori dell'orario di ricevimento del pubblico. E se qualcuno sale, lo maltrattano. Ma lei è il commissario prefettizio. A lei devono aprire».

«E il segretario comunale?» chiese Sorrentino.

«E' la dott.ssa Giovanna Colombo, è in ferie» rispose Fiorella.

«Torno domani» disse Sorrentino «Così parlerò con i signori di sopra e con la segretaria. Magari sarò fortunato e troverò che il sindaco è rientrato. Nel frattempo mi fermo qui a Vicopago».

E chiese: «Che cosa c'è da vedere in paese?».

«Qui non c'è proprio più niente» disse la signora Fiorella. «C'era il museo, ma l'hanno chiuso e si sono rivenduti tutti i quadri e le statue. C'è la Villa Moretti, ma da quando sono morti i proprietari è chiusa ed in stato di abbandono. C'è la chiesa della Provvidenza Divina, ma per vederla deve andare a trovare il superiore della Confraternita e farsi venire ad aprire. In realtà ci sarebbe anche l'eremo che è tenuto dall'Ordine. Ma è fatica ad arrivarci sulla montagna».

Nonostante Sorrentino avesse già sentito parlare di Vicopago e quindi avesse una sua personale idea, l'impatto del primo giorno, le persone conosciute e soprattutto le parole della signora Fiorella rafforzarono in lui la voglia di scapparsene via, ma l'incarico ricevuto ed il senso del dovere lo trattennero anche quel pomeriggio per cercare di saperne di più sulla vicenda del sindaco scomparso.

IV

Il giorno del tuo compleanno passai nel tuo ufficio non soltanto per farti gli auguri ed invitarti a prendere il caffè. Da un po' di giorni la straordinaria bellezza dei tuoi occhi tristi era ancora più accesa e non riuscivo a capire se era soltanto una sensazione che cresceva in me oppure realmente da un po' di tempo qualcosa nella tua vita non andava. Finalmente avevi trovato a Vicopago stabilità e sistemazione, con la tua famiglia, tuo figlio, ed una professione che ti piaceva. Cosa poteva esserci ancora a rendere tristi le tue giornate? Dovevo capire. Nei tuoi lunghi discorsi ogni tanto mi sembrava di cogliere qualcosa, ma non osavo chiedere. Avevo paura di essere troppo invadente e di mancare di rispetto verso di te e verso ogni cosa che ti stava vicino.

Così il giorno del tuo compleanno passai anche per darti una cosa.

Avevo trascorso gran parte della notte a pensarti nella solitudine del mio giardino, con la solita compagnia di sempre: la bottiglia di Zacapa e l'insonnia. In quel silenzio di luna, di stelle, di aria calma avvolgente, di profumi di erba e di terra, di dolce incedere del tempo senza storia sotto la cupola della notte, lì, per terra, all'improvviso, davanti ai miei piedi passò un piccolo, insignificante scarabeo nero. Io mi sentii lui e tutto il resto era il tuo pensiero. Ma anche quel brutto piccolo sgorbio dell'universo aveva la sua vita in quell'incanto della notte senza fine. E così pensai che, benché fossi una piccola parte, anch'io ormai avevo un ruolo nella tua vita e dovevo dirtelo. Ma come?

Ti scrissi una poesia, una poesia per il tuo compleanno:

Come un piccolo scarabeo
Vorrei passare
Tra i fili d'erba dei tuoi pensieri
E lì sperare di trovare
Ogni briciola dei tuoi misteri.
Come un piccolo scarabeo
Mi vorrei cibare
Dei tuoi momenti tutti
Belli e brutti
Passati e presenti.
Come un piccolo scarabeo
Che solca il tuo cuore
Anno dopo anno
Vorrei darti un bacio
Ad ogni compleanno.

Ti consegnai il piccolo foglio nel breve tragitto dal Comune al bar, mentre eravamo nella stretta e pietrosa stradina che di solito usavamo come scorciatoia per evitare di passare tra la gente. Ci fermammo. Leggesti con attenzione. Mi guardasti negli occhi con un leggero sorriso e mi abbracciasti. Sentii le nostre guance toccarsi ed un brivido passò sulla mia pelle. Dolcemente strusciai la mia guancia sulla tua finché le nostre labbra furono vicine. Ma tu, d'improvviso, le scostasti e girasti la testa di lato guardando il vuoto. Restammo ancora così per un po', abbracciati e silenziosi. Poi senza più parlare andammo a prendere il caffè.

V

Quel pomeriggio e la sera Sorrentino non uscì, neppure per cenare. Con un panino ed una birra, preferì restarsene nella sua stanza a leggere i documenti che aveva fotografato nella casa del sindaco.

Erano costituiti da una deliberazione con la quale la giunta comunale di Vicopago aveva approvato un progetto preliminare per la riqualificazione urbana di un intero quartiere di ruderi di proprietà del comune, ormai degradati ed in stato di abbandono, ma di recente occupati abusivamente da alcune famiglie di senzatetto, per lo più zingari e migranti senza permesso di soggiorno. Pertanto il progetto prevedeva non soltanto le opere di demolizione dei ruderi e di riqualificazione dell'area urbana, ma preliminarmente anche lo sgombero degli occupanti abusivi. Ed infatti, insieme alla deliberazione, Sorrentino aveva anche fotografato l'ordine di sgombero indirizzato ai destinatari ma non ancora firmato dal sindaco.

Un altro atto conteneva la richiesta di una ditta per ottenere il riaffidamento del servizio di manutenzione del cimitero dietro il compenso di 2.000 euro annue per una durata decennale.

Poi su alcuni fogli a parte era stata effettuata su internet le ricerca di norme procedurali per una gara secondo l'offerta economicamente più vantaggiosa, basata cioè non soltanto sul costo più basso, ma anche sul tipo e sulla qualità del servizio offerto.

C'era poi una lettera indirizzata dal sindaco all'assessore regionale all'ambiente, con la quale si chiedeva un urgente incontro per discutere sulla richiesta di realizzazione di una centrale idroelettrica a poca distanza dal paese di Vicopago, nei confronti della quale il sindaco manifestava tutta la sua contrarietà, adducendo motivi di compromissione dell'ecosistema e di danni ambientali. Nella stessa lettera il sindaco faceva presente che era stato costituito un consorzio di comuni, di cui Vicopago era capofila, con la finalità di giungere alla realizzazione di un parco naturale.

Inoltre Sorrentino aveva fotografato la proposta di deliberazione per lo svolgimento di una gara per lo sfruttamento ventennale dell'enorme patrimonio boschivo del paese.

Ultimo documento fotografato da Sorrentino era una foto, raffigurante un candelabro, con dietro scritto a penna «*S'adda fa*».

La mattina successiva Sorrentino si alzò di buonora con la precisa idea di tornare al Comune a parlare con i funzionari. Sarebbe stato lì presto, già alle 8,30, deciso a rispettare l'orario di apertura al pubblico. Anzi sarebbe arrivato un po' prima ed avrebbe atteso per vedere, al momento dell'ingresso degli impiegati, quale altro movimento si fosse verificato nel comune.

Uscito dalla stanza per andare in bagno si imbatté sul pianerottolo in una bella ragazza bruna che usciva dalla porta di fronte con la stessa intenzione di Sorrentino.

Avrà avuto non più di vent'anni sotto una folta capigliatura spettinata. Un petto sopra la sesta riusciva ad essere appena contenuto dal reggiseno indossato senza null'altro che i pantaloncini corti del pigiama.

«Buongiorno» disse la ragazza «Deve andare anche lei in bagno?».

«Buongiorno» rispose Sorrentino «Faccia pure. Io posso aspettare».

Nel frattempo Sorrentino sentì squillare il cellulare dalla stanza.

«Sente? Approfitterò per rispondere».

Era Giulia. Si erano sentiti il giorno prima e Sorrentino le aveva descritto con ampia abbondanza di particolari le caratteristiche di quel luogo: le strane persone incontrate, la casa del sindaco, il comune.

Giulia gli chiese se avesse incontrato belle donne e lui rispose la mezza verità: «Salvo la badante della mamma del sindaco, ieri ho incontrato solo signore anziane».

«E com'è la badante?» disse Giulia.

«Un po' troppa di tutto, per i miei gusti» rispose Sorrentino, per rassicurare Giulia che, negli ultimi tempi, manifestava ogni tanto quel pizzico di gelosia che a Sorrentino non dispiaceva.

Si astenne dal riferire l'incontro sul pianerottolo con quella bella dirimpettaia che gli contendeva l'accesso al bagno.

Giulia promise che l'avrebbe richiamato nel pomeriggio e si salutarono.

Uscì di nuovo dalla stanza non sapendo se preferire di trovare il bagno libero o trovarlo occupato per poter aspettare l'uscita della ragazza bruna. Ma quest'ultima aspettativa restò delusa e poté entrare subito nel bagno.

Alle otto percorse a piedi le poche decine di metri che separavano la pensione di *Mariuccia la bettecanda* dal Comune.

Ma già da lontano si accorse che sotto il Comune c'era uno strano movimento di gente che si agitava intorno ad una macchina parcheggiata. Si avvicinò e sentì crescere il brusìo misto a pianti e lamenti.

«Che succede?» chiese.

«E' morto il ragioniere Peretti» rispose qualcuno gridando da quel gruppo.

«Scusate, com'è morto?» chiese ancora Sorrentino.

Un uomo si staccò dal gruppo che circondava la macchina e gli si avvicinò.

«Poco fa si sono accorti che non scendeva dalla macchina, hanno aperto lo sportello ed hanno visto che era morto» disse l'uomo a Sorrentino «Si sarà sentito male».

Sorrentino si avvicinò allo sportello, davanti al quale una signora piangeva disperata. C'erano altre quattro cinque persone tra cui riconobbe il piccolo vigile e la signora Fiorella.

«Stiamo aspettando il medico» gli disse la signora Fiorella appena lo riconobbe «Ma è chiaro che è morto. Il cuore non batte»

«Chi è quella signora?» chiese Sorrentino.

«E' la moglie» rispose Fiorella.

Sorrentino guardò all'interno ed al suo occhio esperto bastò poco per accorgersi che un segno ad un lato del collo del ragioniere faceva ben pensare che quella morte non fosse stata naturale. Peraltro l'esagerato colore cianotico del volto confermavano l'ipotesi dello strangolamento.

A questo punto ritenne che non potesse far altro che qualificarsi e quindi, tirando fuori il distintivo dalla tasca, disse: «Polizia. Sono il sostituto commissario Sorrentino. Vi invito ad allontanarvi tutti dalla macchina».

In quel momento con l'urlo della sirena l'ambulanza del 118 arrivò a fianco di Sorrentino.

Una giovane donna bionda in tuta bianca e rossa scese di corsa e si precipitò verso lo sportello, ma Sorrentino la bloccò.

«Sono il medico» disse quella «Che cosa vuole?».

«Sono il sostituto commissario Sorrentino» rispose «E' evidente che quest'uomo è stato strangolato. La prego di limitarsi a constatare il decesso. Eviti interventi che possano inquinare la scena del crimine».

Ed infatti l'intervento della dottoressa sul cadavere fu molto breve.

«Confermo il decesso per strangolamento» gli disse.

«Quest'uomo è stato assassinato» disse Sorrentino al gruppo delle persone presenti che nel frattempo era divenuto più numeroso.

Poi, rivolto al vigile, disse: «Lei venga qui e non faccia avvicinare più nessuno alla macchina».

Chiamò la questura e comunicò quanto era accaduto.

Quindi, in attesa dell'arrivo dei suoi colleghi, del pubblico ministero e della polizia scientifica, chiese: «Chi si è accorto per primo che quest'uomo era morto?».

Un uomo sulla sessantina si fece avanti: «Sono stato io» disse.

«Venga» Sorrentino lo prese in disparte per interrogarlo.

«Innanzitutto come si chiama e che lavoro fa?».

«Mi chiamo Gilberto Passalacqua» disse «Faccio l'operaio qui al comune».

«Come si è accorto che il ragioniere era morto?».

«Ogni mattina alle sette e un quarto vado a timbrare al Comune e poi me ne vado al magazzino» disse Passalacqua.

«Anche stamattina?».

«Si anche stamattina. Ho visto che il ragioniere stava dentro la macchina parcheggiata davanti al Comune a quell'ora insolita, ma non mi sono fermato. Ho timbrato e sono andato via. Dovevo andare a prendere i fili elettrici per fare alcune riparazioni della linea interna del Comune».

«E poi?» chiese Sorrentino consapevole di dover tirar fuori le parole di bocca a quell'uomo timido, schivo e soprattutto molto spaventato.

«Dopo mezz'ora sono tornato e ho visto che il ragioniere stava ancora dentro la macchina».

«Si è accorto subito che era morto?».

«Mi è sembrato strano. Mi sono avvicinato per salutarlo e non mi ha risposto. Allora ho aperto lo sportello. Guardava fisso davanti a sé e non si muoveva».

«E che cosa ha fatto dopo?».

«Sono andato di corsa al bar a chiedere aiuto. Chi ha chiamato il 118, chi è andato a chiamare la moglie che abita qui vicino, chi si è precipitato dove stava la macchina del ragioniere: tutti si sono mossi».

«Va bene» disse Sorrentino «Quando arriveranno i miei colleghi sarà di nuovo interrogato e dovrà firmare il verbale. Non se ne vada».

Poi si avvicinò alla moglie di Peretti, che era sorretta dalla signora Fiorella e da un'altra donna e piangeva disperata.

Con molto tatto e stringendole una mano tra le sue Sorrentino le si accostò. Avrà avuto anche lei intorno ai quarant'anni, ma in quel momento sembrava dimostrare molto di più della sua età.

«Mi dica solo una cosa, signora» disse Sorrentino «Suo marito andava sempre così presto al Comune?»

Lei lo guardò smarrita, poi dalla sua bocca uscirono poche parole appena percettibili: «Usciva alle sei... sempre. La solita passeggiata fino all'eremo... poi il Comune».

«Grazie» disse Sorrentino «...e condoglianze».

VI

Passò quasi un mese senza vederci. Il periodo delle vacanze, le tue ferie, i miei impegni: tutto contribuì a tenerci lontani in quei giorni.
Tornammo ad incontrarci una sera per una riunione di Giunta.
Finito l'incontro e congedati gli assessori, restammo soli nella mia stanza a finire di mettere in ordine le delibere appena approvate per procedere poi alle nostre firme ed alla loro pubblicazione.
Tu evitavi di guardarmi. Io invece non riuscivo ad impedire che il tuo bellissimo viso riacquistasse il suo spazio nei miei pensieri e nella mia memoria.
«Mi dispiace per l'altra volta» ti dissi.
«Invece é stato bello» mi rispondesti.
«Ti ho pensato tanto in questo mese» ti dissi ancora «Mi piace stare con te e mi sei mancata».
Non mi aspettavo sentirti dire: «Anche io mi sono accorta di aver sentito la tua mancanza. Nonostante fossi stata in famiglia con i miei, non averti visto in questi giorni mi è dispiaciuto. Non so cosa sia, ma quando sto con te ci sto bene».
«Vuoi che ti abbracci?» *mi venne da dirti, così, un po' per scherzare un po' perché ne avevo voglia.*
Tu ti alzasti, io mi alzai e ci abbracciammo al centro della stanza.
Stavolta però le tue labbra non si scostarono e ci baciammo lungamente.
«Voglio fare l'amore con te» *ti sussurrai nell'orecchio.*
«Non stasera» *mi dicesti e vidi di nuovo quella lacrima solcarti il volto.*

Dovevo sapere. Che cosa c'era nella tua vita che non andava? Che cosa ti portava a quella profonda, infinita tristezza anche dopo aver baciato un uomo con la pienezza della tua passione?

«*Devo tornare a casa presto*» *dicesti* «*Non voglio che Pietro si arrabbi*».

«*Perché dovrebbe arrabbiarsi? Stiamo qui a lavorare e non mi sembra che, almeno sino ad oggi, tuo marito abbia mai avuto motivi per essere geloso*» *dissi.*

Mi guardasti con quei grandi occhi smarriti. Capii.

«*Si arrabbia spesso con te?*» *chiesi.*

Non mi rispondesti, ma scoppiasti a piangere, stringendoti più forte.

«*Ma ti picchia?*» *chiesi ancora*

Con un cenno del capo me ne desti conferma.

Ti accarezzai, ti abbracciai, ti strinsi forte a me, per calmarti.

«*Ora ci sono io*» *ti dissi.*

E tu tra i singhiozzi mi dicesti che non potevi lasciarlo, per tuo figlio ed i genitori. Che non era un uomo cattivo, ma aveva quel maledetto comportamento violento che non sapeva reprimere. E quando voleva ad ogni costo importi le sue ragioni, usava le mani. Mi pregasti di non intromettermi nella tua vita e di lasciare fuori da essa la nostra storia.

«*Va bene*» *ti dissi* «*Farò per ora quello che mi chiedi, ma rifletti bene se è il caso di continuare a stare con una persona così*».

«*Io non lo amo più*» *mi dicesti* «*Ma lui è buono con nostro figlio e con i miei genitori, che vivono con noi*»..

«*E loro non si accorgono di nulla?*» *ti chiesi.*

«*Lui è furbo*» *dicesti* «*Davanti a loro è bravo e premuroso, ma quando siamo soli spesso diventa violento. Per questo loro non capirebbero*».

«Io non so se riuscirò a sopportarlo» ti dissi *«Per ora va bene, ma se mi accorgo che continua a farti del male, gli rompo il culo a quello stronzo»..*

Mi prendesti il viso tra le mani e, sorridendo, mi baciasti ancora.

E poi dicesti: «La prossima volta che andrai fuori per le cose del comune, verrò con te»..

VII

Nelle ore successive il comune di Vicopago fu invaso dalle auto della polizia, da una moltitudine di gente venuta ad effettuare i rilievi ed a condurre le prime indagini.

Giacché non c'era in quel comune una stazione di carabinieri, fu utilizzata dagli inquirenti per gli interrogatori e come sede logistica delle prime indagini la stanza dove prestava servizio il piccolo vigile.

Furono ascoltate molte persone, colleghi, amici e conoscenti del defunto ragioniere, il cui cadavere poté finalmente essere trasferito presso l'obitorio dell'ospedale più vicino, per l'autopsia, solo quando arrivò l'ordine del pubblico ministero.

Solo verso sera, quando si spensero le luci della chiassata poliziesca, il vice questore Camilli chiamò in disparte il sostituto commissario Rino Sorrentino.

«Sorrentino, lei resti a Vicopago e continui le indagini» disse.

Sorrentino vide sfumare la possibilità del rientro all'Aquila in tempi brevi.

«Potrebbe esserci un collegamento di questo omicidio con la scomparsa del sindaco» proseguì Camilli.

«Mi faccia avere dal pubblico ministero il permesso di accedere all'ufficio del ragioniere, che oggi abbiamo chiuso con i sigilli» disse Sorrentino «Credo che da domani passerò molto tempo al Comune».

«Ora mi servirà un supporto» disse ancora Sorrentino «Domani mandatemi Ercolano».

«Proprio ieri ha inviato il certificato di malattia» disse Camilli «Pare abbia un problema alla schiena e non si può muovere. Vedrò domattina chi potrà venire ad affiancarla nelle indagini».

«Bene, ci sentiremo domani» concluse Camilli, lasciandolo a Vicopago.

Quella sera Sorrentino non ebbe voglia di restarsene in stanza. In quel poco tempo che vi stette per un breve relax, i pensieri gli affollavano la mente e chiedevano di entrare come studenti sull'autobus in partenza per la gita. La faccia stravolta del ragioniere ferma nella morte, la gente di Vicopago, la bella ragazza bruna davanti al bagno, Giulia, la badante e la madre del sindaco, la signora Fiorella, il piccolo vigile, e così via.

Uscì.

Durante la giornata il frenetico coinvolgimento nei rilievi di quel delitto e negli interrogatori che ne seguirono gli avevano tolto l'appetito, ma ora che tutto si era calmato avrebbe mangiato un bue intero.

Tornò all'osteria.

«Due – quattro – nove – tutta» davanti alla porta d'ingresso quattro ragazzi robusti e nerboruti giocavano a morra. Ai loro piedi un bel po' di bottiglie vuote di birra la diceva lunga sul loro stato di sobrietà.

Entrò.

Jupitte stava lì con la sua ciotola di minestra in una mano e la faccia di sempre fissa sulla fetta di pane nell'altra.

Sorrentino prese posto all'ultimo tavolo e ordinò una braciola di maiale con patate al forno.

Per tutto il tempo non entrarono altri avventori.

Il ragazzo dell'osteria, sempre più unto e sudato, fu sollecito a portargli la cena. Si capiva che aveva un gran desiderio di chiedere, di avere notizie sui fatti tragici della giornata, ma nel contempo viveva dentro un ambiente in cui le parole d'ordine erano "nulla feci", "nulla sentii", e perciò non parlò, non disse nulla.

Fu Sorrentino a cercare di cogliere al volo quella tendenza alla curiosità che chiaramente si manifestava sul volto del ragazzo ed iniziò a parlare.

«Gli hanno fatto proprio un bel servizio al ragioniere» disse volgendosi al ragazzo che lo fissava col collo teso e gli occhi sbarrati.

Ma quello restò zitto.

«Un lavoro rapido e deciso. Una cordicella stretta sul collo e zac.... Addio ragioniere» proseguì.

Ma quello non parlava, non diceva nulla. Sembrava avere lo sguardo sconvolto dalla paura.

«Veniva spesso qui?» chiese Sorrentino.

«Una sola volta è venuto, con la moglie» rispose il ragazzo.

«Frequentava gente o era un tipo solitario?» chiese di nuovo Sorrentino.

«So che gli piaceva camminare e che ogni mattina saliva su all'eremo, prima di andare al Comune» rispose il ragazzo.

«E tu lo hai visto stamattina?» disse Sorrentino.

Il ragazzo lo guardò ancora più teso e rispose: «Io vengo all'osteria durante il giorno. Non vedo quello che succede la mattina presto».

Nel frattempo *Jupitte* si alzò, come infastidito dalla conversazione tra i due, fece un lungo sbadiglio ed uscì dal locale.

La chiusura e la reticenza al dialogo del ragazzo dell'osteria si trasformarono in improvvisa rasserenata loquacità quando Sorrentino chiese notizie di *Jupitte*.

«Ora va a dormire» disse «Non conosce altro. Le pecore, una scodella di minestra e un posto per dormire, ovunque questo sia: nella sua casa in paese, negli stazzi oppure all'aperto in montagna».

«Però tu mi hai detto che parla con gli animali...» disse Sorrentino.

«Lui è muto. Non parla. Ma sa comunicare con loro» rispose il ragazzo.

«E come fa?» chiese Sorrentino.

«Con i gesti e con dei suoni particolari» rispose il ragazzo.

«Ad esempio? Mi riesce difficile immaginare come possa comunicare in questo modo» disse Sorrentino.

«Ha presente la scena di quel film.... come si chiama... quando gli extraterrestri comunicano attraverso i suoni con quelli che stanno in quelle basi militari...» disse il ragazzo dell'osteria «Come si chiama il film...?».

«*Incontri ravvicinati del terzo tipo*» rispose Sorrentino.

«Ecco sì! Come in quel film. Ma il suo strumento musicale è la bocca ed accompagna quei suoni con il gesto delle mani. In questo modo gli animali lo capiscono» disse il ragazzo.

«Una specie di Tarzan» disse Sorrentino.

«No» rise il ragazzo «Tarzan emette degli urli, invece i suoni che escono dalla bocca di *Jupitte* sono più dolci, più soavi».

«Mah!» disse Sorrentino «Non è facile credere che riesca a farsi capire dagli animali».

«E quali animali?» proseguì Sorrentino «Quelli domestici o anche quelli selvatici?».

«Io sono troppo giovane per averlo visto direttamente, ma i miei genitori, i miei nonni mi hanno sempre parlato delle storie che si raccontano su *Jupitte*. Una volta la prima domenica di settembre tutti gli abitanti di Vicopago salivano all'eremo. Da un certo punto in poi, dopo un grande slargo, il sentiero in ripida salita, sconnesso, sterrato ed ai margini di un grande dirupo non è mai stato percorribile con le automobili. Perciò molti salivano a piedi o con i muli. Quel giorno del gruppo di pellegrini faceva parte anche *Jupitte*. Giuseppe Salviati teneva per mano il suo mulo con sopra la moglie ed il piccolo Andrea, di appena due anni. D'improvviso una vipera attraversò il sentiero tra le gambe del mulo. Questo si spaventò e si alzò sulle gambe posteriori, facendo cadere a terra la moglie di Giuseppe ed il piccolo. Mentre la donna cadde sulla strada, il piccolo precipitò nel burrone. La fortuna o il miracolo del luogo sacro, però, impedirono che cadesse nel vuoto e fu trattenuto, proprio a metà dell'enorme precipizio, da un fascio di arbusti. Tutti restarono impietriti dalla paura. Il piccolo piangeva e si disperava. Non c'era tempo per far giungere i soccorsi e nessuno aveva una corda tanto lunga da potersi calare fino all'altezza del bimbo. Allora tutti videro quello che accadde. In alto, oltre la sommità di quella montagna, volava, con la maestosità del suo planare, un'aquila reale. *Jupitte* alzò lo sguardo verso di lei. Poi iniziò a emettere i suoi armoniosi suoni. Sembravano teneri lamenti in direzione del maestoso uccello. Nel contempo lui accompagnava quei suoni con il gesto dell'apertura delle braccia e l'indicazione della posizione del bimbo. Ecco che accadde quello che nessuno si aspettava. L'aquila scese di quota e, sfiorando con le larghe ali la parete rocciosa, artigliò il bimbo prendendolo dalla maglia. Poi scese fino a poggiarlo delicatamente a valle e ripartì recuperando la quota originaria. Il padre di Andrea ed altri che erano con lui si precipitarono scendendo a recuperare quel piccolo che, grazie a *Jupitte*, aveva avuta salva la vita».

«Beh! Se è vero, è un racconto da brivido» sostenne Sorrentino.

«Ne so un altro» disse il ragazzo.

«Un giorno una forte alluvione colpì Vicopago per lo straripamento del torrente che scende proprio da quel roccione dell'episodio dell'aquila. Tutte le case restarono isolate circondate dall'acqua. In una di esse due anziani furono completamente dimenticati dai cittadini e rischiarono di morire di fame e di stenti se non interveniva *Jupitte* proprio quando tutto il paese era ormai stato evacuato. Infatti mentre *Jupitte* se ne stava in disparte sotto un albero nel grande pianoro risparmiato dall'alluvione a monte del paese, dove la gran parte degli abitanti si era riunita, un gattino inzuppato e tremante gli si avvicinò ed iniziò a miagolare verso di lui. *Jupitte* sembrò rispondergli con i suoi sonori versi e subito si alzò di scatto verso la gente indicando il paese e correndo verso di esso. Alcuni lo seguirono e, con l'acqua che ormai arrivava loro fino alle spalle, raggiunsero la casa dei due anziani. Divelsero quindi due imposte e li fecero salire su di esse portandoli in salvo all'asciutto».

Seguendo la narrazione delle imprese di *Jupitte* Sorrentino non aveva per un po' pensato ai motivi della sua presenza in quel posto, alla scomparsa del sindaco, al delitto della mattina ed a quella sede comunale così particolare e malmessa. Quando il ragazzo dell'osteria ebbe terminato i suoi racconti Sorrentino realizzò che era ora di andare a dormire per dare riposo alla stanchezza del giorno appena trascorso e per raccogliere energie nell'attesa del giorno che si apprestava ad arrivare.

VIII

L'occasione venne dalla fortuna o dal caso, come li si voglia chiamare, i quali dopo poco tempo si ricordarono di noi.

Ma più propriamente a concederci quella possibilità di stare insieme fu la convocazione di tutti gli amministratori ed i segretari dei comuni interessati alla realizzazione del parco naturale.

Non poteva essere scelto luogo di incontro più appropriato.

Una grande tenuta in collina, trasformata in complesso agrituristico, offriva la possibilità di accogliere una grande platea di partecipanti alla riunione, ma anche di vivere il contatto diretto con i luoghi in cui poter fare escursioni ed arrampicate, praticare sport come la pesca sportiva e la canoa, scendere al maneggio, o gustare i prodotti dell'enogastronomia locale.

La mattina fu il momento delle forti discussioni.

Riuniti nella grande sala della ristorazione, tutti noi Sindaci faticammo non poco a sostenere l'obiettivo di costituire il parco naturale di fronte a contestazioni e contrasti che ne decretassero il definitivo affossamento.

Non solo il complesso e complicato iter burocratico per ottenere le necessarie autorizzazioni dalla Regione e dallo Stato sembrava opporsi a quel progetto, ma anche i numerosi dubbi e le perplessità sollevate dalle associazioni di cacciatori, pastori, allevatori, preoccupati per i vincoli e le limitazioni che la realizzazione del parco avrebbe introdotto, rendeva difficoltoso.

E mentre parlavo e mi agitavo, solo guardarti e vederti affermarne la fattibilità., con gli altri tuoi colleghi segretari, impegnata e concentrata a verbalizzare ogni parola di quella accesa discussione mi rasserenava.

Il pomeriggio invece fu destinato alle escursioni.

Sempre al mio fianco, te ne stavi in silenzio mentre salivamo su per i sentieri di montagna. Avevamo tre o quattro mete da raggiungere con uno dei vari gruppi dei partecipanti formatisi in occasione del pranzo frugale appena consumato.

A volte il precorso era ostacolato da grandi roveti, in cui eravamo costretti ad infilarci per poter procedere.

In uno di questi perdemmo di vista i nostri compagni di cammino e ci ritrovammo da soli, all'uscita del roveto, in una piccola radura.

Chiamammo gli altri, ma nessuno rispose. Provammo di nuovo a farci sentire, ma sembrava che ogni essere vivente intorno a noi fosse scomparso.

Tutto era silenzio. Neppure il suono del bosco. Neppure un canto d'uccello.

C'era solo un vecchio rudere di pietra ancora con il tetto e la porta di legno. Questa era chiusa. L'aprimmo. Dentro trovammo solo odore di umido salire dalle balle di paglia che qualcuno aveva da tempo lasciato ordinate a ridosso di una parete.

Ci guardammo. Ci capimmo. Ci baciammo.

Cademmo sulla paglia con la forza della passione che in quel momento sola contava dentro quel rudere di campagna.

Mi slacciai e scesi i pantaloni. Tu liberasti solo una gamba da pantaloni e mutandine e subito fui dentro di te.

Senza preliminari, senza coccole, senza carezze, solo la voglia infinita di averti, solo il forte desiderio di avermi.

Arrivammo all'orgasmo insieme e spingemmo con forza le nostre labbra in un bacio che ci impedì di gridare.

Mentre ti restavo accanto muto ed appagato, mi dicesti come era stato diverso quell'atto di violenta passione dalla violenza con cui a volte tuo marito ti prendeva.

IX

Non si curò che il permesso dalla questura di entrare nell'ufficio del ragioniere assassinato non fosse ancora arrivato. Decise che era ora di andare al Comune. Si sarebbe appena fermato al bar in piazza per la colazione. Mentre scendeva le scale dalla sua stanza in affitto incrociò una ragazza alta dai capelli biondi raccolti indietro. Non riconobbe la collega Luciana Collina in abiti civili che saliva da lui. Promossa sostituto commissario era stata da poco trasferita dall'ufficio stranieri alla squadra mobile. Perciò il cambio d'abito che aveva accompagnato tale trasferimento aveva tratto in inganno Sorrentino, abituato a vederla sempre in divisa ed all'esterno con il berretto.

«Sorrentino come stai?» disse la giovane

Lui si fermò. La guardò attentamente ed impiegò un po' prima di capire chi fosse quella donna che lo salutava.

Quindi le strinse la mano: «Qui rischio di andarci in pensione» disse «Una storiaccia! Un sindaco che sparisce all'improvviso, il ragioniere comunale ucciso ed un paese difficile. Non mi poteva capitare di peggio».

«Ti ho portato il permesso di accesso all'ufficio del ragioniere. Ho l'ordine di aiutarti nelle indagini» disse la Collina.

A Sorrentino non dispiacque di avere a fianco una ragazza, anche se, non avendo con sé il fidato Ercolano, non sapeva se la presenza di quella giovane avrebbe potuto essergli veramente di aiuto oppure d'intralcio.

«Bene» disse per doverosa cortesia e un po' ipocritamente: «Mi fa piacere lavorare con te».

Quindi, dopo aver preso entrambi un caffè ed un cornetto al bar, si recarono al Comune.

All'ingresso, al piano terra, la sig.ra Fiorella parlava con un gruppo di persone che si aprì lasciando passare nel mezzo Sorrentino e la collega, che salutarono con cortesia.

Stavolta il poliziotto non trovò impedimenti per entrare in Comune, anzi l'atteggiamento dei presenti, tra cui dovevano esserci sicuramente anche alcuni amministratori, fu verso di lui di estrema disponibilità e riverenza.

Sorrentino e la Collina non si fermarono e si diressero verso l'ufficio del ragioniere al piano superiore.

Tolsero i sigilli ed entrarono.

In quel momento Sorrentino ricevette una telefonata dalla questura. La macchina del sindaco era stata ritrovata per puro caso all'Aquila, dentro un capanno abbandonato, in un terreno a pochi chilometri da quel Borgo Aterno, che lui ben conosceva.

Sorrentino fu scosso da un brivido.

Che cosa c'entrava ora quel borgo, teatro dei precedenti delitti, con il sindaco di Vicopago?

Doveva tornare ad indagare ancora lì?

Si sarebbe ancora una volta trovato di fronte ad un cadavere nel fiume?

Sarebbe tornato all'Aquila, ma intanto doveva scoprire che cosa nascondevano le carte del comune di Vicopago, a cominciare dall'ufficio del ragioniere.

Per prima cosa chiamò l'amministratore di rete che gestiva da remoto i servizi informatici del comune e gli chiese di modificare la password di accesso al computer del ragioniere. Quindi, ottenuta la nuova password, vi poté entrare. Certo, né Sorrentino, né la Collina erano esperti in contabilità, ma attraverso il programma di ricerca dei file non fu loro difficile trovare i documenti che si ricollegavano agli atti che il sostituto commissario aveva fotografato con il proprio cellulare in casa del sindaco.

Salvarono quei documenti sulla loro penna usb.

A questi si aggiunsero gli altri documenti che in formato cartaceo trovarono sia sulla scrivania che nei raccoglitori del piccolo archivio che il ragioniere teneva dentro la sua stanza.

Trascorsero quasi l'intera mattina a salvare, stampare, copiare e raccogliere tutto il materiale che a loro era sembrato più importante.

Misero nuovamente i sigilli alla porta di quell'ufficio e ciascuno con l'auto civile della polizia con cui era venuto ripartì per l'Aquila, alla ricerca di indizi sulla macchina del sindaco.

Sorrentino si recò direttamente dove era stata ritrovata l'autovettura del sindaco.

Vi arrivò attraverso una stretta stradina sterrata che si apriva al termine in una più larga area dove diverse auto della polizia stazionavano davanti ad un vecchio capannone, semisepolto, nella parte posteriore, dalla vegetazione di un fitto bosco.

«Lo stiamo cercando, ma finora niente» il vice questore Camilli lo salutò davanti al capannone.

«Abbiamo anche iniziato a scandagliare il fiume, che è proprio qui a due passi. L'acqua bassa ci consente di vedere un corpo nel fiume anche da riva, salvo qualche buca come quella in cui trovammo Attanasi. Ma da stamattina, nonostante i chilometri a piedi percorsi dai nostri agenti, del sindaco non c'è traccia».

«Neppure i sommozzatori nelle anse e nei meandri del fiume hanno trovato nulla. Inoltre non mi sembra che ci sia una corrente sufficientemente forte da portare un cadavere molto lontano da qui».

«Meglio così» disse Sorrentino «Un altro morto in questo fiume proprio non lo vorrei. Gli abitanti del Borgo Aterno si stanno appena riprendendo dal delitto Attanasi».

«A proposito» disse Camilli «Dovrà comunque tornare al Borgo a chiedere se qualcuno ha visto qualcosa. Intanto noi proseguiremo fino a stasera e poi ancora nei prossimi giorni le ricerche nella zona».

«E poi c'è una cosa che mi fa pensare che il sindaco sia andato via con le sue gambe o che a portare la macchina in questo posto sia stato qualcun altro. La macchina era chiusa e dentro non c'era nulla. Nemmeno il pc. Quindi chi l'ha portata doveva essere tranquillo e lucido quando è sceso. Certamente non qualcuno braccato o aggredito, o peggio ancora portato via con la forza».

«Potrebbe essere stato sequestrato in qualunque posto, anche nelle sue zone, anche a Vicopago e qualcuno ha portato l'auto qui vicino all'Aterno» disse Sorrentino.

«Sì, ma perché?» rispose Camilli «Torni ad indagare al borgo. Forse lì troverà ancora una volta le risposte».

Non aveva voglia Sorrentino di ricominciare a bussare alle porte delle case del borgo alla ricerca di testimoni di eventuali delitti.

Perciò andò subito a casa di Giulia. L'aveva già avvisata che sarebbe tornato nel pomeriggio. La trovò in tuta fuori del garage, lo stesso garage teatro della soluzione delle sue indagini sugli omicidi precedenti. Non aveva più quell'aria di tetro custode di segreti assassinii, ma, aperto alla luce del giorno e con Giulia intenta a farvi pulizie, appariva come il normale disimpegno delle cose di vita quotidiana.

Quando Giulia vide Sorrentino, gli andò incontro e lo baciò stringendolo fortissimo a sé, tanto da lasciargli sulla giacca una buona quantità di polvere.

Quindi Sorrentino le ricordò il suo dovere di poliziotto e si diedero appuntamento per la cena.

Entrò in diverse abitazioni, ma nessuno aveva visto quell'uomo della foto che Sorrentino indicava come il sindaco di Vicopago, nessuno ricordava di aver visto in quei giorni, nei pressi del Borgo, fermarsi o transitare una Mercedes bianca.

Né lui stesso, quando si era fermato le sere da Giulia, aveva visto qualcosa. Neppure la stessa Giulia, né i suoi amici Mario e Lucia, e neanche il Sovraintendente Giovanni Ercolano, che passò a trovare convalescente, seppero dirgli niente di utile.

Ma trovò anche diverse porte chiuse, come quella dei Pantagalli, trasferiti altrove.

Non trovò nella sua azienda neppure Felice Vendipietra, che qualcuno disse essere fuori per le ferie estive.

Anche il piccolo bar di Giorgia e Tommaso era chiuso.

Sorrentino sarebbe tornato a chiedere successivamente, ora Giulia l'aspettava.

Quella casa, il loro piccolo angolo di mondo, il rifugio sicuro dalle vicende convulse e stressanti che Sorrentino aveva vissuto negli ultimi giorni, odorava di buono. Non era solo il profumo di Giulia, non era solo l'odore di casa appena pulita. Un gradevole sentore di gustosa pietanza proveniva dalle pentole sui fornelli accesi.

Mentre Giulia preparava un'ottima minestra di ceci e castagne, Sorrentino versava, nei due grandi calici, un rosso Montepulciano d'Abruzzo del 2012.

«E' una brutta vicenda quella che si sta vivendo a Vicopago» disse Sorrentino.

«Certo. Quel comune deve essere maledetto: Il ragioniere morto ammazzato ed il sindaco scomparso» rispose Giulia.

«Dovresti vedere che ambiente» disse Sorrentino «Tutto silenzioso, non si vede nessuno, eppure tu hai la sensazione che ad ogni passo che fai qualcuno ti vede, ad ogni parola che dici qualcuno ti ascolta».

«E questa macchina? Proprio qui vicino. Anche il nostro borgo sembra non doversi liberare dai fantasmi di un brutto passato» disse Giulia.

«Non credo che troveremo il sindaco da queste parti» sostenne Sorrentino «Piuttosto qualcuno è venuto a nascondere la macchina proprio qui».

«Ma perché?» Giulia pose la stessa domanda retorica di Camilli.

«Questo è il punto e se lo scoprissimo forse riusciremmo a trovare anche dov'è il sindaco, morto o vivo che sia».

Intanto, terminata la cena, si erano accoccolati sul comodo divano davanti al televisore.

Si stringevano come se non volessero permettere al tempo di passare in fretta tra di loro e separarli.

Le bocche unite nei lunghi interminabili baci e le labbra aperte a gustare ciascuno il sapore dell'altra.

Poi Sorrentino le slacciò i minuscoli shorts e premette le sue dita sul sesso e dentro di lei.

Per alcuni minuti lei lasciò fare. Poi slacciò i pantaloni di lui e riempì la sua mano con il membro eretto.

Sorrentino allora si alzò, la prese in braccio e la portò nel loro letto.

Si spogliarono e fecero l'amore dolcemente, non staccando mai gli occhi l'una dall'altro finché non li chiusero entrambi a gustarne il piacere.

X

Quando il giorno dopo tornasti in ufficio avevi un'espressione di gioia e di compiacimento che mi fece sentire l'uomo più felice del mondo.
Ero certo di amare e di essere amato.
Ero dentro un mondo felice dove non esisteva più quel paese di storie difficili e di loschi figuri, dove non esistevano più le difficoltà di gestire ogni giorno un comune malmesso, dove la gente, con le sue mille richieste, non era più un'insidia chiassosa davanti alla mia porta ogni mattina, ma un coro di angeli soavi che veniva a salutarmi e benedirmi durante il lavoro.
Perché sopra ogni cosa, perché su tutto questo c'era il tuo bellissimo sorriso, c'era la certezza che nell'altra stanza tu stavi lavorando per il nostro comune, tu stavi impiegando il tuo tempo per aiutare me, tu stavi protraendo il tuo orario di lavoro per poter restare sola con me.
Avevamo però raggiunto un buon livello di bravura a nascondere ogni cosa. Sapevamo che nulla doveva trasparire in quell'ambiente e nulla doveva far capire il nostro sentimento. Sapevamo che dovevamo proteggere quel nostro amore nel segreto dei nostri cuori e che se fosse nato in qualcuno il sospetto, in chiunque di quel comune, il nostro amore sarebbe stato spacciato. La diffusione delle malelingue, che ci sarebbe sicuramente stata, sarebbe arrivata fino a tuo marito e noi non avremmo più potuto vederci.
Invece avevamo perfettamente imparato a fingere il nostro rapporto, facendolo apparire all'esterno come il rispetto delle reciproche professionalità, ma utilizzando messaggi in codice per comunicare ora, giorno e luogo dei nostri appuntamenti.

Avevi iniziato ad accettare incarichi di reggenza a scavalco in altri comuni per poter uscire da Vicopago. E quindi, ogni volta, dopo aver assolto ai tuoi doveri di lavoro, mi raggiungevi in quella casa di campagna, ad oltre 40 chilometri da Vicopago, che avevo preso in affitto per noi.

E qui trascorrevi con me i momenti d'amore, rubati alla tua famiglia, a tuo figlio, al lavoro, ma meravigliosamente vissuti insieme.

E quando ti chiedevo se tradire tuo marito ti faceva sentire in colpa, mi rispondevi che invece ti sentivi assolta perché, al contrario, eri tu quella che, per mantenere in vita il tuo matrimonio e non dispiacere ai tuoi genitori ed a tuo figlio, pagavi il prezzo di vivere una falsa vita e il vero amore in segreto.

Mi manchi amore mio. Mi manca ogni secondo di quei nostri momenti vissuti lontano dal paese, dagli impegni, dalle ipocrisie della gente.

Mi manca il dolce sapore dei tuoi baci, l'inebriante odore della tua pelle, il tuo respiro che cresceva insieme al desiderio, i tuoi gemiti di piacere.

Mi mancano le tue parole, quelle serie per condividere, quelle aspre per scongiurare, quelle allegre per rassicurare.

Mi manchi tu e l'attesa di te.

Mi manca quel piccolo scarabeo che passava di notte tra i miei piedi per dirmi che da un'altra parte di quel paese c'era qualcuna che aspettava che le mie mani le sfiorassero il viso ed i capelli.

XI

Sorrentino guardava le labbra della Collina muoversi silenziose. In quel momento non ascoltava. Il suo pensiero era ancora nel letto della sera prima a casa di Giulia. La sua Giulia, che avrebbe dovuto lasciare di nuovo per tornare a Vicopago. E le labbra della Collina, per quanto belle e carnose, non riuscivano a dargli altra sensazione che un muto movimento di parole cadute nel vuoto.

Il sostituto commissario Collina si accorse della distrazione del collega: «Ma non mi ascolti?».

«Scusami Luciana, ma mi stavo chiedendo se dovremmo andare con Camilli alla procura» mentì Sorrentino.

«Magari dopo glielo andremo a chiedere. Ora concentriamoci su tutti questi documenti che abbiamo copiato».

Si accingevano ad aprire nel computer di Sorrentino la cartella dei documenti copiati e ad esaminarli uno per uno prima di leggere, con poco entusiasmo, tutte le altre carte che avevano sparso sulla scrivania. E la Collina stava illustrando a Sorrentino un suo metodo per semplificare la lettura. Avrebbero stampato solo quei documenti del ragioniere, legati a quelli del sindaco, ritenuti di loro interesse. Poi li avrebbero divisi per argomenti in apposite cartelle insieme agli altri di pari interesse che erano già in formato cartaceo.

Così fecero e ne trovarono solo alcuni degni di rilievo.

Videro che il ragioniere aveva dato, senza peraltro motivarlo, parere contrario a quelle due proposte di deliberazione che Sorrentino aveva trovato tra le carte del sindaco, l'una con la quale il consiglio comunale avrebbe dovuto dare gli indirizzi per la gara relativa all'affidamento del patrimonio boschivo: taglio dei boschi di durata ventennale. L'altra di Giunta, preparata dal responsabile dell'ufficio tecnico, per il riaffidamento alla ditta «Pace e quiete» del servizio di manutenzione del cimitero dietro il compenso annuale di duemila euro.

«E quindi queste due proposte di deliberazione sono rimaste ferme sul tavolo del ragioniere» commentò la Collina.

«A me sembra strano» disse Sorrentino «In entrambi i casi vedo solo vantaggi per il comune».

C'era poi una richiesta del sindaco al ragioniere di stimare costi e benefici che sarebbero derivati al comune in seguito alla realizzazione della centrale idroelettrica della «Lux» ed i ricavi che questa ne avrebbe avuto con la vendita della corrente elettrica. La stima fatta dal ragioniere era assolutamente negativa. Rispetto ai guadagni della ditta i benefici economici per il comune sarebbero stati irrisori. Pertanto anche in questo caso la valutazione finale del ragioniere era di sfavore verso quel progetto.

Invece il ragioniere aveva dato parere favorevole alla deliberazione con la quale la Giunta comunale aveva approvato il progetto di riqualificazione urbana e la demolizione di alcuni ruderi in un quartiere degradato.

«E poi c'è questa foto» disse la Collina

«Ma questa...» disse Sorrentino, quasi incredulo «questa è la stessa foto che ho trovato in casa del sindaco» e mostrò la foto nel cellulare.

«Dove l'hai presa?».

«Era sotto alcune carte sulla scrivania del ragioniere» rispose la Collina «L'ho presa perché mi ha incuriosito».

«In effetti sembra inquietante» disse Sorrentino «E non tanto per la staticità di questo vecchio candelabro senza più smalto, ma per questa scritta sul retro *S'àdda fa'*. Mi sembra una frase tipicamente napoletana che potrebbe essere intesa come un promemoria, per ricordare qualcosa che si deve fare oppure come un comando, un ordine: "Si deve fare!"».

«Oppure tutt'e due le cose» disse la Collina «Qualcuno ricorda a qualcun altro che c'è una cosa che quest'ultimo ha l'obbligo di fare».

«Ne parleremo con i capi» disse Sorrentino ed insieme si recarono nell'ufficio del vice questore Camilli per riferire, chiedere istruzioni e ricevere ordini.

Quella volta il tempo di anticamera davanti all'ufficio del sostituto procuratore dott.ssa Carla Di Giuseppe fu eccessivo anche per un uomo paziente e conciliante come il vice questore Camilli.

La lunga attesa aveva innervosito ed infastidito Sorrentino che, dopo tre quarti d'ora, aveva portato la Collina a prendere un caffè. Era rimasto solo Camilli, che trovarono a passeggiare furiosamente lungo il corridoio del tribunale quando tornarono.

Quando finalmente i due ospiti della Di Giuseppe uscirono dalla stanza e questa si fece sulla porta, ogni nervosismo passò a Sorrentino alla vista della minigonna del piemme.

«Dunque» esordì la Di Giuseppe «Abbiamo un morto ammazzato davanti al comune».

«Ritrovato davanti al Comune...» precisò Sorrentino.

«Sì. Ritrovato davanti al Comune» proseguì il PM «Abbiamo un sindaco che sparisce nel nulla e la macchina viene ritrovata a chilometri di distanza ma, da quanto abbiamo accertato finora, non vi è nessuna traccia del sindaco nel luogo del ritrovamento».

«Non abbiamo certezza che i due fatti siano collegati» disse Camilli «Però abbiamo raccolto degli elementi che riguardano procedimenti che sia il sindaco che il ragionier Peretti stavano trattando in questo periodo».

«Prego Sorrentino...» Il vice questore chiese l'intervento del suo collaboratore.

«Sì. Per prima cosa ci sono quei pareri negativi del ragioniere alle proposte di deliberazione che riguardano sia il servizio cimiteriale che la vendita dei boschi».

«Ma anche il sindaco non doveva essere molto favorevole, almeno per quanto concerne il servizio di manutenzione del cimitero» soggiunse Camilli.

«Infatti tra i suoi documenti ho ritrovato anche tutta la documentazione per esperire una procedura di gara secondo l'offerta economicamente più vantaggiosa, che non tiene conto solo del prezzo più basso, ma anche della qualità e tipologia del servizio offerto» proseguì Sorrentino.

«E quindi si stavano orientando a non riaffidare il servizio... alla ditta...?» chiese la Di Giuseppe.

«Pace e quiete» disse prontamente la Collina «Ma dobbiamo ancora vedere chi è il titolare».

«Non ho capito invece il senso del parere negativo dato dal ragioniere alla procedura di gara per la vendita dei boschi» disse Sorrentino «Il comune ci avrebbe solo guadagnato...».

«E su questo tra le carte del sindaco che cosa avete trovato?» chiese la Di Giuseppe.

«Niente che possa darci una spiegazione» disse Sorrentino «Solo la proposta di deliberazione».

«Bisognerà indagare anche in questa direzione» disse Camilli «L'interesse economico sottostante potrebbe giustificare anche due omicidi».

«Poi c'è questa richiesta di realizzazione della centrale idroelettrica, che, da quanto emerge negli atti in nostro possesso, è avversata dal sindaco di fronte alla Regione» proseguì Sorrentino «Anzi, il sindaco è capofila di un consorzio di comuni che si prefiggono di realizzare un parco naturale».

«E il ragioniere, a cui il sindaco si è rivolto per chiedere i dati sui benefici che ne sarebbero derivati per il comune, ha risposto picche» lo interruppe Camilli.

«Quale società vuole realizzare la centrale?» chiese la Di Giuseppe.

«La Lux s.r.l., una società di nuova costituzione che sembra sia stata creata appositamente per la realizzazione di questa centrale» rispose ancora prontamente il sostituto commissario Collina.

«E chi ne è a capo?» chiese di nuovo la Di Giuseppe

«Non lo sappiamo ancora» rispose Sorrentino «Abbiamo appena ora accertato l'esistenza di questa società».

«Invece gli atti che avete trovato sulla demolizione dei ruderi e sullo sfratto degli occupanti abusivi, sui quali sembrano convergere le posizioni favorevoli sia del sindaco che del ragioniere, se non ci portano ad interessi di carattere economico, sicuramente rivestono una notevole importanza da un punto di vista sociale» proseguì Camilli.

«Quali atti?» chiese la Di Giuseppe

Sorrentino le parlò quindi di quella deliberazione di giunta, sulla quale c'era stato il parere favorevole del ragioniere, con la quale era stato approvato un progetto generale di riqualificazione urbana che prevedeva la demolizione di alcuni ruderi attualmente occupati abusivamente, nonché degli atti di sgombero già preparati, che il sindaco si stava accingendo a firmare.

«Ecco un altro buon motivo per far scattare una reazione violenta nei confronti di sindaco e ragioniere» disse la Di Giuseppe.

«Sorrentino e Collina» proseguì «Dovete andare anche tra quella gente a trovare gli assassini».

«Ed infine sembra che sia il sindaco che il ragioniere fossero sotto minaccia» disse Sorrentino, mostrando la fotografia del candelabro.

«Che significa?» disse la Di Giuseppe

«Dottoressa» disse Sorrentino «Non sa che significa *s'àdda fa'*?».

«Non mi riferivo alla frase» disse la Di Giuseppe «Chiedevo che significato potrebbe avere questo candelabro».

«E' quello che accerteremo» rispose Sorrentino, con il cuore stretto dal pensiero di dover tornare subito a Vicopago.

XII

Come il fiore appassisce, il sole tramonta, la vita sfiorisce ed ogni cosa bella ha il suo ineluttabile destino verso la fine, anche quella nostra felicità non poteva durare.
Il killer della nostra storia cominciò a colpire il giorno in cui qualcuno ci vide insieme fuori delle sedi istituzionali.
Quel nostro amaro paese che si nutre di silenzi ed omertà diventa subdolamente loquace quando si tratta di diffondere il seme della maldicenza sulle vicende altrui.
E così fu per noi.
A nostra insaputa, a Vicopago ormai si parlava della nostra storia e quelle voci giunsero anche a tuo marito.
Il giorno che non venisti in ufficio me lo trovai ad aspettare davanti alla porta della mia stanza in Comune ed a fare la fila come ogni altro cittadino.
Quando fu il suo turno, entrò e si sedette davanti a me senza parlare.
Pensavo che tu avessi avuto problemi di salute e che lui mi volesse dire i motivi della tua assenza e per quanti giorni non saresti venuta, ma non fu così.
Iniziò a raccontarmi di voi, di quanto forte fosse il vostro legame, di come tu fossi una brava moglie, una brava madre, una brava figlia.
Mi parlò della vostra travolgente intesa a letto, tanto che, infastidito, stavo per dirgli che erano cose che non mi riguardavano, ma lui si alzò, e senza dire altro, se ne andò.
Quella cosa mi colpì. Non sapevo ancora che lui sapeva. Non sapevo ancora che in paese si parlava di noi. E mi chiesi il motivo di quella sua visita, mi domandai perché era venuto da me.
Lo seppi il giorno dopo attraverso l'inequivocabile segnale che mi mandò sul tuo viso. Quegli occhiali scuri che

non volevi togliere parlavano chiaramente di cosa quell'uomo era venuto a dirmi. Quando ti costrinsi a toglierli e vidi i segni della sua violenza, capii quale sarebbe stato il prezzo della nostra relazione.

Ti invitai a denunciarlo, ti chiesi di lasciarlo, ma tu dicesti che non volevi, non potevi far pagare alla tua famiglia, a tuo figlio, le conseguenze dei tuoi desideri, del tuo piacere.

Allora mi implorasti, in nome del nostro amore, a dimostrazione di quanto ti volessi bene, di accettare di vederci solo in comune e per lavoro e di rinunciare ad ogni altro incontro tra di noi.

Mi sentii travolgere dall'angoscia e dalla disperazione, ma non potevo far altro, non potevo costringerti a mettere in pericolo la tua stessa vita.

Accettai.

Ma rinunciare a te mi prostrò ancor più in un momento in cui invece avrei avuto bisogno di averti sempre accanto, per tutto quanto in quel comune stava accadendo e sarebbe potuto accadere.

XIII

Quel quartiere fatto solo di vecchie decrepite abitazioni abbandonate, di ruderi in pericolo di crollo, di strade dissestate che avevano da anni perso il manto d'asfalto, di finestre rotte e porte divelte, quel quartiere morto che era stato per anni nel silenzio più profondo, quel misero posto che testimoniava con la sua presenza la più triste vergogna di quel paese, quelle case e quelle strade che faceva paura di notte attraversare anche in macchina, in poco tempo si era trasformato in una chiassosa, viva, frastornante aggregazione abitativa che aveva ripopolato il centro di Vicopago. Ma quelle case e quei nuovi inquilini avevano il destino segnato. Occupato abusivamente da decine di clandestini e rom, era ormai in procinto di essere sgomberato e poi abbattuto. Il progetto che Sorrentino aveva visto nelle carte del sindaco e del ragioniere, che aveva dato il suo parere favorevole, era stato approvato ed il sindaco aveva tra le sue carte lo sgombero da firmare.

Ma ora il sindaco era scomparso ed il ragioniere assassinato, trovato morto dentro la sua auto davanti al Comune.

«Un segnale?» pensò Sorrentino «Una vendetta? Il violento tentativo di arrestare quei procedimenti?».

Pensando queste cose, Sorrentino si recò nel quartiere degradato del comune di Vicopago.

Vecchie bagnarole di plastica buttate per strada, cumuli di legna non accatastata davanti alle abitazioni, bottiglie di plastica e di vetro disseminate un po' ovunque, immondizia maleodorante di ogni tipo accumulata ad ogni angolo, non erano solo le case e le strade a dare l'idea del tangibile degrado, ma tutto intorno a sé parlava di squallore e di miseria.

Uomini, donne, vecchi e bambini, tutti semivestiti e con abiti laceri, in tanti erano per strada, davanti alle proprie abitazioni e, poiché ormai era ora tarda del mattino, colpiva vedere tanti uomini e donne in età adulta essere lì a far nulla.

Al passare di Sorrentino, tutti si fermavano a guardarlo, come se fosse un extraterrestre appena atterrato da Marte.

Si avvertiva nell'aria una sensazione di forte ostilità, di grande diffidenza e palese inimicizia verso ogni persona ed ogni cosa provenisse dal di fuori di quel mondo.

Il sostituto commissario si avvicinò ad un uomo sulla cinquantina, in tatuaggi e canottiera, con dei grossi baffoni neri, grassoccio e sudato e con una grande pancia che dimostrava l'abituale consumo di alcolici.

«Buongiorno, lei abita qui?».

L'uomo lo guardò come sorpreso da quell'approccio.

«Tu parla a me?».

«Certo» rispose Sorrentino «Sto parlando con lei. Le ho chiesto se vive qui».

«Questa casa mia» disse l'uomo.

«Da quanto tempo ci abita?» chiese Sorrentino.

«Tre anni» rispose.

«Ma è venuto qui da solo, ha famiglia?».

«Sì, io... moglie e cinque figli».

«Gli altri che sono qui sono venuti lo stesso, come lei, tre anni fa?» chiese Sorrentino.

«No. Chi venuto prima, chi venuto dopo».

«Da dove venite?».

«Da Bosnia»

«Tutti? chiese Sorrentino.

«No. Mia famiglia e mio gruppo da Bosnia, ma altri venuti con barconi da Libia, Bangladesh, Mali».

«Chi vi dà i soldi per mangiare?».

«Che frega te?» disse il rom divenuto sospettoso.

«Sono dell'Assistenza Sociale» mentì Sorrentino «Devo vedere dove vi sono le situazioni di bisogno in questa regione».

«Noi andiamo a Roma... e lavorare» disse l'uomo, e Sorrentino capì immediatamente che quel «lavorare» non significava propriamente quell'attività su cui è fondata dalla Costituzione la nostra Repubblica democratica.

«Sapete che il sindaco sta per farvi andare via?» disse Sorrentino.

«No, lui buono, lui non cacciare noi. Se lui caccia, poi deve trovare altro posto dove mettere e qui non c'è altre case».

«Beh! In effetti il ragionamento del rom non fa una piega» pensò Sorrentino «Il sindaco è tenuto a garantire a tutti, non solo ai cittadini, ma anche ai migranti un posto dove vivere, fosse anche per un dovere umanitario. Sarebbe stato duro realizzare quel progetto di riqualificazione urbana che il comune si era prefissato!».

«Ma soprattutto non vedo qui una palese ostilità verso il sindaco» pensò ancora Sorrentino «E non mi sembra che questa gente possa aver pienamente compreso chi fossero gli attori e quali intenzioni questi avessero con il progetto di demolizione e riqualificazione che il comune aveva approvato».

Pertanto, salutato il rom, Sorrentino proseguì addentrandosi ancor più nel quartiere.

D'un tratto fu richiamato da un forte lamento che proveniva dall'interno di una di quelle decrepite abitazioni. Cercò di seguire quella voce che cresceva man mano che si avvicinava ad una stradina stretta e deserta che divideva due file di ruderi. Quando fu su quella strada si accorse che quel suono sinistro sembrava provenire proprio dall'interno di uno di quei ruderi. Si avvicinò. Entrò. Dal piano di sopra qualcuno emetteva quegli strani e forti rantoli. Salì per una oscura e lugubre scala dai gradini luridi e malmessi. Quando fu al piano superiore si diresse senza indugio verso una stanza senza porta da cui provenivano quei rumori. Restò paralizzato dall'imbarazzo. Un grosso culo nudo di maschio sessantenne si muoveva tra le cosce di una non più giovanissima signora, anch'essa nuda, che urlava, gemeva, sospirava e dava tutta la sua voce all'amplesso che stava consumando. Alla vista di Sorrentino, la signora non si scompose e semplicemente, continuando a gemere, gli sorrise.

Sorrentino ricambiò il sorriso, si girò e tornò per strada.

Quando fu al termine di quella stradina, finalmente vide qualcosa che lo ripagò di tutto lo squallore vissuto fino a quel momento nel quartiere degradato. La stradina finiva in uno slargo circondato da altre abitazioni diroccate. Davanti ad una di queste case l'immagine che apparve a Sorrentino fu di una bellezza straordinaria.

Una giovane donna stendeva i panni ad un filo d'acciaio tirato tra due pali della luce. Nel gesto di lei di appendere quei panni bagnati la gonna già corta risaliva fino alla vita e porgeva ancor più alla vista di Sorrentino le bellissime gambe abbronzate, toniche e affusolate, armoniose e slanciate. Una camicetta aperta a metà lasciava vedere il seno nudo piccolo e sodo, mentre un volto dolcissimo, dal colorito nocciola, sotto lunghi capelli neri, fermava il respiro ed il battito di chi incrociava quei due meravigliosi occhi blu.

A rendere ancora più dolce la scena, tre piccoli bimbi le giocavano intorno, anch'essi vestiti con pochi straccetti e la polvere della strada. Ma allegri e giocosi, due maschi e una femmina, si rincorrevano urlando parole senza senso e si aggrappavano a quella donna chiamandola mamma.

Nel vedere Sorrentino, la giovane smise di stendere i panni e gli si avvicinò.

«50 euro per scopata normale» gli disse piano «200 per due ore, io fare tutto, anche anale».

Sorrentino la guardò impietrito. Sembrò che il cielo gli piombasse all'improvviso sulla testa. Quel film che si era fatto nella mente su quella donna, vista come brava ed amorevole mamma dei tre bimbi, femmina procace e devota che aspettava un fortunato marito al rientro dal lavoro per dargli pane ed amore, svanì di colpo di fronte a quell'offerta di sesso a pagamento. Anche il piacere che aveva provato nel vedere quel corpo bellissimo e seminudo si affievolì nel sentire quelle parole di prostituzione. Ma soprattutto rifletteva su come fosse possibile pensare, promettere, offrire sesso in presenza dei bambini, di piccoli figli il più grande dei quali non aveva più di cinque anni. Ma poi, svanita ogni sublimazione di quella figura di donna, pensò che proprio quei bambini erano forse figli di quel sesso a pagamento, proprio quel quadretto di vita aveva in sé la ragione del proprio sostentamento e della propria desolata esistenza e che quella bimba era già segnata, già predestinata a diventare da grande come sua madre.

Non disse nulla, fece una carezza alla piccola bimba e se ne andò.

XIV

Quando un bel sogno svanisce, la cruda realtà ti restituisce la vita man mano che il tempo cancella il ricordo. Ma quando quel sogno continua ad essere vivo davanti ai tuoi occhi, che non vedono altro, ma non possono viverlo, ogni secondo del tempo batte un dolore.

Vederci ogni giorno, parlarci, essere lì fianco a fianco senza poterci amare mi faceva star male.

Talvolta cercavo di sorprenderti a guardarmi, quasi che questo bastasse a placare, almeno in quell'attimo, quel dolore, ma tu eri più forte di me e non cedevi.

Poi col tempo iniziai a pensare che forse quel fuoco in te si stava spegnendo e che non mi amavi più come prima.

Una sera, dopo la giunta, eravamo rimasti soli in Comune. Tu entrasti da me e mi trovasti che fissavo il vuoto con la testa stretta tra le mani. Mi chiedesti il perché. Non ressi più. Piansi. La tensione di quei giorni mi stava logorando. Non ce la facevo a starti lontano, a stare insieme solo per lavoro. Avevo bisogno di stare con te, di sentire le tue parole confortanti, di fare l'amore. Le cose non andavano bene in paese. Gravi problemi pesavano sulle mie spalle e i progetti avviati o da avviare, prima ancora di iniziare ad essere realizzati già presentavano tutte le loro criticità. Almeno avessi avuto te, almeno avessi potuto, anche solo per pochi attimi, ritrovare la gioia e la serenità. Su tutto, sopra ogni cosa, mi dava l'angoscia il pensiero di perderti per sempre, quell'indifferenza che mi sembrava di iniziare a leggere nei tuoi occhi.

Te lo dissi.

Allora tu mi venisti a sedere di fronte, sulla scrivania. Mi prendesti le mani tra le tue. Senza parlare scendesti a cavalcioni sulle mie gambe con la gonna aperta. In un attimo ero già dentro di te. Ci abbandonammo dondolando al dolce ritmo dell'amore finché non mi sciolsi in te. Solo allora mi baciasti lungamente, quasi che non volessi uscire da quell'amplesso consumato all'improvviso sulla sedia della mia scrivania.

Poi mi dicesti che questo era quanto potevi darmi, niente di più.

Io ti risposi: «sì». Volevo te, non avrei voluto altro che te, in qualunque modo. Pur di non perderti mi sarebbe bastato anche averti così, con un rapporto consumato in fretta nel mio ufficio al riparo dalla vista altrui.

Ma eravamo veramente al riparo?

XV

Alle dieci Sorrentino ricevette la telefonata di Luciana Collina che lo aspettava davanti al Comune.

Stava scoprendo che quella donna possedeva un'energia ed una determinazione che destavano invidia. Non solo per la caparbietà nel voler progredire nella carriera, ma anche per la particolare attenzione e la perspicacia che metteva nelle indagini meritava stima e apprezzamento. Con quel fisico atletico la Collina univa inoltre alle qualità dell'intelletto anche quelle dell'aspetto. Aveva avuto l'ordine di restare anche lei a Vicopago per tutto il tempo delle indagini ed aveva preso in affitto l'altra stanza, appena liberata, di fronte a quella di Sorrentino, nell'edificio della piazza.

Quando davanti al Comune ne rese edotto Sorrentino, questi si mostrò felice di avere, oltre all'affiancamento nel lavoro, anche una compagnia femminile per il periodo di permanenza a Vicopago. E la prima cosa che gli venne in mente fu che la mattina, davanti a quella porta del bagno, sarebbe stata molto interessante e piacevole l'attesa in compagnia di due belle donne, come la ragazza bruna che, come aveva saputo, si chiamava Marika e il sostituto commissario Luciana Collina.

Salirono direttamente nella stanza del geometra Crocetta.

Questi era un uomo alto e robusto, ormai prossimo alla pensione, con due occhi scavati da profonde occhiaie nere che la Collina, fissandole, non riusciva a capire se dovute alla stanchezza, alla mancanza di sonno, a qualche malattia del fegato, o, più propriamente, alle ansie di quei giorni.

«Geometra, sono il sostituto commissario Sorrentino e lei è la mia collega Collina. Dobbiamo farle alcune domande sui fatti di questi giorni» esordì Sorrentino.

Fu strano vedere che, prima di parlare, gli occhi di quell'omone si riempirono di due grosse lacrime mentre lo sguardo restava fisso e cupo sulla scrivania senza alzarsi verso i suoi interlocutori.

Poi finalmente alzò la testa e, mantenendo quel viso fermo e imbronciato, disse: «Ditemi pure».

«Ha idea di dove possa essere andato il sindaco?» chiese Sorrentino.

«No. Ormai sono diversi giorni che non si fa vedere».

«Che rapporti aveva il sindaco con il ragioniere?».

«Normali rapporti di lavoro».

«Si frequentavano fuori del Comune?».

«Come tutti. Qualche volta al bar».

«Li aveva mai sentiti discutere tra loro?».

«Qualche volta. Ma capita spesso in un Comune che il sindaco discuta con qualche dipendente per questioni di lavoro».

«Anche con lei?».

«Certo».

«Su che cosa di recente non si andava d'accordo?».

«Non è che non si andava d'accordo. Solo qualche volta si avevano opinioni diverse. Altre volte si discuteva in genere su quello che poteva essere utile al comune».

«E questo accadeva sia nei suoi confronti che nei confronti di Peretti?».

«Certamente».

«Ci faccia un esempio».

«Mah. Così non ricordo. Per esempio sul taglio dei boschi, sulla centrale».

«A proposito della centrale. Lei era a conoscenza della relazione finale che il ragioniere aveva fatto al sindaco? Sapeva che il ragioniere non era d'accordo?».

«Sì. Lo sapevo. Ma la relazione non l'ho vista. Peretti me ne aveva solo parlato».

«Chi altro era a conoscenza di quella relazione?».

«So che ne aveva parlato alla giunta».

«E qual è la sua opinione?».

«Io penso che vada sempre ben ponderato se una cosa può essere o meno di utilità al paese».

«Il ragioniere aveva nemici personali?» intervenne la Collina.

«Che io sappia no».

«Che vita conduceva? Lei sapeva qualcosa della sua vita privata?».

«Era molto religioso. Ogni mattina, prima di venire in ufficio, saliva all'eremo a pregare».

«E secondo lei perché la mattina che è stato ucciso ha preso la macchina per venire al Comune, che dista appena due passi?».

«Lui prendeva sempre la macchina. Proprio perché prima andava all'eremo. Per salire fino alla chiesetta dell'Ordine si percorre la strada di montagna e si raggiunge una piazzola dove finisce la strada carrabile. Poi ci si deve inoltrare a piedi attraverso uno stretto sentiero che costeggia il grande dirupo».

«Che cos'è l'Ordine?» chiese Sorrentino.

«Un gruppo religioso».

«Che cosa fa in particolare?».

«Quello che fa ogni gruppo religioso. Prega».

«Perché il ragioniere era contrario a far esperire le procedure di gara per la vendita dei boschi? Il comune ci avrebbe enormemente guadagnato».

«Sapevo che aveva messo il suo parere contrario, mi sembra per la durata, ma non so altro».

Vedendo che quella conversazione non stava dando notizie importanti sul ragioniere Peretti, Sorrentino decise di cambiare l'oggetto delle domande.

«Poco fa sono stato a visitare il quartiere degradato. In effetti è un vero squallore. Le chiedo come mai, pur essendo stato approvato il progetto di riqualificazione e demolizione, che avrà senza dubbio preparato lei, o quanto meno con il suo parere favorevole, il sindaco non ha ancora firmato il decreto di sgombero?».

«E dove la mette tutta quella gente? Se l'immagina mandare tutte quelle persone per strada? Non si doveva proprio consentire che occupassero quel quartiere».

Intervenne la Collina: «Ci ha detto chi sapeva della contrarietà del ragioniere alla realizzazione della centrale idroelettrica. Chi era invece a conoscenza che anche il sindaco non la voleva?».

«La cosa era notoria. Tutti conoscono come la pensa il sindaco in fatto di tutela dell'ambiente, la sua posizione e le lotte fatte alla regione» rispose Crocetta.

«Chi è il titolare della ditta che voleva realizzare la centrale?».

«La richiesta e il progetto li ha presentati Paolo Di Clemente, che qui a Vicopago tutti chiamano Centometri, perché da giovane ha vinto la finale provinciale studentesca dei cento metri piani».

«Sa dove possiamo trovarlo?».

«Lui fa l'imprenditore. In questo momento sta lavorando all'Aquila, alla ricostruzione».

«Dove?».

«Non saprei».

«Non importa» disse Sorrentino alla Collina «Lo cerchiamo e gli parliamo».

«Invece del cimitero che ci dice?» disse Sorrentino «Sapeva che sia il sindaco che il ragioniere non erano d'accordo a riaffidare la manutenzione alla ditta Pace e Quiete?».

«No. Non lo sapevo. Io ho preparato la proposta di deliberazione, ma poi non ne ho saputo più niente».

«Secondo lei perché sindaco e ragioniere erano contrari?»

«Non saprei. Forse avranno ritenuto che il prezzo troppo basso offerto dalla ditta Pace e Quiete non avrebbe garantito un servizio efficace».

«Ma oggi il servizio è ancora gestito da quella ditta?».

«No. Il contratto è scaduto. Oggi stiamo mandando l'operaio del comune Gilberto Passalacqua a pulire».

«Chi è il titolare della ditta Pace e Quiete?» chiese la Collina.

«Trapasso. Lo chiamano Trapasso, ma in realtà si chiama Carlo Pesce. Se ci dovete parlare, lo trovate spesso al bar».

Gli mostrarono la foto del candelabro.

«Sa che vuol dire questa foto?» disse la Collina.

«No» Rispose il geometra Crocetta e a quella risposta Sorrentino e la Collina ritennero non dovergli chiedere altro ancora.

Scesero al piano terra ed entrarono nell'ufficio della signora Fiorella.

Era visibilmente sconvolta. L'abituale riservata compostezza con cui era solita parlare sottovoce era sparita per lasciar posto ad una schizzata reazione quando vide entrare Sorrentino e la Collina.

«Che c'è?» disse alzandosi dalla sedia ed andando incontro ai due poliziotti, come per fermarli sull'uscio della stanza.

«Vorremmo farle ancora qualche domanda» disse Sorrentino.

Tremava e non si rimetteva a sedere, tanto che la Collina, per tranquillizzarla disse: «Stia tranquilla, signora, non staremo tanto. Vogliamo solo qualche precisazione. Possiamo anche restare in piedi».

«Lei è a conoscenza dei progetti che il Comune voleva realizzare?».

«Quali?».

«La demolizione dei ruderi, la vendita dei boschi, l'affidamento del servizio cimiteriale, ecc.».

«Ma al cimitero non c'è la ditta Pace e Quiete?» chiese a sua volta Fiorella.

«Il contratto è scaduto. Non lo sapeva?».

«No» rispose Fiorella.

«E degli altri progetti, che ci dice?» chiese la Collina

«Non ne so molto. Secondo me sono cose che non si faranno mai. Troppo complicato».

«In che senso?» chiese Sorrentino.

«Nel senso che qui le cose buone non si possono fare».

«Si spieghi meglio. Perché?».

«Perché chi comanda non comanda niente».

«Il sindaco?» disse Sorrentino.

«Tutta l'amministrazione non può fare quello che vorrebbe. C'è troppa cattiveria in giro».

«A cosa si riferisce?».

«A niente e a tutto. Qui è sempre così. Quando il sindaco e l'amministrazione vogliono fare qualcosa di buono, gli mettono i bastoni tra le ruote».

«Ci faccia qualche esempio concreto».

«Non devo fare nessun esempio. E' proprio questo paese che è così».

«Sapeva che il ragioniere aveva dato parere sfavorevole alle procedure di gara per la vendita dei boschi?».

«No. Non lo sapevo. Ma avrà avuto le sue buone ragioni».

«Sa quali potrebbero essere?».

«No. Però se l'ha fatto, il ragioniere sapeva di sicuro quello che faceva».

«Ci sono diverse ditte boschive in questo paese?».

«No. Una sola».

«Quale?».

«La ditta Rossi Legnami».

«Chi è il proprietario?» chiese la Collina.

«Luigino Rossi» rispose Fiorella.

«Ci sa dire dove possiamo andare a parlargli?».

«Lo trovate o in parrocchia o alla chiesa della Provvidenza Divina. Lui è il superiore della Confraternita».

«La Confraternita...?» disse stupita la Collina «Oltre all'Ordine esiste anche una Confraternita?».

Fiorella la guardò ancor più stupita: «Non lo sapevate? Qui in paese tutta la gente o appartiene all'Ordine oppure alla Confraternita».

«E che cosa fanno?».

«Quello che fanno tutte le associazioni religiose: si occupano delle chiese, delle manifestazioni e delle cose del paese».

Luciana Collina e Sorrentino si guardarono tra loro come a voler dire che il tempo passava, un omicidio ed una scomparsa avrebbero richiesto indagini rivolte verso cose molto più concrete di ordini e confraternite, e quindi fecero a Fiorella un'ultima domanda: «Signora, lei sa se c'erano qui in comune questioni così gravi per cui il sindaco è dovuto fuggire via?».

«Non so» rispose Fiorella.

«E chi avrebbe avuto l'interesse ad uccidere il Ragioniere?».

La risposta fu la stessa: «Non so».

Sorrentino e la Collina lasciarono l'ufficio della signora Fiorella, ragionando sul mistero di quei fatti, che ponevano il sindaco nella tragica posizione di chi, in modo irreversibile, si avviava ad essere sempre più carnefice o vittima di quegli eventi.

Trascorsero l'intero pomeriggio a sentire ancora altri testimoni come il vigile urbano Guglielmo Tellone, che con gran vociona e piccola statura non aggiunse altro a quanto già avevano appreso da Crocetta e Fiorella e neppure l'operaio Gilberto Passalacqua portò altri elementi alla loro indagine, che non fossero quelli già da loro conosciuti sulle modalità di ritrovamento del cadavere del ragionier Peretti. Sentirono inoltre tutti i componenti della giunta municipale, che trovarono spaventati e disorientati per l'assenza del sindaco, ma assolutamente inutili per le indagini. Insomma la sensazione che in tutto questo ci fosse il velo sottile di una certa omertà fu avvertita da entrambi gli investigatori.

A Sorrentino non era ancora riuscito di parlare con la dott.ssa Giovanna Colombo, la segretaria comunale ancora in ferie.

Intanto dovevano tornare all'Aquila. C'era Centometri da interrogare e con quel nome, prima avrebbero fatto e meglio sarebbe stato.

XVI

Sentimmo che qualcosa si muoveva nel buio del corridoio, oltre la mia porta che inavvertitamente avevi lasciato socchiusa.
Come un lampo ero già lì a vedere che fosse, ma qualcuno correva scendendo di corsa le scale.
Mi precipitai a rincorrerlo, ma l'ombra si dileguò subito uscendo all'esterno del Comune.
Quando risalii da te, ti vidi pallida nel viso. Ma non era spavento per quanto accaduto. Piuttosto sofferenza per quanto sarebbe potuto accadere dopo.
Ti chiesi se avevi riconosciuto quell'ombra. Tu mi rispondesti di no, ma io non lo credetti.
Ci abbracciammo di nuovo, più forte che potemmo, come se fosse un ultimo saluto.
Il giorno dopo trovai sul tavolo la tua richiesta di ferie per un mese. Impazzii. Non sapevo dov'eri, né che cosa facevi. Provai a chiamarti più volte al cellulare, che mi rimandava la sua angosciosa risposta di non raggiungibilità. Non potevo chiamare a casa tua, ma non potevo restare così, senza avere notizie di te.
Andai da Jupitte. Il mio fedele amico Jupitte, che, benché muto, mi capiva in tutto. Gli dissi di venire a casa tua, con il pretesto di vendere del formaggio, e consegnarti un messaggio. Stavolta scritto su un foglio, dopo che avevo visto non letti tutti i messaggi che ti avevo inviato su whatsapp.
Ti scrissi: "Scrivimi sul retro cos'è successo" e mi tornò la risposta più crudele, più dura che avrei potuto pensare: "Ti prego. Dimenticami".
Tornai a casa, nella solitudine del mio giardino. Cercai nella terra quello scarabeo che avrei voluto schiacciare sotto i miei piedi.

XVII

Sorrentino si sentiva appagato e felice quella mattina all'Aquila. Mentre risaliva corso Vittorio Emanuele per giungere fino a piazza Duomo e lì lasciare l'auto di servizio insieme al sostituto commissario Luciana Collina, per andare a trovare l'impresa di Paolo Di Clemente ed interrogarlo, Sorrentino sentiva ancora indosso il profumo della notte trascorsa insieme a Giulia.

Mentre la Collina guidava, lui fantasticava sul suo futuro.

Giulia gli aveva sconvolto vita e convinzioni. Nel giro di pochi mesi, dopo le esplicite richieste della sua donna, era passato dall'idea di scapolo convinto di dover vivere senza figli a vedersi mentre rientrava a casa tra le braccia di una bella moglie e un piccolo Sorrentino correrli incontro per farsi spupazzare.

Tra strade scavate, scavatori in azione, via vai di camion e furgoni, polvere ovunque nell'aria, rumore assordante di martelli pneumatici ed altri mezzi meccanici, odore di cemento e vernice e gru in azione sopra le teste dei passanti, la ditta di Paolo di Clemente aveva anch'essa il suo appalto in centro storico.

Sorrentino e la Collina lo raggiunsero che stava prendendo delle misure nel perimetro esterno di un palazzo.

Paolo Di Clemente era un signore di media altezza, una di quelle magre persone che dimostrano nel fisico e nel portamento veloce e scattante la fragilità del proprio sistema nervoso.

«Lei è il signor Paolo Di Clemente?». A vedere quella coppia avvicinarsi a parlargli Di Clemente non avrebbe mai immaginato di trovarsi di fronte due poliziotti, ma il tono della voce del sostituto commissario Collina lasciava pochi dubbi.

«Sì. Perché?».

«Siamo della squadra mobile della questura dell'Aquila» disse Sorrentino «Vorremmo farle delle domande».

«Che cosa è successo?» chiese impallidendo Di Clemente.

«Lei è di Vicopago» disse ancora Sorrentino «Non sa che cosa è successo a Vicopago?».

«Ah! Pensavo a qualcosa che riguardasse il cantiere» rispose Di Clemente «Si riferisce all'omicidio del ragioniere?».

«E alla scomparsa del sindaco» disse Sorrentino.

«Perché siete venuti da me? Io che c'entro?».

«Si dà il caso che le opinioni del sindaco e del ragioniere non collimino esattamente con i suoi interessi» disse ancora Sorrentino «Non lo sapeva?».

«Se si riferisce alla centrale, sapevo che il sindaco era contrario. Ma non per questo avrei potuto ucciderlo o farlo sparire. Invece che fosse contrario anche il ragioniere, me lo sta dicendo ora lei».

«Come mai il sindaco era contrario? Ne aveva mai parlato con lui?».

«Certo. Più volte sono andato a parlargli al Comune di questo progetto e delle buone opportunità che avrebbe portato al paese. Ma per le sue idee di ambientalista estremista, non gli importa di recare danno alla crescita del paese».

«Però dai calcoli che aveva fatto il ragioniere, non sembra che fosse così» intervenne la Collina.

«Perché mai?» rispose Di Clemente «I vantaggi della realizzazione di una centrale idroelettrica per il comune sarebbero notevoli».

«Quali?» disse Sorrentino.

«Lavori delle imprese, canoni e tasse, e così via» rispose Di Clemente.

«Il progetto che potenza nominale media dell'impianto prevede?».

«200 chilowatt».

«Chi è l'ente competente a rilasciare l'autorizzazione per la derivazione dell'acqua pubblica e per la costruzione e l'esercizio dell'impianto?» chiese ancora Sorrentino.

«La Regione».

«Quindi i canoni vanno alla Regione» intervenne la Collina «E dato che siamo sotto i 220 chilowatt di potenza il comune non percepisce neppure il canone come ente rivierasco».

«Dunque il ragionier Peretti aveva ragione a stimare nullo il beneficio economico che ne avrebbe avuto il comune di Vicopago» disse Sorrentino «Tanto più che neppure l'IMU, trattandosi di immobili produttivi, sarebbe andata al comune, ma allo Stato».

«Perciò le chiedo» disse ancora Sorrentino «Quale motivo avrebbe avuto il sindaco di consentire un insediamento di sicuro impatto ambientale a tutto vantaggio della sua ditta, senza alcun beneficio per il comune?».

«Ma stiamo parlando di una centrale di piccole dimensioni» disse Di Clemente «Una centrale realizzata con un impianto ad acqua fluente, senza nessun bacino di carico, senza nessun lago artificiale. Una mini-idro che non determina nessun danno all'ambiente, non modifica il paesaggio, non distrugge habitat naturali, non determina perdita di aree agricole».

«Sì ma si tratta sempre di dover favorire un'attività con fini speculativi da parte di un privato, dove non c'è nessun vantaggio per la collettività e che comunque va ad impattare negativamente con il paesaggio» disse ancora la Collina.

I due poliziotti iniziarono a vedere evidenti segni di insofferenza sul viso dell'imprenditore Di Clemente, accompagnati da una smorfia che palesava la rabbia di chi si vede ostacolare gli auspicati profitti.

Vista la caparbietà dell'imprenditore, la Collina volle ancor più scoraggiarlo: «E tenga conto che il tutto dovrà essere in conformità con il piano regolatore del comune».

«Lo sarà, lo sarà...» blaterò quasi sottovoce Di Clemente, mentre cercava di schizzare dall'altra parte del fabbricato tirando con sé l'estremità della rotella metrica.

«E' per questa sua velocità che la chiamano Centometri?». disse ironico Sorrentino.

Lui li guardò senza rispondere. Poi, riavvolta interamente la rotella, sparì dietro l'angolo del palazzo.

Lo incrociarono di nuovo la sera a Vicopago, dove Sorrentino e la Collina erano tornati per proseguire le indagini.

All'ingresso dell'osteria Paolo Di Clemente impallidì di nuovo nel vederli entrare insieme a lui e sentì guastarsi la serata.

Poi andò a sedersi dove quattro persone erano già a tavola nella parte più interna del locale.

Sorrentino e la Collina sedettero al primo tavolo. Non c'erano altri clienti.

«Stasera *Jupitte* non c'è» disse Sorrentino alla collega «Avrei voluto fartelo vedere. Che strano personaggio!».

«Si adatta completamente a questo posto» proseguì Sorrentino «Qui a Vicopago non ci sono altre trattorie, pub o ristoranti».

«Non ti preoccupare» disse la Collina «anch'io so adattarmi».

Ordinarono due bistecche con patatine e birra per entrambi. Poi Sorrentino volle sapere di più della giovane collega. Era la prima volta che gli capitava di dover lavorare in coppia con una donna, peraltro dello stesso grado e non gli stava dispiacendo quel doversi confrontare con qualcuno che non cercasse di imporre le sue idee. Perciò voleva per prima cosa conoscerla meglio. Ma era anche la prima volta che aveva occasione, da quando stava con Giulia, di confrontare con un'altra donna, che non fosse lei, il suo pensiero sul rapporto di coppia e sul matrimonio. Entrambi però, da buoni poliziotti quali erano, ogni tanto lanciavano furtivamente occhiate verso quella tavolata più interna e si chiedevano chi fossero quei quattro uomini che stavano cenando con Paolo Di Clemente. C'era in quella comitiva qualcosa di strano: un'aria greve e compassata, grande silenzio e volti seri e severi.

«Dopo vado in cucina a chiedere un po' di verdura così mi faccio dire dal ragazzo dell'osteria chi sono quelle persone» disse Sorrentino.

«Bene» disse la Collina «Così non ti sentono».

«In questo lavoro devi sempre inventarti qualcosa» disse Sorrentino «Lavoriamo per lo Stato, ma non possiamo sempre agire alla luce del sole»

«Dove stavo prima basta sapere un po' le lingue e tutto è chiaro e trasparente. Ti presenti alla gente con la tua divisa da poliziotto e quindi chi ti ascolta sa sin da subito con chi ha a che fare» disse la Collina.

«Ma soprattutto ti fai le tue ore d'ufficio e poi sei libero. Qui invece, alla squadra mobile, soprattutto quando, come ora, sei sulle tracce di un criminale, lavori h24 e non hai più una tua vita privata. Mi chiedo chi te l'ha fatto fare a cambiare ufficio» soggiunse Sorrentino.

«Potrei dire gli stessi motivi che spingono te a restarci» rispose la Collina «Ma non si tratta solo di voler fare un lavoro che entusiasma ed eccita nella continua ricerca della soluzione dei casi, non si tratta solo di uscire dal noioso lavoro d'ufficio, è che io sono fatta così. Fare sempre le stesse cose non mi gratifica e devo cercare, anche nel lavoro, nuovi stimoli e nuove sensazioni».

Sorrentino la guardò ironico: «Quindi anche al di fuori del lavoro?».

«Diciamo che mi opprimono i rapporti durevoli».

«Quindi non ce l'hai un uomo !?» chiese Sorrentino.

«A me piace essere indipendente. Legarmi a qualcuno per dover rendere continuamente conto di ciò che faccio non fa per me» rispose la Collina.

«A me invece sta accadendo il contrario. Sarà l'incedere dell'età, ma mi accorgo di aver bisogno di stabilità, sia nelle cose che negli affetti. Ho vissuto da scapolo per tanti anni, dedicando il mio tempo quasi interamente al lavoro. Ora ho una donna che mi vuole bene ed a cui tengo moltissimo. Sto provando per la prima volta che cosa significa avere qualcuno con cui condividere la vita. Sento che sto dando amore, gioia e protezione a qualcuno che mi restituisce amore, gioia e protezione. Comincia a piacermi questa vita a due. Penso che la sposerò».

«Ora, aspetta, vado in cucina» disse Sorrentino.

La Collina uscì fuori a fumare una sigaretta. Quando rientrò, Sorrentino era di nuovo seduto al tavolo.

Le si avvicinò tanto che il profumo di lei prevalse sull'odore di cucinato che pervadeva quel locale e le disse sottovoce: «Quello di fronte è il parroco, anche se vestito in abiti civili. Quello di spalle si chiama Pietro Moro, fa il rappresentante di commercio ed è il marito della segretaria comunale, con cui ancora non riusciamo a parlare. Poi ai lati ci sono, oltre a Paolo Di Clemente, anche Luigino Rossi, che è il titolare della ditta boschiva Rossi Legnami e Carlo Pesce, il proprietario della Pace e Quiete che gestiva il cimitero, quello che chiamano Trapasso, e puoi immaginare perché».

«Con Rossi e Pesce dobbiamo parlare...» disse la Collina.

«Già! Ho saputo dal ragazzo che tutti loro appartengono alla Confraternita ed il superiore, come ci ha detto la signora Fiorella, è proprio Luigino Rossi» disse Sorrentino «Ora vado da loro, mi presento e dico al parroco che tu hai sentito che l'interno della chiesa della Provvidenza Divina è molto bello e vorresti visitarlo. Rossi, che so ha le chiavi, non potrà non acconsentire. Quindi quando andremo, sarà l'occasione di parlargli della gara che il comune voleva fare per il taglio dei boschi. Lui è il titolare dell'unica ditta boschiva del posto. Non può non sapere e dovrà dirci quello che sa».

Così fece, ma il parroco lo informò che si stavano completando alcune opere di restauro nella chiesetta. Perciò concordarono che sarebbero andati con Luigino Rossi a visitare la Provvidenza Divina al termine dei lavori.

XVIII

Ero sull'altare e ti guardavo arrivare con l'abito bianco tra due file di gente festante, vestita di mille colori.

Le note della marcia nunziale si mescolavano alle parole del prete "Vuoi tu Fabrizio Merli prendere la qui presente..." che un'eco vellutata riproduceva in ogni angolo della chiesa.

Ti avvicinavi a me con il volto nascosto dal velo bianco, mentre quella gente festante sorrideva, ma no rideva, rideva forte, decisamente sghignazzava.

Mi fosti di fronte e l'eco del prete ci disse: «Puoi baciare la sposa».

Sollevai quel velo pesante e il brutto viso di tuo marito mi apparve, anch'esso ridendo e sghignazzando.

La musica d'improvviso cambiò e si tramutò nelle note di una marcia funebre.

Fuggii via terrorizzato tra le due file di gente vestita e velata col nero del lutto, mentre quell'essere in abito bianco mi rincorreva lungo la navata della chiesa.

Mi svegliai sudato e con il cuore a mille.

Cercai di ricordare i volti di quella gente del sogno, ma non mi riuscì.

Ebbi solo la sensazione che molti di quei volti, che non ricordavo, incombevano sulla mia memoria come un'oppressione e una minaccia.

Mi dissi di non pensarci più.

Ma non mi riuscì durante tutto il giorno di pensare ad altro. Anzi, quel senso di malessere e di oppressione andava aumentando, man mano che mi accostavo, al Comune, alle pratiche di quei progetti che sentivo soffocarmi.

E poi c'era il pensiero di te, della tua assenza che uccideva ogni attimo della mia esistenza.

Non potevo restare così. Non potevo continuare a vivere così. Dovevo fare qualcosa.

XIX

Senza la Collina, richiamata momentaneamente all'Aquila per un altro servizio, Sorrentino trascorse parte della giornata al Comune a parlare ancora ad amministratori e dipendenti e parte nella sua stanza in affitto a rileggere le carte trovate a casa del sindaco e nell'ufficio del ragioniere assassinato.

Voleva andare al bar ad interrogare Carlo Pesce, detto Trapasso, per capire come mai fosse subentrata nel sindaco e nel ragioniere quella contrarietà a rinnovare il contratto per il servizio di manutenzione del cimitero, ma, benché si fosse ormai all'imbrunire, pensò che fosse utile andare prima a vedere di persona, per quanto a quell'ora possibile, quali fossero le condizioni di tenuta e di pulizia di quel cimitero.

Nonostante fosse ormai quasi buio, lo trovò aperto.

Benché in tutti gli anni di servizio avesse visto di tutto, morti ammazzati, squartati, bruciati, disintegrati, dilaniati, non gli era mai capitato di girare da solo di sera per un cimitero e dovette ammettere che nel semibuio il contatto con le tombe incute un certo senso di apprensione e di timore anche ad un uomo abituato ad affrontare la morte come lui.

Ma il timore si trasformò in brivido quando sentì provenire dall'interno di quel cimitero dapprima un flebile lamento, poi una voce strozzata che gridava aiuto.

Impugnò la pistola e cercò di capire da dove provenisse, ma ormai il buio sopraggiunto della sera gli impediva di vedere chi e dove fosse.

Girò alcuni angoli di tomba, ma non vide nessuno.

Poi vide un'ombra riflessa da uno dei pochi lumi ancora accesi in quel malandato cimitero, che si mosse come un ratto veloce e sparì.

«Fermo. Polizia» urlò Sorrentino, ma da quell'angolo non uscì nessuno.

Da lontano vide una figura nera che stava uscendo di corsa dal cancello d'ingresso del cimitero.

«Fermo. Polizia» gridò di nuovo Sorrentino ma quell'ombra proseguì la sua corsa.

Quindi esplose un colpo in aria, ma quello era già sparito oltre la strada davanti al cimitero, dove tutto era silenzio e buio come la morte.

Ripensò alla richiesta d'aiuto. Doveva esserci sicuramente qualcuno lì dentro ad essere stato aggredito che aveva bisogno d'aiuto, ma non si sentiva più nulla.

Quindi si mise a cercare, passando al setaccio quel posto di paura e di morte, tomba dopo tomba.

L'oscurità ormai inoltrata rendeva difficile capire dove potesse essere colui che aveva lanciato quelle grida strozzate.

Nei vialetti oscuri si alternavano zone di buio totale a zone di lieve penombra.

Niente. Non riusciva a trovare null'altro che il tetro silenzio di quel posto di paura.

Poi vide da lontano un campo di sepoltura, dove la lapide di una tomba appariva spostata rispetto alla linea delle altre. Ma soprattutto notò la presenza di una pala meccanica spenta. Capì. Si precipitò a vedere. Accese la torcia del cellulare e in una fossa vicino a quella pala vide un corpo riverso faccia a terra sopra una bara. Capì che era un uomo. Scese nella tomba e sentì subito le proprie mani bagnate e l'odore del sangue. Lo girò. Con la torcia accesa lo riconobbe. Quell'uomo nella tomba aveva parlato con lui qualche giorno prima davanti al cadavere del ragionier Peretti. Era l'operaio del comune Gilberto Passalacqua. Sentì se respirava ancora, ma nulla. L'assenza di respiro e di battito cardiaco non davano altro segnale che quello della morte. Risalì. Immediatamente chiamò il 118 e telefonò alla questura per chiedere l'intervento dei colleghi e della polizia scientifica. Così, nell'attesa, sedette sulla lapide restando a guardare quel morto. I numerosi tagli che trasparivano dalla camicia lacerata non lasciavano dubbi sulle cause della morte. Di sicuro quell'uomo era stato massacrato a coltellate. Alla luce della torcia del suo cellulare, Sorrentino riuscì a vedere anche una striscia di polvere bianca che sporcava ancor più quella camicia. Scese di nuovo nella tomba e cercò di capire che cosa fosse. Ne sentì subito il sapore amaro. Richiamò la questura e chiese che fossero inviati a Vicopago anche i cani antidroga.

Mentre aspettava che in quella notte senza luna arrivasse il 118, la scientifica, il giudice, i suoi colleghi della questura e la squadra antidroga, Sorrentino pensava a quell'operaio massacrato con la droga indosso.

Arrivarono in tanti e riempirono la notte con i colori lampeggianti blu dell'ansia e dell'angoscia.

Ambulanza, polizia, squadra scientifica, squadra antidroga, e così via invasero il cimitero. La Collina, tornata anch'essa a Vicopago, accompagnò il vice questore Camilli e il sostituto procuratore Di Giuseppe da Sorrentino che era intento a indicare ai colleghi della scientifica le tracce che aveva trovato sul luogo del delitto.

Ad un tratto, i due cani che la squadra antidroga portava con sé iniziarono ad abbaiare insistentemente ed a spingere verso alcuni loculi gli agenti che li conducevano. Lì si fermarono e continuarono ad abbaiare raspando con le zampe allenate una di quelle lapidi.

«Qui c'è qualcosa» disse un agente, e mandò a chiamare Sorrentino e gli altri funzionari.

Giunti questi presso quella tomba si accorsero che la lapide era facilmente rimovibile e quindi la fecero togliere.

All'interno della tomba alcuni sacchetti di polvere bianca giacevano a terra.

Un agente dell'antidroga aprì uno di questi e, assaggiata con il dito quella polvere, disse: «E' cocaina pura».

Nel frattempo l'altro agente aveva portato per i vialetti di quel cimitero i due cani, che si erano nuovamente soffermati ad abbaiare davanti ad altre tombe.

Così in quella notte buia, un po' qui ed un po' là, dalle tombe del cimitero di Vicopago venne alla luce la polvere bianca.

L'indomani mattina, nella stanza del vigile urbano Tellone, Sorrentino, la Collina, il vice questore Camilli e il pubblico ministero Di Giuseppe si stavano chiedendo che cosa stesse succedendo a quel paese.

La scomparsa del sindaco aveva trascinato con sé due cadaveri, due dipendenti comunali assassinati.

Le indagini che fino a quel punto aveva condotto Sorrentino portavano a diverse piste, tutte riconducibili ai progetti che il comune aveva posto in essere o che non voleva approvare.

Chi poteva aver voluto la morte del ragionier Peretti? Sicuramente qualcuno a cui il ragioniere aveva pestato i piedi, aveva precluso la possibilità di affari, opponendosi alla realizzazione di quei progetti.

Il parere contrario al rinnovo del servizio di manutenzione e pulizia del cimitero che per anni aveva svolto la ditta Pace e Quiete di Carlo Pesce, la stima sfavorevole circa i benefici della centrale idroelettrica di Paolo Di Clemente, detto Centometri, la bocciatura del progetto di vendita dei boschi, che sicuramente avrebbe favorito qualche ditta locale ed infine quel parere favorevole dato alla deliberazione che aveva stabilito la demolizione dei ruderi in cui ormai avevano preso stabile dimora decine di rom e di migranti, prossimi allo sgombero, incombevano come una spada di Damocle ormai calata sul collo strangolato di Eligio Peretti.

Ma quali di essi avevano segnato la sentenza di condanna a morte per il povero ragioniere?

E la scomparsa del sindaco? Era fuggito? Era stato sequestrato? Era stato ucciso? La mancanza assoluta di tracce ed elementi non consentivano di seguire alcun percorso. O meglio ogni percorso poteva essere intrapreso.

E le motivazioni? Potevano essere le stesse che avevano portato alla morte di Peretti.

Poteva essere stato sequestrato ed ucciso e la macchina fatta ritrovare lontano da Vicopago.

Ma perché? Era un segnale per qualcuno? Si stavano ancora cercando tracce della presenza o del passaggio del sindaco vicino al luogo del ritrovamento della sua auto, ma niente. Finora non era emerso niente.

Un sequestro per altri motivi, ad esempio a scopo di ricatto ed estorsione era poco plausibile. Il sindaco non era ricco. E poi non c'era stata nessuna telefonata, nessuna rivendicazione.

Oppure poteva essere fuggito volontariamente, avendo avvertito su di sé la minaccia incombente di morte, quella stessa morte che invece aveva colpito il ragioniere.

Del resto quel tetro messaggio sul retro della fotografia del candelabro, inviato ad entrambi, parlava chiaro «*S'àdda fa'*», «Si deve fare».

«E se non si fa, kaput» disse il vice questore Camilli «Si fa la stessa fine di Passalacqua, morto ammazzato direttamente dentro una tomba».

«Dove sarebbe scomparso per sempre, se non fosse arrivato Sorrentino» disse la Collina.

«Almeno potevamo lasciarlo dov'era» proseguì con il suo macabro commento Camilli «La famiglia risparmiava le spese del funerale. Invece abbiamo dovuto mandarlo all'obitorio per l'autopsia».

«A proposito» disse il giudice Carla Di Giuseppe «Questa ci dovrà dire se Passalacqua faceva lui stesso uso di droga».

«E' strano. E' stato ucciso proprio mentre stava finendo di lavorare alla sistemazione di quella tomba. Non credo che pipasse cocaina per avere energie» disse Sorrentino «Gli ho parlato. Era un uomo modesto e timido, grande lavoratore del comune da anni, ormai prossimo alla pensione. Non mi sembrava un tipo da cocaina. Come non mi sembrava che potesse lui stesso organizzare un traffico di droga e tenerne così tanta dentro le tombe del cimitero».

«E poi per farne cosa?» disse il sostituto commissario Luciana Collina «Abbiamo a che fare con un grande narcotrafficante nascosto sotto le mentite spoglie di un povero operaio comunale di sessant'anni?».

E proseguì: «Forse potrebbe essergli capitato di trovarla o di rubarla a qualche trafficante ed averla nascosta nel cimitero. E per questo essere stato ucciso da chi voleva recuperarla. L'arrivo al cimitero di Rino potrebbe aver mandato all'aria il completamento di quel piano».

«Ma potrebbe anche averla trovata lì, al cimitero. Messa da quelli che vi lavoravano prima di lui» disse la dottoressa Di Giuseppe

«La ditta Pace e Quiete?» disse Camilli.

«Certo» disse la Collina «Potrebbe avercela trovata e averne preso un sacchetto. Quelli della ditta se ne sono accorti e l'hanno fatto fuori».

«Magari lui l'aveva presa per portarla alla polizia e denunciare il ritrovamento dentro le tombe» disse Sorrentino.

«E per farsi credere» proseguì Camilli.

«Mandiamo subito a chiamare il titolare della ditta Pace e Quiete» proseguì la dott.ssa Di Giuseppe «Voglio interrogarlo subito».

E così Sorrentino uscì a chiedere agli agenti che erano in attesa fuori del Comune di andare a prelevare immediatamente Carlo Pesce, detto Trapasso, titolare della ditta Pace e Quiete. Prima di andare a casa di questi, che fossero passati al bar, dove era più probabile trovarlo.

«Un'ultima ipotesi» disse rientrando Sorrentino «E se la droga non c'entra niente? Magari Passalacqua è stato ucciso per le ragioni che a me ha nascosto. Perché forse ha visto in faccia l'assassino o gli assassini del ragionier Peretti».

«Ma c'è di più» disse ragionando di fino la Collina «Il lavoro di Passalacqua al cimitero, anche se momentaneo, consentiva di non rinnovare il contratto con la ditta Pace e Quiete. Potrebbe essere stato eliminato proprio per questo».

«E qui torniamo alle ipotesi che accomunano l'omicidio di Passalacqua alla scomparsa del sindaco ed all'assassinio del ragionier Peretti» concluse il vice questore Camilli.

«Dov'era lei l'altra sera dalle venti alle ventuno?» disse il pubblico ministero Carla Di Giuseppe a Carlo Pesce, detto Trapasso, all'interno della stanza del vigile Tellone nel comune di Vicopago.

Il titolare della ditta di servizi cimiteriali Pace e Quiete non esitò: «Dov'ero? A casa mia».

«E qualcuno lo può testimoniare?»

«Io sono vedovo. Mia moglie è morta tre anni fa. I miei figli non abitano con me a Vicopago. Sono sposati e vivono fuori».

«E non l'ha vista nessuno mentre era in casa?».

«No. Non credo. Non so se qualcuno mi ha visto attraverso la finestra. Io abito al piano terra».

«Conosceva l'operaio del comune Gilberto Passalacqua?»

«Certo che lo conoscevo. Lo conoscevano tutti a Vicopago».

«E che rapporti aveva con lui?».

«Se si riferisce a qualche bicchiere al bar, buoni rapporti».

«Mi riferisco anche a rapporti lavorativi. In sostanza vi occupavate entrambi del cimitero».

«Sì, ma in tempi diversi. Lui ha iniziato ad occuparsene quando è scaduto il contratto della mia ditta».

«E quando c'eravate voi lui non veniva mai?»

«Raramente. Solo quando veniva anche il sindaco a controllare. Non avevamo bisogno di Passalacqua. Io avevo un mio operaio, che puliva e sistemava il cimitero. E la sera chiudeva».

«Quindi lei stava raramente al cimitero...».

«Io gestivo la ditta, non dovevo essere lì a lavorare. A questo ci pensava Corato, il nostro operaio».

«Dove abita questo Corato?» chiese Sorrentino

«Lui vive dove ci sono i ruderi che il comune vuole demolire. Con moglie e cinque figli».

«Anche se lei era poco presente, non ha mai avuto modo di vedere dentro o davanti al cimitero persone estranee che non fossero i cittadini di Vicopago?» chiese ancora la Di Giuseppe.

«No. Ma».

«E si fidava del suo operaio?».

«Lavorava e si guadagnava i soldi che gli davo».

«Lei resti a disposizione» disse la Di Giuseppe «Non si allontani da Vicopago. Potremmo avere ancora bisogno di lei».

Uscito Pesce, il p.m. Di Giuseppe disse ai poliziotti: «Non abbiamo alcun elemento per fermarlo. La droga nel cimitero è stata scoperta quando ormai la sua ditta non svolgeva più il servizio di pulizia e manutenzione. Del resto, potrebbe essere stato Passalacqua a metterla nelle tombe. Gliela abbiamo trovata anche addosso».

«Pensa di interrogare anche l'operaio della ditta, Corato?» disse il vice questore.

«Mandiamolo a chiamare» rispose la Di Giuseppe.

Quando arrivò Corato, a Sorrentino venne da ridere: «E' lei Corato?» disse rivolto all'uomo sulla cinquantina, in canottiera, con dei grossi baffoni neri, grande pancia e pieno di tatuaggi, che si presentò.

«Ah. Lei poliziotto!!» esclamò Corato «Io credeva giornalista... Sicuro no aiuto sociale, come lei detto. Mai avuti aiuti sociali».

«Ma anche lei mi ha detto una bugia» disse Sorrentino «Non andava a Roma a lavorare, ma lavorava qui a Vicopago».

Gli astanti si guardarono stupiti. Quei due si conoscevano?

Fu Sorrentino a dare spiegazioni: «Ci siamo visti l'altro giorno. Ero andato a vedere il quartiere degradato e ho incontrato questo signore» disse «Ci siamo fermati a parlare».

«Lei ci dia le sue complete generalità» disse la Di Giuseppe.

«Io non capire» disse Corato.

«Come si chiama?» intervenne Sorrentino.

«Ah! Io Nadir Badi, ma tutti qui chiama Corato».

«Perché?».

«Perché prima stato un mese in paese di Puglia».

«Dove stava lei ieri sera dalle venti alle ventuno?» disse la Di Giuseppe.

«Io ieri sera forte dolore. Sentire morire».

«Chi ha sentito di morire?» disse ancora la Di Giuseppe «Stava anche lei al cimitero?».

«No io sentire morire per forte dolore».

«Vuole dire che stava male» chiarì il dott. Camilli.

«Io andato ospedale. Tutta notte. Poi fatta pietra e stamattina uscito».

«Ah!» disse la Collina «Ha avuto una colica renale».

«Si. Avuta colica renale» confermò Corato.

«Quando c'era lei a pulire il cimitero, ha mai visto venire gente strana?» disse ancora Camilli.

«No. Mai gente strana. Solo cittadini Vicopago pregare parenti».

«Va bene» chiuse la Di Giuseppe «Anche lei per ora può andare. Ma si tenga a disposizione e non lasci Vicopago».

Terminato l'interrogatorio di Corato, e dopo aver fatto immediatamente partire con e.mail la richiesta di informazioni dalla questura su Nadir Badi, rom di nazionalità bosniaca, i quattro restarono ancora ad esaminare gli indizi che rendevano più complicate quelle indagini alla luce dell'omicidio Passalacqua, che introduceva anche l'elemento della droga in quella già poco chiara situazione, in un paese difficile ed omertoso come Vicopago.

XX

Qualcuno dice che si può essere soli anche stando in mezzo a tanta gente. La solitudine è un sentimento interno, che brucia nell'anima ed a volte cresce dentro di noi quanto più cresce la compagnia. Può sembrare un paradosso, ma non lo è. La tristezza e la solitudine si manifestano maggiormente proprio nei giorni di festa quando si frequenta più gente. Andare al Comune e trovare la gente mi faceva star peggio. Ed ancor peggio mi trovavo, senza il tuo aiuto, senza il tuo sostegno, ma soprattutto senza la tua presenza, di fronte ai problemi che mi stavano attanagliando e soffocando.

Quelle pretese di ingiusti profitti, quel posto dei morti troppo frequentato dai vivi, quei rancori di chi non vuole andar via e quella rabbia di chi teme di perdere l'oggetto della propria irrefrenabile violenza, tutto intorno a me cominciava a manifestarsi con i volti della minaccia e del terrore.

E tutti già sapevano. Sapevano di me. Sapevano del ragioniere. Sapevano tutto quanto era sulle nostre scrivanie, anche quello che non dovevano sapere.

Nel paese dell'omertà, cominciava a diffondersi dapprima la voce del sospetto, poi man mano quelle del discredito, della diffamazione, dell'odio e della morte.

L'agguato poteva venire dalla gelosia.

Oppure poteva nascondersi dietro l'ipocrita sorriso del finto perbenismo.

O, ancora, essere dettato dalla cupidigia.

O infine essere figlio della disperazione.

Dovevo fare qualcosa.

Dovevo farlo per me.

Dovevo farlo per te.

Dovevo farlo per noi, per sopravvivere a quei difficili momenti, per poter un giorno continuare a guardarci negli occhi e vederli brillare.

XXI

«Stasera ti tradisco con due bellissime ragazze».
«Cooosa?» sorpresa e incredula Giulia al cellulare rispose a Sorrentino: «Provaci e quando torni ti caccio gli occhi».
«Ma dai. Che hai capito? Esco con due ragazze, ma non per quello che pensi tu».
«Vedi di comportarti bene, caro Sorrentino. Sennò qui al borgo non ci tornare».
«Amore. Io amo solo te» disse languido Sorrentino.
«Che cosa devi fare, stasera?».
«Luciana ha fatto amicizia con Marika, la nostra coinquilina al palazzo della piazza. Stasera vorrebbero uscire per andare a mangiare qualcosa di meglio che le solite salsicce, bistecche, patatine e verdura di questo paese. Perciò hanno deciso di andare a mangiare del pesce. Solo che per mangiare pesce fresco devi andare sulla costa».
«Pescara?» chiese Giulia.
«Forse anche più giù. Hanno pensato sulla costa dei trabocchi e Luciana vorrebbe che andassi anch'io. Peraltro è l'occasione giusta per parlare un po' con Marika e cercare di conoscere meglio la realtà di Vicopago. In questo senso ti tradisco. Per una volta non torno a L'Aquila, ma vado sulla costa».
«Te lo ripeto, Sorrentino. Lo sai che sono gelosa. Fai il bravo!».
«Ormai mi conosci. Sai che ti puoi fidare».
«Però cerca anche di rilassarti e divertirti. Per una volta che vai fuori da quel paese, non pensare al lavoro. E quella ragazza... Che fate? La portate a cena fuori e poi la torturate con l'interrogatorio!? Di' alla Collina che mettesse la gonna, sciogliesse i capelli e per una volta non facesse la poliziotta».

Non ci fu bisogno del suggerimento di Giulia. Quando scesero, a Sorrentino che le aspettava davanti al portone del palazzo, già pronto per partire, mancò il respiro nel vedere due splendide fanciulle entrare nella sua macchina.

Marika in jeans e camicetta e quei folti e ricci capelli neri sulla carnagione liscia ed abbronzata e Luciana Collina dai capelli biondi e lisci, sciolti sulle spalle e vestito corto al punto che, scoprendo quasi interamente le gambe nell'entrare in macchina, indusse Sorrentino ad esclamare: «Porca Miseria! Non ti facevo così bona!».

Attraverso l'A25 e l'A16 si diressero verso la costa dei trabocchi.

Giunti tra San Vito Chietino e Fossacesia, presero per il mare e si fermarono in prossimità di un trabocco.

Lo spettacolo che si presentò davanti ai loro occhi fu stupendo.

Di sera la costa illuminata dava al mare un caldo colore di rosso e giallo imbrunito e il trabocco, cinto di reti e bilance da pesca, appariva sospeso sul mare come un ragno sulla ragnatela. Solo che per poter raggiungere quel posto favoloso bisognava percorrere una traballante passerella ben stretta e lunga sopra il mare, in quel momento agitato.

Marika, all'imbocco della passerella, si bloccò: «Io non vengo» disse «Non ce la faccio ad attraversare. Ho troppa paura».

Sorrentino capì che non ci sarebbe stato modo di convincerla ed allora la prese per mano, con l'altra le chiuse gli occhi e la condusse con sé sopra quell'inferno di acqua fino al trabocco. La Collina, da buon poliziotto, fu più coraggiosa ed attraversò da sola quella passerella.

Poi, sopra la palafitta tutto fu bello. La brezza del mare portava piacere e refrigerio da ogni lato. La veduta della costa dal mare era stupenda e la cena di pesce appena pescato diede piena soddisfazione e ricompensa del lungo viaggio appena effettuato.

Mangiarono un brodetto eccezionale fatto con pesce di scoglio.

E soprattutto parlarono. Parlarono tanto.

Marika si era trasferita a Vicopago da due anni al seguito dell'unico medico del paese. Era nata in Italia da genitori sudamericani ed aveva subito iniziato a lavorare come segretaria, appena compiuti i diciotto anni. Quando al suo datore di lavoro fu affidato dalla ASL il posto di medico di base a Vicopago, che nessun altro medico aveva voluto accettare, anche lei si era trasferita.

Aveva frequentato un ragazzo del posto e vuoi per questa frequentazione, vuoi per il suo lavoro di segretaria del medico, aveva presto imparato a conoscere bene la vita e le persone di Vicopago.

«Marika, come si sta a Vicopago?» chiese la Collina.

«Da tagliarsi le vene» rispose Marika.

«E tu perché ci resti? Non sei di Vicopago, non potresti viaggiare?» chiese a sua volta Sorrentino.

«I miei stanno a Roma. Viaggiare da Roma ogni giorno sarebbe troppo faticoso. E poi il dottore mi paga anche l'affitto della stanza».

«Non mi spiego ancora la realtà di quel paese» disse Sorrentino «Lasciamo stare gli omicidi. Lasciamo stare che un sindaco tutto ad un tratto scompare senza dare più notizie di sé. Ma tutto il paese ha qualcosa di strano, di sinistro, come se fosse chiuso ed ingessato dentro la stretta regola dell'omertà».

«E' come se una regìa occulta tenesse il paese sotto i propri nascosti comandi» disse la Collina.

«Avete ragione» intervenne Marika «Tutto dipende dalla Confraternita e dall'Ordine».

A questo punto Sorrentino ricordò quanto aveva detto l'impiegata del Comune, la signora Fiorella, e volle saperne di più.

«So che tutti i cittadini a Vicopago o sono iscritti all'Ordine o alla Confraternita» disse Sorrentino «Ma ancora non ho capito bene cosa fanno».

«Dipende» disse Marika «Sicuramente si fanno la guerra tra loro».

«Ma sono due gruppi religiosi!!!» esclamò Luciana Collina «Dovrebbero fare solo opere di bene...».

«Insomma...» Marika sembrava essere piuttosto riottosa.

«Marika» disse Sorrentino un po' spazientito «Ci vuoi dire che cosa fanno?».

«All'Ordine appartiene la maggioranza della popolazione» disse finalmente Marika «Vanno a pregare all'eremo. Partecipano alle processioni ed hanno una sede, in paese, dove tengono riunioni e conferenze».

«Ma, in pratica, di che cosa si occupano?» chiese Sorrentino.

«Solo ed esclusivamente di assistenza sociale e di cose di chiesa».

«E invece la Confraternita?» chiese la Collina.

«Sono una minoranza. Anche loro partecipano alle processioni. Ma tutti sanno che in realtà una parte di loro gestisce loschi affari, come lo strozzinaggio, la ricettazione e gli appalti illeciti. Sono loro che comandano nel paese. Sono pochi ma sono prepotenti e cattivi. Comandano e tengono in pugno tutta la popolazione con i ricatti, la violenza e le minacce».

«Scusa, tu come le sai tutte queste cose?» chiese Sorrentino.

«Stavo con un ragazzo che appartiene ad una famiglia della Confraternita. Lui era contrario e voleva togliersi, ma glielo hanno impedito».

«Se io ti dicessi alcuni nomi, tu mi sapresti dire a quale gruppo appartengono?» chiese Sorrentino.

«Proviamo» disse Marika

«Il sindaco Fabrizio Merli».

«Ordine».

«Il ragionier Peretti, a quale apparteneva?».
«All'Ordine».
«Il vigile Guglielmo Tellone».
«Alla Confraternita».
«Luigino Rossi, il titolare della ditta Rossi Legnami, mi sembra che addirittura sia il superiore della Confraternita» disse Sorrentino «E quindi appartengono alla Confraternita anche Trapasso e Centometri. Non è così? Lo sai chi sono?».
«Lo so, lo so. E' vero. Carlo Pesce e Paolo Di Clemente».
«E Pietro Moro, il marito della segretaria comunale, anche lui fa parte della Confraternita. Vero?».
«Esatto commissario. Sembra che tu ne sappia più di me» disse Marika.
«Dai. Continuiamo con questo gioco» disse la Collina «*Mariuccia la bettecànda*, come dicono a Vicopago?».
«Confraternita» rispose sicura Marika.
«Fiorella la dipendente del comune?».
«Ordine».
«E il geometra Crocetta?» chiese Sorrentino.
«Ordine» rispose Marika.
«Non so perché, ma avrei pensato la Confraternita» disse Sorrentino.
«E Gilberto Passalacqua, apparteneva all'Ordine o alla Confraternita».
Marika si guardò intorno, istintivamente, come se avesse paura di essere osservata mentre dava la risposta, poi disse: «Ordine, Ordine di sicuro».
«Quindi nella guerra tra Ordine e Confraternita, lui è stato un soccombente...» disse Sorrentino.
«Io non lo so. Non so perché lo hanno ucciso. Ma era di sicuro una brava persona».
«Invece quel Corato, quello che lavorava al cimitero prima di Passalacqua, quello della ditta Pace e Quiete, che tipo è?».

«Non lo conosco di persona. Non gli ho mai parlato. Non è mai venuto allo studio medico. A me sembra un povero cristo. Però dalle voci che circolano...»

«Che voci?» chiese Sorrentino.

«Che avesse a che fare con la droga» rispose Marika.

«Ma dicono che anche quelli della Confraternita trafficano con la droga» proseguì Marika «A Vicopago, nessuno dice nulla palesemente, ma tutti lasciano intendere...».

«Che cosa?» chiese la Collina.

«Lasciano intendere le malefatte altrui...».

«Come ad esempio che davanti al cimitero si spaccia la droga da molto tempo, da molto prima che Gilberto Passalacqua andasse a lavorare al posto di Corato. Non è vero?» disse Sorrentino.

«Vero...» disse abbassando la testa Marika.

«E tu ci sei mai stata a comprarla?» disse la Collina.

Marika continuava a tenere gli occhi bassi, come vergognandosi di quanto stava per dire, poi: «Sì. Col mio ragazzo. Ma ci siamo lasciati. E non ci sono più andata» disse.

«Sai chi erano gli spacciatori?» chiese Sorrentino.

«No. Non li conoscevo. So che venivano da fuori» rispose Marika.

«Dai» disse Luciana Collina «Non roviniamo a Marika questa bella serata con questi ricordi tristi. Ora ce ne andiamo a Pescara a fare una bella passeggiata sul lungomare e se troviamo un locale aperto ci tuffiamo nella movida notturna».

E così fecero.

Tornarono a Vicopago che era ormai quasi l'alba.

Davanti al portone Marika scese e di corsa si precipitò a rientrare. Voleva dormire un po' perché dopo qualche ora sarebbe dovuta andare ad aprire l'ambulatorio.

I due poliziotti, più avvezzi a resistere al sonno, restarono ancora un po' in macchina.

«Siamo all'interno di una faida di paese» disse Sorrentino.

«Il marcio è nella Confraternita» disse la Collina.

«Ma perché uccidere Passalacqua e il ragioniere?» disse Sorrentino «I motivi possono essere tanti e diversi così come anche gli autori o l'autore dei crimini».

«Già. Passalacqua potrebbe essere stato ucciso per motivi diversi del ragioniere» disse la Collina «Mettiamo che il ragioniere sia stato assassinato a causa di uno di quei progetti che erano lì al Comune, Passalacqua potrebbe essere stato ucciso per aver visto in faccia l'assassino, e quindi dalla stessa mano, ma potrebbe essere stato ucciso per la droga, e quindi da una mano diversa».

Sorrentino non fu d'accordo: «Anche per il traffico di droga potrebbe essere stato ammazzato dallo stesso assassino di Peretti, ad esempio perché, avendo avuto l'incarico di lavorare al cimitero, impediva il rinnovo del contratto alla ditta Pace e Quiete ed in questo modo danneggiava anche i trafficanti di droga».

«Già» disse la Collina «Marika è stata chiara. La droga lì c'era anche prima di Passalacqua».

«E quindi non era di sicuro Passalacqua il trafficante. Dovremmo interrogare nuovamente quel Corato».

«Ma se Passalacqua non c'entra con la droga, perché l'aveva addosso?» chiese giustamente la Collina.

«Potrebbero averlo ucciso i trafficanti perché aveva trovato la droga mentre lavorava e loro temevano che andasse a denunciarlo» rispose Sorrentino.

«O a rivendersela» aggiunse la Collina.

«Ma potrebbe anche trattarsi di un fatto occasionale. Potrebbe averla trovata ed averla addosso senza che nessuno se ne sia accorto» disse di nuovo Sorrentino «Oppure chi lo ha ucciso gliela ha gettata addosso per depistare le indagini quando ha capito che, con il mio arrivo, non avrebbe avuto il tempo di seppellirlo. Magari è una persona che, pur non essendo lui il trafficante, sa comunque della presenza della droga al cimitero».

«Di certo è un bel rompicapo...» concluse la Collina.

Quando finirono di parlare e uscirono dalla macchina per andare anche loro a dormire qualche ora, Sorrentino la guardò dalla testa ai piedi e disse: «Collina, fatti un fidanzato. Sei sprecata ad uscire con un vecchio poliziotto ed una giovane pischella».

La mattina Sorrentino avrebbe voluto recuperare il sonno della notte, ma la Questura non fu dello stesso avviso. Lo chiamarono presto per dirgli che erano arrivati i risultati dell'autopsia. Confermavano che Passalacqua non faceva uso di droga. Inoltre erano arrivate anche le informazioni su Corato. Aveva precedenti specifici per detenzione e spaccio di sostanze stupefacenti. Su ordine del pubblico ministero stavano mandando una macchina ad arrestarlo.

XXII

Iniziai a pensare a come sottrarmi a quelle minacce e a quegli agguati.

Dovevo salvare la mia vita, ma dovevo anche, facendomi da parte, cercare di ripristinare, per quanto possibile a Vicopago, un po' di serenità.

Ma anche la tua e la mia serenità.

Del resto l'appartenenza di tuo marito a quella gente, unita alle pressioni che ormai parlavano un linguaggio definitivo sulle mie scelte al Comune, non mi lasciavano altre soluzioni.

Dovevo sparire.

Almeno per un po'.

Ma avevo bisogno di aiuto e di un posto sicuro.

Pensai di avere ancora degli amici su cui contare, degli amici che non mi avrebbero fatto mancare il loro indispensabile supporto.

Tu in quel momento non potevi darmi altro che il ricordo dei momenti felici passati insieme, ma non potevo averti vicino, non potevo neppure avere da te parole di sostegno e di coraggio.

Tu non c'eri ed io non sapevo dov'eri.

Immaginavo che fossi ancora a casa tua, prigioniera della gelosia e della violenza.

Per questo pensai che mandarti questa corrispondenza avrebbe alleviato le tue pene, come le mie.

Chiamai di nuovo Jupitte e, attraverso lui, potei parlarti con questi messaggi.

Mi recai dove gli amici veri mi avrebbero aiutato a sfuggire gli ordini del candelabro, a sfuggire la morte.

XXIII

Per un po' Sorrentino e Luciana Collina si divisero i compiti. Lei sarebbe tornata all'Aquila per assistere agli interrogatori di Corato. Lui sarebbe rimasto a Vicopago per proseguire le indagini. Una cosa era certa. Ad uccidere Passalacqua non poteva essere stato Nadir Badi detto Corato. Aveva un alibi inattaccabile in quella colica renale che lo aveva costretto ad un breve ricovero in ospedale. Semmai doveva rispondere al magistrato ed agli inquirenti dello spaccio di droga davanti al cimitero durante il periodo in cui lui era addetto alla manutenzione ed alla pulizia. Doveva dire da dove proveniva quella droga trovata dentro le tombe subito dopo la scadenza del contratto della Pace e Quiete e perché era rimasta lì. Insomma, uno come lui con quei precedenti difficilmente poteva dire che non c'entrava niente con la droga.

Sorrentino invece doveva ancora sentire altri cittadini di Vicopago che potevano dire cose importanti per le indagini, come la segretaria comunale e il superiore della Confraternita e titolare della ditta Rossi Legnami, Luigino Rossi.

Dopo essersi recato più volte al Comune ed aver costatato che le ferie della segretaria comunale ancora non erano terminate, decise di telefonarle. Avuto il numero dalla signora Fiorella, chiamò la dottoressa Giovanna Colombo per chiederle se fosse a Vicopago e se potesse passare a parlarle. La dottoressa acconsentì e lui mezz'ora dopo era già a casa sua.

Giunto al cancello d'ingresso suonò e attese almeno cinque minuti prima che qualcuno rispondesse. Poi il cancello si aprì in automatico e Sorrentino poté entrare all'interno. Un enorme parco circondava una grande villa a tre piani. Piante d'ulivo e alberi da frutta erano sparsi ovunque in quel vasto terreno. Pulizia in ogni spazio e cura delle siepi denotavano il costante impegno dei proprietari a tenere quel posto in ordine ed accogliente.

Al portone d'ingresso della villa un'anziana signora l'aspettava: «Giovanna si sta preparando. Ora scende» disse, e l'introdusse in un salottino al primo piano di quell' enorme villa, che già dall'ingresso appariva sobria ed austera. Quadri alle pareti di persone d'altri tempi, mobili antichi e vecchi tappeti davano l'idea di vivere in un ambiente in cui il pendolo dell'orologio si era fermato da tempo.

«Salve dottore. Noi ci conosciamo di vista, ma non ci siamo mai presentati. Sono Pietro Moro, il marito di Giovanna» disse quell'uomo grande e grosso che entrò nel salottino.

«Buongiorno» salutò tardava ad arrivare.

«Mi ricordo di esserci Sorrentino, volgendo lo sguardo verso la porta dove sperava di vedere finalmente apparire la segretaria comunale che ancora visti l'altra sera all'osteria. Lei era con amici e con il parroco» disse Sorrentino.

«E' importante passare le serate in buona compagnia» disse Pietro Moro.

«Certo» affermò Sorrentino «Quando la compagnia è buona …».

Nel frattempo apparve sulla porta una donna esile dai lunghi capelli neri che cadevano liberi sopra una camicetta bianca, indossata con pantaloni grigi. Il viso bellissimo e ben truccato non riusciva a nascondere un grande pallore.

«Buongiorno commissario. Sono Giovanna Colombo».

«Buongiorno dottoressa» rispose Sorrentino a quell'esile creatura che subito, con il suo intuito di poliziotto, considerò infelice, triste e spaventata.

«Questi giorni qui a Vicopago non si vive bene» disse il sostituto commissario «anzi, per alcuni, non si vive più».

«Ho saputo» disse lei, senza lasciare trasparire alcuna emozione.

«Due dipendenti del comune, due suoi colleghi, sono stati uccisi. Lei sa dirmi qualcosa? Che ne pensa?».

«Non penso nulla. Mi dispiace tanto».

«Ma che cosa legava l'operaio Passalacqua al ragioniere Peretti tanto da essere uccisi entrambi a distanza di pochi giorni?» chiese Sorrentino

«Niente di particolare, che io ne sappia» rispose.

«E del sindaco? Lei sa che da giorni non se ne hanno più notizie?».

Per un attimo a Sorrentino parve che quel viso bianco fosse stato colorato da un leggero rossore, che subito svanì.

«Sì. Ho saputo, ma non so altro. Spero che non gli sia successo qualcosa di grave».

«Al Comune avevate problemi particolari, tali da indurre il sindaco a fuggire?».

Intervenne Pietro Moro: «Ogni comune ha problemi Commissario. Mia moglie è qui da poco tempo. Non conosce tutte le dinamiche di Vicopago».

«Ma conosce senz'altro questa specie di guerra aperta tra la Confraternita che predomina e l'Ordine che subisce» disse perentorio Sorrentino.

«Di queste cose non mi interesso» sostenne la segretaria comunale «Io mi occupo delle attività del comune».

«Allora mi saprà dire perché il sindaco non voleva la centrale idroelettrica e perché non si voleva riassegnare la manutenzione del cimitero alla ditta Pace e Quiete… Lo sapevate che lì si spacciava la droga? Perché non si è dato corso al bando per la vendita dei boschi? Perché il sindaco non aveva ancora firmato l'ordine di sgombero del quartiere degradato nonostante l'atto fosse pronto da tempo?».

La segretaria lo guardò smarrita, poi disse: «Le competenze del segretario sono quelle di curare lo svolgimento delle giunte e dei consigli. E di essere il consulente giuridico del sindaco. E' il sindaco che decide. Lui sa quello che fa».

«La ringrazio per la disponibilità» disse Sorrentino e salutò riprendendo l'uscita verso quel parco bello e ben tenuto.

Dopo essere stato a trovare la segretaria comunale, Sorrentino tornò al Comune e di nuovo interrogò assessori, consiglieri e dipendenti per cercare di capire quali motivi, almeno tra quelli che erano stati evidenziati dalle carte del sindaco e del ragioniere, potevano aver portato a quegli omicidi.

Trascorse la sera in compagnia del ragazzo dell'osteria, a sentire ancora le gesta di *Jupitte*, che da un po' di tempo non si presentava più a cibarsi della solita minestra di legumi, ma nessuna parola il ragazzo pronunciò sulla Confraternita e sull'Ordine, sul sindaco scomparso, su Peretti e Passalacqua né sui cittadini di Vicopago.

Sembrava che le indagini del sostituto commissario fossero state ingabbiate dentro le sbarre dell'omertà e dell'insipienza di quel paese.

Così il giorno dopo Sorrentino decise di fermarsi a parlare con ogni persona che avesse incontrato.

Fermò una donna anziana che stava andando in chiesa: «Signora, scusi, lei lo conosceva Passalacqua?».

«*Chi? Chiglie de i chemune? S'è morte! Pace all'anema sé!*».

«Come era? Era una brava persona? Aveva nemici?».

«*I mò wuaglie*[13] *alla chiesa i preghe pé isse e pure pé chi glie uleua male!*».

Disarmato di fronte a tanta bontà espressa in modo così semplice, Sorrentino salutò e passò oltre.

Arrivò dalle parti del quartiere degradato, dove quella bella mamma spandeva ancora i panni al sole. La guardò da lontano e non si avvicinò. Poi tornò all'osteria e volle provare

---

[13] Io ora vado

la zuppa che di solito mangiava *Jupitte*. Restò sorpreso e incantato di fronte alla bontà di quel piatto. Tornò nella stanza in affitto e cercò di raccogliere le idee, ma non ci riuscì. Aveva bisogno di Giulia. Aveva trascorso una vita senza una donna ed ora sentiva di non poterne fare a meno. Aveva voglia di lei, di fare l'amore con lei, ma anche soltanto di starle vicino, così senza far niente, senza parlare. La chiamò. Lei gli parlò dei consueti problemi che ritrovava ogni anno ad ogni riapertura della scuola. Lui le parlò delle difficoltà di quelle indagini e di come fossero ancora lontani da capire chi fosse l'assassino. E poi c'era quella scomparsa del sindaco che rendeva ancora più inquietante una situazione di per sé già molto pesante e complessa.

Poi verso sera pensò di tornare per strada a parlare ancora con la gente. E intanto pensava che il giorno dopo sarebbe tornata la Collina ed insieme sarebbero andati alla chiesetta della Provvidenza Divina a parlare con Luigino Rossi, il superiore della Confraternita.

Era quasi giunto in prossimità dell'osteria quando, all'angolo di una di quelle stradine tra le vecchie case di paese, vide spuntare il riflesso di un oggetto metallico ad altezza d'uomo. L'atroce dolore alla spalla destra fu un tutt'uno con il rumore dello sparo. Cadde a terra per il dolore e per la spinta del colpo. Guardò istintivamente verso quel riflesso, ma non vide nulla. Neppure sentì qualcuno che si avvicinasse né a soccorrerlo né a finirlo. Con il braccio sinistro prese a fatica la pistola dal fodero alla cinta. Ma non servì. Poi prese il cellulare dalla tasca interna e chiamò la questura. «Sono Sorrentino» disse «Mi hanno sparato. Mandatemi l'ambulanza più vicina a Vicopago».

Poi svenne.

Dopo l'operazione e le cure in ospedale, Sorrentino trascorse un breve periodo di convalescenza all'Aquila da Giulia. Quelle case del Borgo Aterno che furono un tempo teatro di morte, di dolore e di giustizia oggi lo accoglievano e lo coccolavano tra le braccia di Giulia. Stare con la sua donna era in quel momento quanto più potesse volere e desiderare, ma il pensiero non riusciva a discostarsi da quel paese, Vicopago, dove era rimasto il sostituto commissario Luciana Collina a cercare di risolvere i misteri dei due omicidi e della scomparsa del Sindaco. Spesso telefonava alla collega che non riusciva a procedere oltre quanto avevano accertato e scoperto finché avevano indagato insieme. Del resto la gente del posto non collaborava più di tanto: bocche cucite e porte chiuse.

Sentiva dentro di sé come se ci fossero due Sorrentino completamente contrapposti: l'uno era pienamente felice e contento di stare insieme all'amore della sua vita, di poter passare con lei lunghi momenti di gioia e di intimità, di poter restare a riposare dolcemente cullato da quel far niente; l'altro era invece costantemente in ansia, attento a cercare di sapere come andavano le cose a Vicopago, smanioso e desideroso di tornare sulle tracce dell'assassino o degli assassini che finora erano riusciti a sfuggire a lui che non era abituato a lasciare le cose in sospeso.

E in questa ambivalenza aveva come riferimento due donne che fortemente stimava, la sua Giulia al Borgo Aterno e la collega Luciana Collina a Vicopago.

Tuttavia Giulia non era solo, in quel momento, la donna con cui condividere la piacevole convivenza ed i momenti d'amore. Era anche colei con la quale si lasciava andare alle considerazioni ed ai ragionamenti sul caso di Vicopago.

«Due fazioni in lotta. Una, benché minoritaria, predomina con la prepotenza e la violenza. Ci scappano due morti ed il sindaco sparisce. Perché?» ragionava ad alta voce Sorrentino e Giulia lo stava ad ascoltare.

«Lo so che non ti senti un eroe, ma dimentichi che c'è stato anche un ferito in un agguato» disse Giulia.

«Già. Lo dimenticavo. C'è anche il mio ferimento».

«Subito dopo che sei stato a casa della segretaria comunale….».

«Lei poverina mi è sembrata piuttosto sola e spaventata» disse Sorrentino «Invece il marito, quel grosso figlio di…».

«Lui è un componente della Confraternita. Potrebbe non aver apprezzato quando ho detto che la Confraternita predomina e l'Ordine subisce. Potrebbe essere stato lui ad avermi fatto pagare che sappiamo della Confraternita e delle sue losche attività» proseguì Sorrentino.

«Oppure magari lui non c'entra niente e potrebbe averne soltanto parlato la sera alla Confraternita. Qualcuno che sente il tuo fiato sul suo collo potrebbe aver deciso di eliminarti» disse Giulia.

«Una cosa ho capito» disse Sorrentino «Il sindaco è vivo. Io credo che sia in contatto con lei. L'ho visto nel rossore del viso della segretaria quando ho parlato di lui. L'ho capito quando ha detto che lui, cioè il sindaco, sa quello che fa. Probabilmente ha pensato di lanciarmi un segnale, un messaggio che non doveva essere recepito da altri».

«Da chi?».

«Non so. Probabilmente dal marito, che era lì presente».

«Tu pensi che quell'uomo sia geloso?».

«E' probabile. E secondo me è uno che in queste storie di Vicopago ci sta dentro. Sicuramente dentro le storie della Confraternita».

«Ma anche gli altri della Confraternita, come tu mi hai detto, potrebbero entrarci in quelle storie».

«Certamente» disse Sorrentino «Soprattutto il titolare della ditta Pace e Quiete. Considera. Non abbiamo prove che sia stato lui ad uccidere Peretti e Passalacqua, ma le cose potrebbero essere andate così. Lui potrebbe essere il capo dell'organizzazione di trafficanti, che si serve di Corato. Del resto lo sanno tutti che al cimitero si spaccia e la droga potrebbe essere stata portata dentro le tombe quando la ditta Pace e Quiete gestiva la manutenzione. Scade il contratto e lui chiede il rinnovo. Il sindaco ed il ragionier Peretti non vogliono affidare il servizio direttamente alla Pace e Quiete, ma vogliono fare una gara che non tenga conto solo dell'offerta più bassa ma anche della qualità del servizio offerto. Da qui il timore di Trapasso. Così è chiamato Carlo Pesce il titolare della ditta dei servizi cimiteriali. Da qui il suo timore di non poter competere con una nutrita concorrenza e quindi di perdere il servizio. Ovviamente perdere il servizio significherebbe perdere la fonte di guadagno attraverso il traffico al cimitero. Del resto il comune ha nel frattempo affidato la manutenzione all'operaio interno Passalacqua. Il suo lavoro rappresenta un elemento in più che mette a rischio il rinnovo del contratto: per questo va eliminato. Ma potrebbe essere stato eliminato anche perché si è accorto che nelle tombe veniva custodita la droga dalla Pace e Quiete».

«Ma perché allora Carlo Pesce o Corato non sono andati, magari di notte, a togliere la droga dal cimitero? Che bisogno c'era di ammazzare quella gente?».

«Avevano sparso i sacchetti un po' ovunque dentro le tombe. Sarebbe stato difficile per loro recuperarli tutti senza essere scoperti, dopo che Passalacqua aveva ripreso le chiavi d'accesso. E poi per loro perdere quel sito sarebbe stato un grave danno. Ormai tutti sapevano dello spaccio davanti a quel cimitero e venivano da ogni dove. Cambiare sito avrebbe significato dover ricominciare daccapo».

«Quindi sei convinto che sia Carlo Pesce l'assassino?» – disse Giulia.

«Questa è un'ipotesi» rispose Sorrentino «Anche altri membri della Confraternita avrebbero avuto buoni motivi».

«Chi, ad esempio?».

«Il superiore, Luigino Rossi. E' l'unico titolare di una ditta boschiva del paese. Lo stop dato da Peretti a quel progetto milionario potrebbe averlo indotto a diventare un assassino».

«Di Peretti» disse Giulia «Ma Passalacqua?»

«Passalacqua secondo me ha visto in faccia l'assassino di Peretti. A me non ha detto la verità. La paura di denunciare qualcuno della Confraternita ha di sicuro prevalso in lui».

«E anche il sindaco potrebbe aver subito le pressioni di Rossi e della Confraternita ed essere stato costretto a fuggire» disse Giulia.

«Devo tornare al più presto a Vicopago» disse il Sorrentino ansioso «Devo andare a parlare a Luigino Rossi».

«E il progetto della centrale che mi dicevi?» disse Giulia.

«Ecco. Anche qui vale quanto ti ho detto a proposito di Rossi. Un grosso affare che svanisce perché il sindaco e il ragioniere erano contrari è un buon movente per giustificare due omicidi e una scomparsa».

«E quindi il sindaco sarebbe scomparso per ragioni diverse dalla fuga per paura...» disse Giulia.

«Già!» disse Sorrentino «Potrei aver interpretato male quel rossore sulle guance di Giovanna Colombo».

«Oppure stiamo sbagliando tutto e la Confraternita non c'entra niente» disse Sorrentino «Può darsi che ad ammazzare Peretti, Passalacqua ed a far sparire il Sindaco siano stati gli occupanti abusivi dei ruderi del quartiere degradato che non vogliono andar via».

Questi discorsi erano diventati molto ricorrenti tra Giulia e Sorrentino durante il periodo della breve convalescenza, al punto che Giulia cominciava a dare segni di insofferenza.

Un giorno gli disse: «Penso che tu non sappia stare troppo lontano dal tuo lavoro».

E lui, cogliendo l'occasione: «Ho chiamato il vice questore Camilli. Domani torno a Vicopago».

Intanto decisero che quell'ultima sera di convalescenza l'avrebbero trascorsa cuocendo e mangiando in giardino carne arrosto. Quando Sorrentino le chiese di portare fuori le birre, Giulia ricordò la serata trascorsa con Felice Vendipietra, il coltivatore di zafferano che aveva il proprio podere proprio lì al Borgo Aterno. Le sembrò in quel momento che fosse giusto confessare al suo uomo quel piccolo quasi tradimento commesso prima ancora che Sorrentino si dichiarasse a lei.

«Sai» gli disse «Io e te ancora non stavamo insieme. Una sera mentre rientravo a casa ed era tutto buio sentii degli strani rumori venire dal fiume. Mi spaventai. Poi vidi Felice Vendipietra che si avvicinava e mi rincuorai. Mi portò degli ortaggi. Allora lo invitai a bere qualche birra in giardino e stemmo molto tempo a parlare qui fuori. Mi sembrò che volesse corteggiarmi, ma non fece nessun passo ed altrettanto io. Però mi parlò a lungo di quel suo isolarsi, durante l'intera estate, sulle montagne dove il contatto diretto con la natura lo vivifica e lo fa star bene. Mi parlò del contatto con gli animali del bosco e con quell'ambiente sano e pulito. Credo che sia ancora là. Da come mi descrisse la zona credo che sia proprio vicino a Vicopago».

Sorrentino alzò le antenne. Ignorò completamente la parte del discorso della sua donna che accennava a possibili mancati fidanzamenti poco prima della loro storia e il suo pensiero si gettò a testa bassa sulla zona del rifugio di Felice Vendipetra: «Ne sei sicura?».

«Certo che ne sono sicura. Altrimenti perché dirtelo?»

«Sai questo che cosa vuol dire?» disse Sorrentino.

«Che Vendipietra è nel rifugio di montagna».

«No. Che il sindaco potrebbe essersi rifugiato da Vendipietra in montagna».

«Abbiamo trovato la macchina del sindaco qui vicino alla casa di Vendipietra. Sai questo che cosa potrebbe significare? Che il sindaco e Vendipietra si conoscono, che il sindaco potrebbe aver chiesto a Vendipietra di nascondere la macchina qui vicino al Borgo Aterno e che potrebbe essersi fatto accompagnare da lui fino al suo rifugio in montagna, dove il sindaco potrebbe stare ancora» disse Sorrentino.

E proseguì: «Domani devo tornare lì. Prima dovrò andare con la Collina alla chiesetta della Provvidenza Divina a parlare con Luigino Rossi e poi salirò in montagna alla ricerca del sindaco».

Quindi fatto l'arrosto, cenarono, pregustando la futura vita a due. Poi, rientrati in casa, fecero l'amore lentamente, quasi a non voler permettere all'orgasmo di disturbare il loro piacere.

XXIV

Conobbi Felice Vendipietra un giorno che giravo a piedi, da solo, per i sentieri della grande montagna. Ero stato eletto da poco e i problemi che trovai in quel comune già mi sembravano insuperabili. Avevo bisogno di stare da solo e raccogliere le idee. Così decisi di salire sulla vetta del monte lungo il suo aspro e tortuoso cammino. In un angolo di bosco, dentro una radura cinta da alberi enormi, vidi una tenda ed intorno ad essa tracce di fresco campeggio. Ma non c'era nessuno. Proseguii oltre verso la meta. D'un tratto, il rumore del calpestio del sottobosco iniziò a viaggiare di fianco al mio percorso. Chiamai e mi sentii rispondere. Uscì fuori un uomo dal fisico integro ed allenato, sulla cinquantina, che stava raccogliendo legna secca.

Gli chiesi chi fosse e mi parlò della sua attività al Borgo dell'Aterno vicino L'Aquila, di come produceva l'oro rosso, lo zafferano, della perdita di tranquillità da quando era stato realizzato quell'insediamento urbano, di come lì era stato commesso un delitto e di come lui stesso aveva compiuto un atto di giustizia, mi parlò di questo suo rifugio lontano dagli uomini ed a contatto diretto con la natura, di come viveva per tutta l'estate immerso nel profumo della montagna, in compagnia del canto degli uccelli, delle voci degli altri animali selvatici e del silenzio delle piante.

Mi parlò di come ci si sente nei suoni che solo la natura ti può dare e di come, col tempo, riesci a sentirti parte integrante di essa.

Mi fece restare a mangiare con lui carne arrosto e verdura che lui conservava in buche scavate nella terra e riempite di ghiaccio.

Ovviamente ogni tanto tornava all'Aquila, con la sua jeep, solo quel tempo necessario per rifornirsi di vivevi ed abiti puliti.

Io gli parlai della mia recente elezione e gli dissi che già mi ero reso conto delle difficoltà di gestire quel comune, per le questioni irrisolte che si protraevano da decenni, ma soprattutto per la difficile situazione dovuta all'aspra contrapposizione dei due gruppi religiosi: l'Ordine e la Confraternita.

Diventammo amici.

Da quel giorno a volte lui veniva a trovarmi al Comune per salutarmi e chiedermi come andasse, altre volte ero io a salire a trovarlo sulla montagna, quando veniva ad accamparsi d'estate.

Ora avevo bisogno di lui.

Avevo bisogno di sparire per un po'. Salii di nuovo da lui. Gli raccontai di come quei problemi si fossero aggravati. Gli dissi della mia situazione sentimentale e che ormai ero nel mirino della Confraternita, non solo per la gelosia di tuo marito, ma soprattutto perché non avevo voluto sottostare alle pressioni di gente affarista e violenta.

Così decidemmo che avrei portato la mia macchina in un capannone nascosto e abbandonato vicino alle sue terre al Borgo Aterno.

Da qui mi avrebbe riportato con lui fino alla tenda in montagna.

E così facemmo.

Dal rifugio di Felice Vendipietra parte uno stretto sentiero, percorribile solo a piedi, che scende fino all'Eremo. Lì mi aspettava padre Salvatore. Lì ho trovato il mio nascondiglio.,

XXV

La chiesetta della Provvidenza Divina era in aperta campagna, appena fuori Vicopago. Circondata dal verde ed in posizione solitaria, appariva al di fuori come una di quelle tante chiese chiuse ed abbandonate, bisognose di lavori di ristrutturazione e di restauro.

Davanti al portale d'ingresso, sulle tre scalette che costituivano il sagrato, c'era Luigino Rossi, Superiore della Confraternita ad attendere Sorrentino e la Collina, che finalmente erano riusciti, dopo la conclusione dei lavori interni di restauro, a concordare un appuntamento.

«Questa chiesa è bella dentro. Come tanti di noi. Entrate» disse Luigino Rossi

In effetti l'interno della chiesetta della Provvidenza Divina non deluse i visitatori. Era bella come era stata loro descritta. Le pareti e la volta completamente affrescate, rappresentavano momenti di vita evangelica. Ai due lati dell'altare le statue del Sacro Cuore di Gesù e di San Gaetano da Thiene. Al centro in fondo, dietro l'altare, c'era l'affresco maggiore.

Mentre Luigino Rossi lo indicava, disse: «Due passeri non si vendono forse per un soldo? Eppure neanche uno cadrà a terra senza che il Padre vostro lo voglia. Quanto a voi, perfino i capelli del vostro capo sono tutti contati. Non abbiate dunque timore: voi valete più di molti passeri. Ecco questo è l'affresco che dà il nome alla chiesa e quello in basso è il passo del Vangelo che vi è rappresentato».

La scena dell'affresco, che recava in basso a destra la scritta M 10:29-31, raffigurava l'interno di una stanza con una finestra aperta sul cui davanzale alcuni passeri beccavano briciole di pane. Al centro della stanza un tavolo rustico con una bottiglia di vino, due bicchieri semipieni e due pezzi di pane spezzato. Ai lati del tavolo, sedute, una figura di uomo ed una di donna, di spalle, guardavano verso la finestra aperta. Ancora sul tavolo, di lato, un candelabro. Lo stesso identico candelabro delle foto trovate a casa del sindaco e sulla scrivania del ragioniere.

Per un solo attimo e senza farsi notare da Luigino, Sorrentino e la Collina con un cenno degli occhi si manifestarono il loro reciproco stupore, ma non dissero nulla.

«Veramente bella» disse la Collina «E' valsa la pena di venire a vederla».

«Quando vi si celebra messa?» disse Sorrentino.

«Il 7 agosto. In occasione della ricorrenza di San Gaetano, il Santo della Provvidenza» disse Luigino.

Mentre uscivano dalla chiesa, Sorrentino disse: «Signor Luigino, lei è anche l'unico imprenditore boschivo qui a Vicopago. Io credo che i paesaggi vadano tutelati. Ogni paesaggio è una foto scattata direttamente all'interno della nostra anima. Ma se guardo tutt'intorno queste montagne e questi boschi vedo un patrimonio enorme lasciato lì dov'è, che potrebbe portare ricchezza e benessere ad un paese povero come Vicopago. Perché il comune non manda avanti la gara per la vendita dei boschi?».

Luigino lo guardava perplesso. Dapprima non capiva dove Sorrentino volesse arrivare. Poi rispose: «Il termine che lei utilizza non è appropriato. I boschi non si vendono. Al più si autorizza il taglio per la vendita del legname».

«Ha ragione. E le ripeto, sa chi si opponeva al taglio?».

Luigino Rossi non rispose, pensoso, guardando negli occhi Sorrentino, che chiese ancora:

«Lei sapeva del parere negativo messo dal ragioniere sulla proposta di deliberazione che intendeva dare il via allagare per il taglio dei boschi?».

«Sì. Lo sapevo».

«E conosceva anche i motivi di questa contrarietà?».

«Lui riteneva che il termine di venti anni per il taglio fosse troppo lungo. Al massimo avrebbe acconsentito ad un contratto di cinque anni».

«E questo non va bene?».

«Un'impresa che deve impiantare un'organizzazione di mezzi e di persone, realizzare strade, creare impianti, in appena cinque anni non riesce neppure ad ammortizzare i costi. E poi voleva che i siti dove tagliare fossero indicati dal comune anno per anno. Comunque non è detto che quella gara l'avrei vinta io».

«Mi dica» chiese infine Sorrentino «E' meglio fare l'imprenditore boschivo o il superiore della Confraternita?».

Luigino rispose: «Se va bene, il lavoro ti riempie le tasche, mentre stare nella Confraternita ti riempie l'anima».

«… e secondo me anche le tasche» disse Luciana Collina appena risalita in macchina insieme a Sorrentino. «Quell'uomo non mi piace. Troppo sicuro di sé. Ha l'atteggiamento del boss. Ed ora sappiamo finalmente da dove viene il candelabro».

XXVI

Mi sento bene questi giorni in montagna. Sento il respiro farsi più profondo e disteso. Il cuore battere con ritmo calmo. Le gambe mi spingono ad andare per questi sentieri e nei boschi odorosi di legna umida e di selvatico.

Trascorro i miei giorni nell'eremo, dove padre Salvatore mi ospita in una piccola celletta nella parte più interna del grande convento, difficile da trovarsi nel lungo labirinto dei suoi corridoi.

Scrivo. Qui non prendono i cellulari e non arriva la nuova vita tecnologica ed informatica che ormai siamo abituati ad avere tutti i giorni e senza la quale ci sembra di non riuscire a far nulla. Per questo ti ho fatto pervenire queste lettere attraverso quel caro ed impagabile amico che è Jupitte.

Leggo. Nella grande biblioteca del convento, che una volta vedevo solo come la statica conservazione della storia, ho trovato libri straordinariamente belli ed interessanti. Mi sono soffermato soprattutto sui testi di religione, non solo la nostra, ma anche le altre, soprattutto quelle orientali. Mi ha colpito il fatto che ci sono tanti episodi comuni nella storia di ogni fede religiosa, come ad esempio il diluvio universale.

Cammino. Ogni tanto esco e mi immergo nel silenzio di questa montagna percorrendo gli stretti sentieri che mi riportano più su fino alla strada sterrata ed al rifugio di Felice Ventipietra e con lui trascorro molte ore a parlare. E' un buon conversatore ed è dotato di una buona cultura.

Lì vicino pascola il suo gregge Jupitte, che a volte si unisce ad ascoltarci o a preparare il fuoco per cucinare. Sulla montagna si sente come a casa, anzi la montagna è la sua casa. Dovresti vederlo come comanda i cani con un solo cenno del viso e questi indirizzano il gregge dove lui vuole.

Il suo rapporto con gli animali è straordinario e sembra veramente che questi capiscano il suo linguaggio fatto di suoni e di gesti.

Anche l'altro giorno ero risalito a trovare Felice. Era agitato, ma non spaventato, anzi sorrideva. Gliene ho chiesto il motivo e mi ha detto con un filo di voce: «Ssssss.... vieni con me. Ti faccio vedere che sta facendo Jupitte!». Mi ha portato, attraverso il bosco, fino ad alcune rocce, sotto le quali si sentiva un grande trambusto. Senza farci scorgere ci siamo affacciati sopra uno spazio aperto davanti ad una grotta. In questo spazio c'era Jupitte in compagnia di due orsi. Non erano molto grandi e si rincorrevano come se giocassero. Lui li guardava da vicino, senza alcun timore.

Molte volte invece mi fermo a parlare con padre Salvatore. Quando vede qualcuno salire fino all'eremo, mi avverte ed io vado a chiudermi nella mia celletta. I primi giorni che ero qui saliva sempre il ragioniere, ma poi non si è più visto. Solo qualche giorno fa Felice, tornando all'Aquila per i rifornimenti, ha saputo e mi ha informato.

Sono distrutto per quella morte che avrebbe potuto essere anche la mia morte.

Con padre Salvatore abbiamo pregato. Per lui, ma anche per il nostro paese, per tutto quanto sta succedendo e per la sua salvezza. Abbiamo chiesto a Dio che questo nostro paese si salvi. Abbiamo chiesto a Dio che tutto torni ad essere come prima, che finiscano le contrapposizioni dannose e che la gente torni a vivere in pace.

Ho parlato con padre Salvatore del mio peccato. Quell'unico peccato fatto per amare. Gli ho detto che avrei fatto di tutto per espiare, perfino amare i miei nemici. Ma come si possono amare i nemici? Come si fa?

Nel Vangelo c'è il precetto, ma non c'è la risposta. «Amerai il Signore Dio tuo con tutto il tuo corpo, con tutta la tua anima, con tutta la tua mente. Amerai il prossimo tuo come te stesso». Ecco la grande forza del Cristianesimo: l'amore.

L'amore assoluto, grande, incondizionato. «Ama e fa ciò che vuoi» dice Sant'Agostino. L'amore sopra ogni cosa. Ma riuscire ad amare chi ti ha tradito, offeso, emarginato, ucciso, come si fa? Gesù Cristo, sulla croce, chiese al Padre di perdonare coloro che non sapevano ciò che facevano. Ma Lui era il Figlio di Dio, e poteva chiedere al Padre....

La risposta di padre Salvatore è stata semplice: «Quando pensi a chi ti ha fatto del male, pensa da dove viene quel male. Non viene da Dio ma dal Demonio. Quindi anche chi lo fa è vittima esso stesso dell'autore del Male. E quindi anch'esso va difeso ed amato».

Ora so di poter amare.

XXVII

In attesa che scendesse Marika, Sorrentino e la Collina parlavano ancora della visita alla chiesetta della Provvidenza Divina e soprattutto del candelabro: era quello delle foto.

«E' la prova evidente che le minacce e quindi gli omicidi vengono dalla Confraternita» disse la Collina.

«Le chiavi della chiesetta le ha il superiore, ma la foto potrebbe essere stata scattata in occasione di qualche celebrazione».

«Difficile» disse Sorrentino «In presenza di molta gente si nota chi si mette a scattare delle foto. Invece penso che l'autore potrebbe aver scattato quella foto durante la pulizia e la manutenzione della chiesetta, quando si è trovato forse da solo davanti all'affresco».

«E quindi solo i membri più autorevoli della Confraternita potevano accedere alla chiesetta da soli» disse Luciana Collina «Ad ogni modo, chi ha mandato quella foto ha voluto portare al sindaco ed al ragioniere il chiaro messaggio dei membri della Confraternita: *Questa cosa si deve fare*».

«... ma bisogna accertare se la minaccia proveniva da tutti, da alcuni o da uno solo di essi» aggiunse Sorrentino.

«Se almeno fossimo riusciti a sapere con chi altro della Confraternita, oltre a Trapasso, avesse rapporti Corato»

«Lui non parla. Ma neppure è stato possibile sapere qualcosa dalla gente. Bocche cucite e silenzio di tomba, è proprio il caso di dirlo».

«Comunque bisogna torchiare Trapasso» concluse Sorrentino «Non ha un alibi ed era il datore di lavoro dello spacciatore».

Quel giorno Marika aveva il pomeriggio libero e scese per andare a pranzo con i due poliziotti fuori di Vicopago.

Si fermarono ad una trattoria non lontana dal paese e mangiarono un tris di fettuccine, gnocchi e ravioli al tartufo.

In quel diverso ambiente, per un po' Sorrentino e la Collina avevano smesso di pensare alle indagini ed alle tragiche vicende di Vicopago. Si divertivano a mettere Marika in difficoltà sulle questioni sentimentali, a farle raccontare le sue storie, a godere della freschezza della sua giovane età. Lei, con grande innocenza, parlava del suo ex fidanzato, che il giorno precedente per il suo compleanno le aveva mandato venti rose rosse, come un attempato signore di mezz'età, e questa cosa l'aveva emozionata tanto che la sera avevano fatto nuovamente l'amore.

«Poco fa è venuto ad aspettarmi in farmacia e siamo andati a prendere un aperitivo al bar. Veniva da una riunione della Confraternita dove, ha detto, qualcuno sa dove sta il sindaco».

Sorrentino e la Collina si guardarono allarmati. Se la Confraternita sapeva dov'era il sindaco, questi era in pericolo. E non c'era tempo da perdere. Dovevano immediatamente andare a cercarlo, iniziando dal rifugio di montagna di Felice Vendipietra.

Lasciarono Marika a Vicopago e presero la strada sterrata che li avrebbe portati su.

XXVIII

Sta salendo qualcuno lungo il sentiero che conduce qui all'eramo. C'è pieno sole e non si spiega quell'enorme cappuccio.

Padre Salvatore mi ha detto di chiudermi dentro e che avrebbe pensato lui a ricevere quell'uomo o donna che sia.

E' già trascorso molto tempo e padre Salvatore non torna. Sono preoccupato.

Non so se questa lettera ti arriverà mai, se potrò consegnarla a Jupitte, il nostro Ermes, perché giunga fino a te.

Avrei voluto sentire ancora la tua voce, anche solo le tue parole su un biglietto strappato. Ma ti ho chiesto io di non rispondere per non metterti in pericolo. Jupitte mi fa cenno ogni volta di come stai. E questo mi basta.

Non so se il Signore mi assolverà mai da questo mio peccato fatto per amore.

Ma so di non aver desiderato ed avuto la donna d'altri, perché tu non appartenevi a Pietro Moro, ma alla sua mente perversa ed alla sua violenza.

In ogni cosa che ho fatto nella vita, ho sempre avuto fermo il senso della giustizia.

Ma sento ormai il mio carnefice dietro la porta e sento nel mio cuore ciò che hanno provato tutti coloro che sono morti per aver anteposto la giustizia alla loro esistenza, tutti quegli uomini che non si sono piegati alla sopraffazione del male.

XXIX

Sorrentino e la Collina con la macchina di servizio riuscirono a salire in montagna solo grazie alle quattro ruote motrici. Se Felice Vendipietra aveva installato la propria tenda e vi aveva portato l'occorrente per lunghi periodi di campeggio, la tenda non poteva essere lontana dalla strada. Salirono molto e d'un tratto videro una rudimentale segnaletica che indicava "Eremo" attraverso uno stretto sentiero. Si fermarono e videro che era percorribile solo a piedi. Anche lì poteva essere andato il sindaco a rifugiarsi. Ma dovevano prima accertarsi che non stesse con Vendipietra. La sua tenda non poteva essere lontana. Infatti riuscirono appena a vederla dentro una radura circondata da alberi.

Poco distanti dalla tenda due uomini erano intenti a spellare e sviscerare un agnello appena ucciso.

Appena vide Sorrentino, che ben conosceva per le indagini che questo aveva condotto al Borgo Aterno, Felice Vendipietra si fece incontro e disse ironico: «Commissario, è venuto a cercare fin quassù gli assassini di Vicopago?».

«Cerchiamo il sindaco» disse Sorrentino «Pensavamo che si fosse rifugiato qui da lei».

«L'ha visto?» chiese la Collina.

«Perché è lui l'assassino?» disse ancora Vendipietra.

«Mi dica solo se l'ha visto» insistette la Collina.

«No. Qui non si è visto» rispose Vendipietra, cercando di essere convincente, ma riuscendoci poco agli occhi dei due esperti poliziotti.

«Signor Vendipietra» disse Sorrentino «Il sindaco è veramente in pericolo. A quest'ora potrebbe essere già morto. Mi dica se lo ha visto da queste parti».

Vendipietra cambiò espressione. Divenne serio di colpo e disse: «Sì. E' stato qui. Ora sta all'eremo».

«Per andarci c'è solo quel sentiero che abbiamo incrociato poco più giù?» disse la Collina.

«Si. Solo quello. Da qui si scende. Invece da Vicopago si sale direttamente attraverso un tratto di strada asfaltata e poi c'è una lunga ripida salita a piedi fino all'eremo».

«Andiamo. Ci accompagni. Non possiamo perdere tempo».

Quindi scesero lungo quello stretto, tortuoso e lungo sentiero finché non furono in prossimità dell'eremo.

Era questa una grande e vecchia struttura interamente in pietra costituita da una piccola chiesetta appoggiata ad un enorme caseggiato, che doveva essere il convento.

Davanti a questo, padre Salvatore a terra gemeva e si toccava la testa. Aveva ricevuto un forte colpo. Forse con un grande sasso.

«Correte» disse con voce appena percettibile «Un uomo è entrato dentro. Il sindaco è in pericolo».

Vendipietra prese il frate e lo portò nella prima stanza aperta dentro quell'enorme caseggiato. Ed iniziò a prestargli le prime cure.

Sorrentino e la Collina si spinsero più all'interno a cercare dove fossero il sindaco e il suo aguzzino.

L'insieme di stanze e corridoi che si aprivano le une sugli altri rendeva difficile individuare dove fosse nascosto il sindaco.

Armi in pugno, i due poliziotti sentirono un rumore dentro una di queste stanze e Sorrentino gridò: «Polizia. Venite fuori».

Non si udì nessuna risposta. Continuarono a cercare dentro quel labirinto senza fine. Ma nulla. Non riuscirono a trovare nessuno.

D'un tratto sentirono provenire dall'esterno delle forti grida ed urla strazianti che lacerarono il silenzio di quel posto.

Sorrentino e la Collina corsero fuori.

Nel piazzale davanti all'eremo due orsi avevano appena aggredito e stavano dilaniando il corpo di un uomo, con la testa incappucciata, che era appena uscito dal convento.

A pochi metri, ad un angolo di quella tragica scena, *Jupitte* guardava e sorrideva.

Sorrentino sparò un colpo in aria e i due orsi fuggirono.

I sostituti commissari si diressero a soccorrere quel corpo con un'inutile corsa. Il sangue copioso proveniente dalle viscere squarciate e fuoriuscite dava chiaramente il segnale dell'avvenuto decesso.

Tolsero il cappuccio e sul volto di Paolo Di Clemente restava solo la fredda espressione della morte.

Cercarono nelle tasche di capire se fosse armato e trovarono un coltello a serramanico ed una cordicella d' acciaio.

Davanti alla porta del convento apparve il sindaco Fabrizio Merli, pallido e come un cencio di straccio.

Poco dopo un gran numero di funzionari, inquirenti, agenti e soccorritori erano lì per far scendere a piedi lungo quei ripidi sentieri il sindaco, il frate ferito e l'assassino ammazzato dagli orsi ed inviarli verso le loro destinazioni.

Le analisi della polizia scientifica confermarono che le tracce ematiche e cutanee trovate sul coltello e sulla cordicella d'acciaio di Paolo Di Clemente erano compatibili con il DNA di Eligio Peretti e Guglielmo Passalacqua.

Inoltre a casa di Di Clemente fu rinvenuta una pistola dello stesso calibro dell'arma usata nell'attentato a Sorrentino.

Paolo Di Clemente, titolare della ditta Lux, che voleva arricchirsi con la realizzazione della centrale idroelettrica a discapito dei cittadini di Vicopago e dell'ambiente, che aveva ucciso e stava per uccidere chi era contrario a quella speculazione e che aveva infine ucciso chi lo aveva riconosciuto come assassino, era riuscito a sfuggire alla giustizia umana di Sorrentino e della Collina, ma, nonostante le sue doti di velocità e di sveltezza che gli erano valse il nomignolo di Centometri, non era riuscito a sfuggire alla giustizia superiore della natura.

XXX

C'è aria di festa oggi nella piazza di Vicopago. Le luminarie ora finalmente sprizzano gioia sulle vie di un paese che fino a poco prima viveva nell'oscurità della sua anima nera. La banda suona marcette gioiose e tutta la gente è lì, nella piazza centrale, ad attendere il discorso del sindaco.
Poi lui, Fabrizio Merli, sindaco di Vicopago, sale sul palco e dice:
Cittadini di Vicopago, grazie per essere venuti ad ascoltarmi.
Ringraziamo la Divina Provvidenza se oggi siamo qui.
Qualcuno dice che bisogna invece ringraziare la natura, che ha fatto giustizia al posto dell'uomo.
Abbiamo vissuto questi anni nella contrapposizione e nell'inimicizia.
Abbiamo diviso le nostre famiglie, i nostri affetti, il nostro stesso paese.
Abbiamo pensato di vedere il male ovunque, generando sospetto e litigiosità.
Ma voi stessi avete visto con i vostri occhi dove porta l'azione del male, quali orrendi delitti può commettere.
E' finalmente giunto il momento di abbandonare le antiche contrapposizioni ed unire le nostre forze per sconfiggere il male e far rinascere questo paese.
Ma per poter sconfiggere la propensione al sospetto ed alla sterile divisione dobbiamo imparare a guardare gli altri con occhi diversi, dobbiamo imparare ad amare.
In questi giorni più di qualcuno avrà pensato che la mia fuga, il mio nascondermi nell'eremo fosse un gesto di vigliaccheria.
Può darsi che sia così.

Può darsi che la mia debolezza di uomo mi abbia portato a non saper sconfiggere la paura.

Ma se non avessi fatto così, se avessi affrontato il mio carnefice per sopraffarlo prima di essere sopraffatto, se avessi cercato con la violenza di anticipare il male, avrei accettato quel male dentro di me e non avrei potuto più amare.

C'è qualcuna che in tutto questo tempo, sebbene lontana, ha condiviso con me questa mia sofferenza e queste emozioni.

C'è qualcuna che cercava amore, ma ha subìto violenza e sopraffazione dentro i muri della sua stessa casa.

Non ci sentimmo colpevoli allora perché non rubavamo l'amore, ma chiedevamo il diritto di essere felici ed innamorati, diversamente da chi voleva imporre la propria volontà perversa con le botte e la violenza.

Non ci sentiamo colpevoli oggi che hai scelto di allontanarti per sempre dal tuo aguzzino.

Ti amo, Giovanna, e ti amerò per sempre.

E la gente di Vicopago applaudì.

Terza indagine

IL ROMANZO RISCRITTO

PREMESSA

I

Avevo appena silenziato molti gruppi di whatsapp.
Star lì a ricevere avvisi sonori ad ogni schiribizzo dei compartecipanti al social mi metteva ansia e nervosismo.
Per poi dover leggere la solita giornaliera razione di auguri, cuori, buongiorno, baci, diti alzati e link di post in internet o su facebook.
Solo a volte taluno si spinge a dilungarsi con qualche rigo in più per esternare le sue considerazioni sul gruppo, sulle bellezze del nostro paese o ancora su qualche momento personale di euforia o di depressione.
Quindi avevo deciso di leggermeli tutti la sera e trasformarli così da motivo di ansia in tranquillo relax sul divano sostitutivo delle chiacchiere televisive.
Una sera, tra messaggi di cuori, dita, faccette allegre e sorrisi, ce n'era uno che diceva: «*Ha sbagliato*».
La perplessità e lo stupore furono tutt'uno con l'inquietudine.
Anche perché quel messaggio proveniva da un numero strano che non avevo in rubrica, ma soprattutto non mi dava la possibilità di richiamarlo: 3281236XXX.
Quante combinazioni avrei dovuto tentare per indovinare quella esatta?
Volevo lasciar stare e rassegnarmi a restare con il forte dubbio di quel messaggio, sperando che si fosse trattato di un errore, ma volli provare a rispondere su whatsapp, con poca speranza, però, che le mie parole sarebbero arrivate a quel numero incompleto: «*Chi sei?*» scrissi.
Non ricevetti la risposta richiesta, ma un altro messaggio che mi mandò su tutte le furie: «*Le cose che ha scritto non sono esatte*».

Mi adirai soprattutto perché pensai che qualcuno, particolarmente esperto di comunicazione attraverso il web, avesse trovato il modo di contestare qualche mio post su whatsapp o su facebook, volendo restare anonimo.

«*Egregio signore*» scrissi «*non è mia abitudine corrispondere con gli sconosciuti. Per cui non darò seguito a questa non richiesta corrispondenza*».

Per tutta risposta mi pervenne quest'altro messaggio: «*3281236XXX ha creato il gruppo Il romanzo riscritto*».

Poi ancora un altro: «*3281236XXX ti ha aggiunto*».

Quindi non si trattava di un commento su qualcosa che avevo scritto sui social, ma una contestazione verso quanto avevo scritto in qualcuno dei miei due lavori *Il delitto del Borgo Aterno* e *Il Sindaco Scomparso*.

Ma come poteva essere? Quei romanzi non erano stati pubblicati e nessuno li aveva letti. Erano ancora dei semplici files all'interno di una penna USB che mi portavo dietro ovunque.

Perciò lo stupore si tramutò in curiosità.

E volli saperne di più: «*Ma chi sei?*».

Macché! Il mio interlocutore non era disposto a svelarsi. Però d'un tratto il numero di messaggi ricevuti su whatsapp crebbe ed ebbi modo di seguire la formazione di quel gruppo:

3281236XXX ha aggiunto 3287162XXX
3281236XXX ha aggiunto 3291874XXX
3281236XXX ha aggiunto 3499654XXX
3281236XXX ha aggiunto 3286432XXX
3281236XXX ha aggiunto 3471823XXX

Ma chi era tutta questa gente?

Che cosa c'entrava con i miei romanzi?

Chiusi il cellulare infastidito, cercando inutilmente il sonno tranquillizzante.

II

La mattina successiva accesi subito il cellulare spinto dalla curiosità di sapere se ci fossero stati altri messaggi in quel gruppo, nella speranza di conoscere a chi appartenessero quei numeri telefonici incompleti.

Ce n'era solo uno da 3281236XXX che diceva: «*E no, Signor Autore. Lei mi fa passare per uno che non sa fare il suo lavoro, che non sa assicurare gli assassini alla giustizia. Ma le cose non stanno come lei le ha descritte*».

La febbre dello stupore e della curiosità mi salì alle stelle. Dovevo sapere che cosa stesse succedendo.

«*Ma lei chi è? Me lo dica, per cortesia*» risposi all'interno di quel gruppo di whatsapp.

«*Sono Rino Sorrentino*».

Se era lo scherzo di qualcuno che avesse avuto in qualche modo accesso alla mia penna USB era fatto molto bene. Addirittura scrivermi con il nome del personaggio più importante. Perciò volli stare al gioco e dissi: «*Sostituto commissario, come sta?*».

«*Non sono affatto soddisfatto di come lei ha manipolato la realtà, descrivendo fatti e situazioni che non corrispondono ad essa*».

«*Ma è tutto frutto della mia fantasia*» risposi «*Non c'è una realtà*».

A quel punto, un altro messaggio si visualizzò sul display del cellulare nella chat del gruppo con il diverso numero 3287162XXX. Il messaggio diceva: «*Ha ragione Sorrentino. Lei è un manipolatore*».

Ma che era? Un complotto? Possibile che c'erano due persone che non solo avevano avuto la possibilità, rarissima, di prendere la mia pennetta e di copiare i files dei miei romanzi, ma li avevano anche letti così approfonditamente? Per dirmi di aver distorto la realtà dovevano aver esaminato quegli scritti approfondendo la conoscenza dei miei pensieri e delle mie convinzioni che ora stavano contestando.

«*E lei chi è?*» chiesi con una certa titubanza, sperando che quest'altro interlocutore non si presentasse anche lui con un nome di fantasia.

«*Nelle pagine 150 e 152 del delitto del Borgo Aterno lei mi fa descrivere dal sostituto commissario Sorrentino come un'assassina. Guardi che io non ho mai ucciso nessuno*».

«*Michela D'Alessandro?*» risposi incredulo e stupito.

«*Va bene*» dissi ancora «*Basta con questo gioco. Mi dica chi è lei veramente*».

Per tutta risposta, mi arrivò un terzo messaggio da un altro diverso numero telefonico.

Il 3291874XXX così scriveva: «*E cosa dovrei dire io che ho fatto tanto per Vicopago, ho portato lavoro, ma nel Sindaco scomparso, oltre che assassino, sono indicato come speculatore ed affarista?*».

«*Parliamo anche di me*» intervenne il numero 3286432XXX «*Mi ha descritta come un'incapace esaurita, nonostante avessi una laurea in ingegneria meccanica. Si è addirittura inventato che avrei potuto far commettere a mio padre un atto di distrazione, da finire tutti schiantati fuori strada*».

«*Per fortuna non è andata così*» scrisse il numero 3287162XXX (Michela) «*Non c'è stato nessun incidente ed i nostri genitori sono ancora vivi*».

«*Ed io?*» ecco che comparve un altro numero, il 3471823XXX «*Io sono descritta come una povera zitella, tutta casa e scuola, che ha dovuto attendere i quarant'anni per avere uno straccio di fidanzato poliziotto da aspettare la sera, quando non è fuori per servizio. Io sono diversa. Lavoro, sono autonoma da genitori e sorelle e mi piace vivere*».

Immediatamente collegai quei messaggi a Paolo Di Clemente, ad Alba e Giulia D'Alessandro.

«*No basta! Ora è troppo*» pensai.

Spensi il cellulare deciso a non riaccenderlo per l'intera giornata ed a lasciarlo a casa, portandomi dietro soltanto il malumore per quelle inaspettate prese in giro.

III

La mattina dopo ancora una volta la riaccensione del cellulare mi pose davanti a quella persecuzione che stava minando il mio sistema nervoso, ma stavolta il messaggio di 3281236XXX, alias Rino Sorrentino, era molto più lungo di quello dei giorni precedenti: «*Caro signor autore, lo so che per lei è difficile accettare che personaggi di fantasia, che lei stesso ha creato, d'improvviso si materializzino in messaggi ricevuti sul suo cellulare. Ma, mi dia retta, questa è la realtà. Quanto lei ha scritto con i suoi due romanzi Il delitto del Borgo Aterno e il Sindaco scomparso non corrisponde a verità. Molti fatti e situazioni non sono affatto accaduti e molti tratti caratteriali non sono come lei li ha rappresentati. Per questo noi, personaggi dei due libri, abbiamo voluto creare questa chat per parlare tra noi e con lei, ed indurla a cambiare la trama di quei libri*».

Se tutti quei numeri iscritti al gruppo corrispondevano ad altrettanti miei personaggi, cominciava ad essere veramente difficile pensare che tanta gente si sarebbe potuta prestare a farmi uno scherzo di tal genere. Del resto, quanto stava accadendo era lì, davanti ai miei occhi e se si trattava di una sopraggiunta follia, non mi restava che prenderne atto e vedere come evolvesse.

Pertanto mi adeguai e risposi: «*Vorrei dire a Michela, che ci legge, che io non l'ho mai considerata un personaggio negativo e che ho sempre ritenuto che le sue azioni fossero atti di giustizia*».

3287162XXX (Michela) intervenne: «*Lei però si contraddice, caro autore. Secondo lei io sarei dovuta diventare una duplice assassina per vendicare mio padre e mia madre, men-*

tre poi lei fa insegnare da padre Salvatore al sindaco di Vicopago ad amare i nemici, giacché anche loro sarebbero vittime di quel male che fanno».

3291874XXX (Di Clemente): «*Ha descritto la mia morte come una vera e propria esecuzione capitale con gli orsi nella veste del boia. Anche con me, egregio autore, non c'è stata coerenza da parte sua. Senza considerare che la centrale è stata realizzata portando posti di lavoro per il paese. Ma dove è finito il principio umanitario di Nessuno uccida Caino? Come è possibile conciliare la pena di morte con l'amore per il prossimo?».*

3292609XXX: «*Buongiorno a tutti. Sono Fabrizio Merli, il sindaco di Vicopago. Confermo quanto ha detto Di Clemente. La centrale ha portato lavoro. Vicopago non è affatto quel posto squallido ed arretrato come viene descritto dall'autore, ma una splendida cittadina ben tenuta ed amministrata, dove la salvaguardia dell'ambiente ed il decoro urbano si integrano perfettamente con lo sviluppo economico, sociale e tecnologico. Vi sono diversi ristoranti, un pub, bar, ottimi impianti sportivi con una piscina. Abbiamo anche una biblioteca ed un teatro. Molte associazioni culturali, sportive e ricreative vitalizzano il paese, che non è, come dice l'autore, diviso in due fazioni corrispondenti a due gruppi religiosi, la Confraternita e l'Ordine. Questi invece collaborano e svolgono un grande lavoro di sostegno alle attività delle chiese e dell'eremo e praticano tanta assistenza alle persone bisognose. Oltre alla centrale anche gli altri progetti, come la riqualificazione urbana e il taglio controllato dei boschi sono stati realizzati. I rom ed i migranti, che sono voluti restare, sono stati destinati a lavori socialmente utili ed in cambio hanno avuto un piccolo salario ed una abitazione nel complesso residenziale realizzato nell'area urbana riqualificata. La ditta Pace e Quiete ha continuato a gestire i servizi di manutenzione e pulizia del cimitero, dove Nadir Badi, detto Corato, completamente scagionato dall'accusa di spaccio di droga, cura, insieme ad una giovane mamma di tre bambini, la vendita dei fiori nel chiosco posto davanti al cimitero. Ma è soprattutto nella ovicoltura la vera ricchezza di Vicopago».*

Restai stupefatto da tale perentoria affermazione del Sindaco che non corrispondeva ai luoghi, alle situazioni ed ai fatti con cui avevo descritto lo scenario dei crimini di Vicopago.

Ed a tal proposito, considerando anche quanto aveva scritto Michela, il dubbio fu immediato e scrissi: «*Chiedo a voi tutti: Antonio Attanasi, Francesco Cola, Paolo Di Clemente, Eligio Peretti e Gilberto Passalacqua sono morti o sono ancora vivi?*».

«*Alcuni si, altri no*» rispose 3281236XXX (Sorrentino) «*ma dovrà lei aiutarmi a trovare le cause di quelle morti nella nuova trama del Romanzo riscritto*».

Davanti ai miei occhi cominciarono a prendere forma le immagini dei due romanzi: in modo particolare i volti, stravolti dalla morte, di quei personaggi assassinati e, pian piano, i luoghi dove erano avvenute quelle uccisioni.

Poi quelle immagini cominciarono a sovrapporsi ed a tremare, come un improvviso terremoto che mi scuoteva. Ripresi coscienza e qualcuno mi stava svegliando da quel sonno improvviso in cui ero caduto sul divano davanti al televisore.

Ma ricordai perfettamente il sogno e decidendo di aderire alle richieste dei miei personaggi, mi proposi di riscrivere tutto ma in un unico testo: "*Il romanzo riscritto*".

IL ROMANZO RISCRITTO

IV

La sagra delle *uova di gallina* che si teneva la sera del 14 agosto era l'evento più importante di Vicopago. Conosciuta e seguita dovunque, vedeva riversarsi sulla piccola cittadina un'infinità di persone provenienti da ogni dove. Lungo le strade del paese festante, tra negozi illuminati, insegne accese, luminarie, bancarelle, odore di zucchero filato, giostre e luna park sonanti, un mare di gente camminava e si godeva la festa.

La banda del paese passava lasciando l'eco di marcette briose.

Non c'era area di terreno pubblico che non fosse occupata dagli stand.

Offrivano a poco prezzo tagliatelle, uova alla coque, in camicia, sode e strapazzate, frittate, stracciatella in brodo di gallina.

Deliziavano bimbi e grandi con biscotti e torte di uova e farina, créme caramel e gelati alla crema.

Al centro del paese, nel palazzo comunale era allestita la mostra della "g*allina dalle uova d'oro",* mentre forum e dibattiti si svolgevano in contemporanea nelle sedi delle associazioni culturali sui temi "è *nato prima l'uovo o la gallina?"* e "è *meglio un uovo oggi o una gallina domani?"*.

Presso la scuola, studenti e professori erano chiamati a presentare ai visitatori la *dimostrazione scientifica dell'uovo di Colombo,* mentre anche la chiesa partecipava alla manifestazione con la rappresentazione teatrale "*prima che il gallo canti...*".

Una tavola rotonda organizzata presso il centro medico sosteneva le elevate qualità e le proprietà taumaturgiche dell'*uovo vicopaghese,* in grado di aumentare il colesterolo buono, fornire proteine, vitamine e sali minerali, proteggere il cuore, ridurre l'anemia, ridare la vista ai ciechi, l'udito ai sordi, garantire otto ore di erezione agli affamati, dissetare gli assetati.

Perché Vicopago ?

«Semplice» rispondeva il sindaco Fabrizio Merli a chi gli poneva questa domanda «perché a Vicopago ci sono i polli, i galli e le galline migliori del mondo».

Il sindaco di Vicopago si dava sempre un gran da fare e pigolava un po' qua ed un po' là.

Era orgoglioso di quella festa fortemente voluta e sostenuta con la sponsorizzazione delle ditte *Vendipietra allevamenti*, *Rossi legnami*, *Pace e Quiete*, *Lux* e con la collaborazione della *Confraternita,* dell'*Ordine* e di tutte le associazioni presenti nel paese.

Passarono tra la folla le tre sorelle D'Alessandro, belle come nessuna: testa alta, schiena dritta e gambe molto in vista. Giulia, la maggiore, la più alta, la più magra, capelli neri corti lisci nel gel, minigonna e tacchi alti, Alba, bionda e carina, vestito corto, poco più bassa. Infine Michela, la più piccola, bel visetto c un po' di lentiggini intorno agli occhi chiari, caschetto scuro e di uguale altezza. Prof. la prima, Ing. la seconda, Mecc. (nel senso di meccanico) la terza, venivano dall'Aquila e quella sera avevano voglia di festa e distrazione.

File chilometriche davanti agli stand sconsigliarono loro di fermarsi a consumare ogni altro piatto che non fossero le uova fritte al tartufo bianco. Infatti riuscirono a trovar posto solo ai tavoli dove queste venivano servite al prezzo poco contenuto di €. 25,00 caduna comprensivo anche di una coppa di champagne.

«Anche voi qui?» sentirono una voce provenire da qualche tavolo più in là.

Giulia D'Alessandro conosceva bene la voce del suo collega professore di matematica del liceo dell'Aquila Antonio Attanasi. Era in compagnia di Francesco Cola, l'imprenditore che aveva costruito il Borgo Aterno, dove le sorelle abitavano.

Attanasi non era certamente il tipo che poteva interessare le sorelle D'Alessandro. Buon conversatore, ottimo livello di cultura umanistica e scientifica, abile commentatore politico, non era tuttavia alto, era pelato ed aveva un pizzetto bianco luciferino. Invece Francesco Cola, conosciuto e chiacchierato come dongiovanni di fama, accompagnava le sue doti di latin lover con un aspetto fisico del tutto ragguardevole nell'altezza (mezza bellezza) e per l'altra metà lunga capigliatura corvina, mascella ampia, occhi profondi e neri, petto, muscoli e crocifisso in evidenza sotto la sottile camicia bianca.

Quasi subito il tavolo divenne a cinque.

Passò Felice Vendipietra. La sua presenza continua sulle montagne di Vicopago, dove amava trascorrere gran parte dei mesi estivi nei boschi, e l'amicizia con il sindaco incontrato casualmente su quelle montagne, lo avevano portato ad interessarsi tanto di quei luoghi che decise di estendere lì i suoi affari. Pertanto alla già discreta attività di coltivazione dello zafferano in quel del Borgo Aterno dell'Aquila, volle aggiungere gli allevamenti di polli, galli e galline ovaiole a Vicopago. E fu la sua fortuna. Le galline e le uova di Vicopago divennero famose in tutto il mondo e la produzione si estese tanto che nessuno più in quel paese conobbe la disoccupazione. Ma si sa che la sopravvenuta ricchezza modifica i caratteri e quel contadino Felice a cui piaceva vivere la sua solitudine nella natura delle montagne di Vicopago o nella campagna del Borgo Aterno divenne l'imprenditore Vendipietra alla continua ricerca di affari e ricchezza. Ed a quella ricerca si riconduceva l'appuntamento con il suo collega aquilano Francesco Cola e con l'ingegnere Antonio Attanasi chiamati da lui quella sera a Vicopago. Ma trovò in quel tavolo anche le sorelle D'Alessandro, sue vicine di casa nel Borgo Aterno, venute dall'Aquila per gustare l'uovo vicopaghese, e si fermò.

Quindi il tavolo divenne a sei.

Intanto il sindaco Fabrizio Merli aveva da poco smesso di tenere il consueto discorso alla popolazione come ogni anno in occasione della sagra delle uova di gallina e si era riversato per le strade e tra gli stand a ricevere complimenti e scocciature. Da buon politico non poteva non sostare nel tavolo che appariva in quel momento il più chiassoso, per la grande loquacità di quegli avventori, stupiti che dal Borgo Aterno si erano ritrovati tutt'insieme a chilometri di distanza a gustare un uovo. Peraltro lì c'era anche il suo amico Vendipietra, benefattore di Vicopago.

Ed il tavolo crebbe fino a sette.

Passò il ragionier Eligio Peretti, responsabile della contabilità del comune di Vicopago, uomo temuto e rispettato nel paese per il suo carattere determinato ed intransigente, ben vestito un po' all'antica con giacca, pantaloni, gilet ed orologio al taschino, la qual cosa contrastava con la sua pur sempre giovane età di circa quarant'anni, accompagnato dall'operaio Gilberto Passalacqua, sulla sessantina, ancora col vestito da lavoro. Videro il sindaco e Vendipietra e si fermarono al tavolo dei sette.

«Vi presento le mie vicine di casa, Giulia e le sue sorelle Alba e Michela. Anche loro sono venute dall'Aquila» disse Vendipietra al sindaco ed agli altri vicopaghesi.

«Affari o divertimento?» chiese Peretti.

«Le sembriamo donne che stanno pensando di concludere affari?» rispose Michela «Relax, puro relax e divertimento. Io andrei al Luna Park...».

«Io sono disponibile per un certo divertimento» osò sornione Francesco Cola.

«Ma dai, Francesco... non essere il solito sfrontato» disse Attanasi «Stai parlando davanti alla professoressa Giulia D'Alessandro, la più seria dell'Aquila».

«Chiedo scusa» disse Cola «Per farmi perdonare offro due bottiglie di champagne».

E intanto il tavolo era diventato a nove.

Seguitarono a parlare, brindare, cazzeggiare, tra risa, strepiti e gesticolii tanto da richiamare non poco su di loro l'attenzione della folla passante.

«Tanto gentile e tanto onesta pare...» Vendipietra d'improvviso pose l'accento su quel «pare» guardando in direzione di Giulia, che trasalì.

Che voleva da lei Felice Vendipietra? Perché si comportava così?

«Felice, non mi sembra che qualcuna di noi le abbia mai mancato di rispetto» disse Giulia «Non capisco questa sera queste offese da lei».

«Ma io non offendevo nessuno» disse Vendipietra «declamavo, tutto qui».

«Ce l'ha ancora con noi, perché siamo venute ad abitare al Borgo Aterno? Se la prenda con il costruttore... Eccolo. E' qui davanti a lei» disse ancora Giulia.

«Sto solo pensando al film di Ferzan Ozpetek *Nessuno è mai quello che sembra*» replicò Vendipietra «E poi si possono sempre concludere affari con quel divertimento...».

Giulia lo guardò irata e stava per alzarsi dal tavolo.

«Suvvia. Non guastiamo questa bella serata» si intromise con la sua autorità il sindaco e decretò la fine di quel colloquio che stava degenerando verso un sicuro litigio.

Intanto Luigino Rossi, titolare della ditta *Rossi legnami*, che si occupava di taglio di boschi e superiore della Confraternita, Paolo Di Clemente, detto *Centometri,* titolare della ditta *Lux,* quella che aveva realizzato la centrale idroelettrica e Carlo Pesce, detto *Trapasso* della ditta *Pace e Quiete,* che gestiva il servizio di pulizia e manutenzione del cimitero, parlottavano tra loro mentre andavano, tra gli stand, alla ricerca del sindaco con cui quella sera dovevano assolutamente parlare.

Lo videro in numerosa e bella compagnia e quindi si fermarono anche loro ad arricchire le presenze di quella già grande tavolata che cresceva sempre più nella sagra dell'uovo di gallina di Vicopago la sera del 14 agosto.

Il tavolo divenne così a dodici.

Tra chiacchiere, frecciatine, discorsi seri e saluti finali con uova e champagne, si fece molto tardi, tanto che la sagra cominciava a spegnere su se stessa le luci di quell' evento ancora una volta perfettamente riuscito.

E così, quei gruppi e quei singoli se ne andarono ognuno per la strada da cui erano venuti e verso cui avrebbero concluso gli appuntamenti di quella serata.

V

Michela non riusciva a crederci.

«Quel figlio di puttana» disse mentre con le sorelle Giulia ed Alba faceva ritorno al Borgo Aterno.

«Ha fatto i soldi» disse Giulia «Da quando ha messo su quell'allevamento di polli a Vicopago è diventato arrogante e prepotente. E pensare che era una persona così sensibile...».

Intanto erano arrivate a casa.

«Secondo me ha detto quelle cose per gelosia» disse Alba «Sa di essere arrivato tardi, dopo un poliziotto, ed ora rosica».

«Non credo che c'entri la mia relazione con Rino» disse Giulia «Secondo me è sempre quel rancore verso tutti noi che siamo qui ad abitare al Borgo Aterno. Lui voleva restare solo da queste parti a coltivare ortaggi e zafferano».

Intanto Michela si scherniva: «Vendipietra é uno stronzo! Non possiamo permettere che ci tratti così. Ma avete sentito? Ci ha trattato come delle prostitute!».

«Anche Cola ci ha provato a fare lo spiritoso, ma il buon professore lo ha messo subito a posto» disse Giulia.

«Invece lui ha insistito con le offese» disse ancora Michela «Lo dobbiamo punire!».

«Dai, ormai è passato» Giulia cercò di calmare la sorella «Andiamo a letto e non ci pensiamo più».

Michela invece era galvanizzata ed agitata: «Ricordate quando ero piccola? Ricordate il gioco delle pazze streghe?».

«Oddio» disse Giulia «Come hai fatto a ricordartelo? E' passato tanto tempo».

«Lo voglio fare ancora» chiese Michela.

«Ma no» rispose Alba «Era solo un giochetto che facevamo per farti stare bene quando qualcuno ti faceva arrabbiare».

«Lo voglio fare an-co-ra!» insistette Michela facendo voce stizzosa da bambina.

Ed ecco che tirò fuori un piccolo pacco dalla borsa.

«Che cos'è?» disse Alba.

«Uova. Sei uova» rispose Michela.

«E quando le hai comprate?» chiese Giulia.

«Quando mi sono alzata dal tavolo per andare a fare pipì».

«E che ci vorresti fare?» chiese a sua volta Alba «Non mi dire che...».

Il sorriso ironico e furbo di Michela dava già la sua risposta.

«Come avete capito, non le voglio mangiare...» disse Michela.

«Va bene» tagliò corto Giulia «Solo perché un po' di sano divertimento ci vuole a conclusione di questa giornata...».

Quindi andarono ciascuna nella propria stanza e ne uscirono tutt'e tre con maglia nera e gonna lunga nera fino ai piedi. Ognuna aveva poi il viso cosparso di cipria bianca. Trucco profondo nero e rossetto rosso sangue completavano quel repentino cambio di look. Così vestite uscirono in giardino. Michela prese una pala e scavò una piccola buca dove seppellì quelle sei uova. Poi la ricoprirono e iniziarono, tenendosi per mano, un lento girotondo intorno a quella buca. Nel frattempo, in coro, invocavano «*Polli, galli e galline di Vicopago, sala padula, magica bula, vana fangula, state laggiù*». E così per una buona mezz'ora. Poi, felici di aver in quel modo pensato di punire l'insolente Felice Vendipietra, allevatore delle galline di Vicopago e di aver sfogato la rabbia per quanto accaduto, se ne andarono a dormire.

VI

«Sdemanializzazione. Che parola difficile!» per quanto erudito Vendipietra trasaliva di fronte a certi termini usati nella pubblica amministrazione.

«Nel senso che se vuoi comprare anche quel terreno a fianco e ampliare gli allevamenti, devi comprare anche la strada che ci passa in mezzo. Questa però appartiene al demanio. Perciò la dobbiamo chiudere, fare una variante e quella inserirla tra i beni del comune che si possono vendere» chiarì il sindaco seduto sulla sua scrivania della stanza del municipio nella ridente cittadina di Vicopago.

La sera della sagra Vendipietra ed il sindaco avevano appena accennato ai loro progetti, parlando con l'ingegnere Attanasi e con l'imprenditore Cola e si erano dati appuntamento per il giorno dopo nella stanza del sindaco per definirne i contenuti.

«E quanto tempo ci vuole?» chiese Vendipietra.

«Io posso fare subito sia la pratica di sdemanializzazione che il progetto della variante» rispose Attanasi «Ma dipende da te, Sindaco, farli approvare al più presto».

«E c'è anche il progetto da fare per l'ampliamento dell'allevamento» disse Vendipietra.

«Si ma per quello c'è tempo» rispose Attanasi.

«Intanto pensiamo a rendere quel terreno comunale alienabile compresa tutta la strada» intervenne il sindaco «Si dovrà fare la gara per la variante. Mica possiamo dare il lavoro a Cola, come invece farà Felice, che è un privato, per l'ampliamento dell'allevamento. Perciò ci vorrà tempo e prima facciamo, meglio è».

Se da un lato poteva sembrare un quartetto d'affari quello che si stava riunendo nella stanza del sindaco, in realtà nessuna forzatura si voleva porre in essere se non cercare di favorire le lecite condizioni per il potenziamento della maggiore risorsa economica della cittadina.

Peraltro Attanasi e Cola erano stati chiamati a Vicopago anche da altri imprenditori per la realizzazione di altri e diversi progetti.

Però prima di andare a discuterne con questi circa i termini e le modalità di realizzazione, si recarono presso gli allevamenti di Vendipietra, guidati dall'operaio Passalacqua, per un sopralluogo sui terreni degli ampliamenti e della variante.

Un odore di qualcosa di zuccheroso si univa già da lontano al grande strepitio di chicchirii, crocchii e pigolii.

E quando giunsero in prossimità dell'allevamento, videro che questo non era, come avevano pensato, all'interno di enormi capannoni, ma dentro più piccoli pollai, che sembravano le casette dei Puffi, tutti colorati in vario modo, puliti e ben tenuti dal gran numero di dipendenti che si affaccendavano nelle loro svariate incombenze.

E tutti erano all'interno di un immenso frutteto, dove ogni albero dava ombra e frutti dentro i piccoli recinti che circondavano ognuno di quei pollai.

Passalacqua li portò sul terreno in cui doveva essere realizzato l'ampliamento e sulla strada che in quel momento, benché sterrata, era percorribile anche in auto.

«Chiuderla e far passare da un'altra parte non sarà un problema» disse Cola.

«In effetti ci passano solo i dipendenti dell'allevamento» disse Attanasi «Con una variante a poca distanza risolviamo tutto e questa strada finisce all'interno del terreno limitrofo che potrà essere venduto a Vendipietra».

«E' un piccolo sacrificio che la comunità di Vicopago dovrà pur sopportare in cambio del sempre maggiore sviluppo di questa meraviglia degli allevamenti di Vendipietra che hanno portato lavoro e benessere» disse Cola.

«Grazie a Vendipietra o alle galline? In sostanza tutto questo sta avvenendo grazie alla qualità non comune delle loro uova» disse Attanasi «Ma che hanno di speciale? Come fanno a fare le uova così buone e pregiate? Sono delle normali galline... Non sono una specie particolare...».

Passalacqua se li guardava sorridendo, mentre discutevano sulla provenienza della qualità delle uova di gallina di Vicopago.

Poi disse: «Il trucco c'è, ma non si vede».

Attanasi e Cola lo guadarono con aria interrogativa: «Cioè?» dissero quasi in coro.

«La qualità dell'uovo degli allevamenti di Vendipietra è data da un segreto che nessuno conosce. Solo Vendipietra. E lui si guarda bene dal rivelarlo».

«E lei non lo conosce?» chiesero a Passalacqua.

«Se questo segreto fosse svelato a chiunque finirebbe la qualità esclusiva di queste uova. Sorgerebbero allevamenti ovunque di galline che farebbero uova pregiate come queste. Per questo Vendipietra non lo rivelerà mai a nessuno».

Quel giorno Attanasi e Cola se ne andarono da Vicopago discutendo tra loro se fosse stato più utile lavorare a quei progetti o cercare di conoscere il segreto delle uova della gallina vicopaghese.

VII

«Ma certo!» disse Cola ad Attanasi nel suo studio di imprenditore al Borgo Aterno «Non è come dice Passalacqua. Il trucco c'è e si vede!».

«Che vuoi dire?» chiese Attanasi «Come si fa a sapere qual è il segreto di quelle uova?».

«Non dobbiamo credere a Passalacqua che il segreto sia qualcosa di impossibile da capire» rispose Cola «Basta guardare come sono fatti quegli allevamenti».

«Sembrano le casette dei Puffi» disse Attanasi «Magari il segreto è qualcosa di magico, come nei Puffi».

«E qui ti sbagli» disse Cola «Secondo me non c'è nulla di magico e di incomprensibile. E non c'è nessun segreto. Per me la qualità di quelle uova è data dalla alimentazione delle galline. E' tutta quella frutta che queste mangiano che fa diventare buone e gustose quelle uova, oltre che dotate di proprietà particolari».

«Se è così possiamo provarci anche noi» propose Attanasi «Compriamo cinque galline ovaiole. Le alimentiamo con mele, pere e frutta varia e vediamo come vengono le uova».

E così fecero. Nei giorni successivi si dedicarono al loro piccolo allevamento di galline ovaiole, precariamente realizzato nel giardino della villetta del Borgo Aterno dove Francesco Cola aveva il suo studio, con l'ansia di vedere il risultato della loro sperimentazione.

Qualche giorno dopo, il primo uovo fu visto dai due con lo stesso entusiasmo di una vincita alla lotteria e subito lo cucinarono per sentirne il gusto. Ma la delusione fu grande. Aveva il normale sapore di un qualsiasi uovo fritto. Riprovarono con il secondo uovo, cotto con il tartufo bianco, ma anche qui, se non fosse stato per il sapore gustoso del tartufo, l'uovo non reggeva assolutamente il confronto con quello di Vicopago.

«Forse sarà la frutta» disse Attanasi «Forse la specialità sarà proprio nella frutta di Vicopago».

«Dovremmo provare a dare da mangiare alle galline la frutta che produce il frutteto di Vendipietra».

Avevano vari appuntamenti già fissati a Vicopago, ma ormai in loro non c'era che un'idea. Avere un po' di frutta di Vendipietra per continuare il loro esperimento sulle galline lasciate ad aspettare lì in quel giardino della villetta del Borgo Aterno.

A Vicopago incontrarono il sindaco per definire i dettagli del progetto di sdemanializzazione della strada, il ragioniere per alcuni pagamenti da riscuotere, Di Clemente che doveva fare un lavoro alla centrale, Rossi per un progetto di ampliamento del capannone di deposito del legname ed infine Pesce per concordare i tempi di alcuni lavori che il Comune doveva fare al cimitero. Era ormai tanta la smania di far produrre alle loro galline uova come quelle di Vicopago che non si sottrassero dal rivelare a tutti ciò che avevano appreso dall'operaio Passalacqua circa l'esistenza di un segreto che caratterizzava la qualità delle uova delle galline di Vicopago, anche con la speranza che qualcuno ne fosse a conoscenza e lo rivelasse anche a loro. Ma niente. Nessuno sapeva nulla. Dopodiché si recarono nuovamente presso gli allevamenti di Vendipietra per un nuovo sopralluogo, ma soprattutto per prendere un po' di quella frutta che pendeva abbondante dagli alberi.

Tornati al Borgo Aterno diedero alle loro galline la frutta di Vicopago, con scarsi risultai. Così come furono inutili i tentativi di mescolare quella frutta in svariate combinazioni cercando di trovare quella giusta che corrispondesse al segreto. Ma evidentemente il segreto era altra cosa.

VIII

Nonostante fosse circondato da politici, amministratori pubblici e privati, imprenditori, affaristi e personaggi vari, chi teneva saldamente in pugno il sindaco Fabrizio Merli era soltanto Olga Katarina Sucalova, la badante ucraina della di lui madre.

Infatti spesso capitava che il sindaco, rientrando la sera a casa dopo cena, invece di entrare nella sua camera da letto, preferisse entrare in quella successiva dove non dormiva e l'attendeva Olga Katarina, con il compito di impugnare il membro eretto del suo sindaco e datore di lavoro e dar vita ai reciproci trastulli.

Una sera, preso da più profonda eccitazione verso quella bella ed alta signora dai capelli biondi e lunghi, viso carino con il naso all'insù, carnagione chiara, corpo robusto e ben fatto, ma soprattutto con un'accattivante retrospettiva, il sindaco Fabrizio, invece di entrare, come sempre, dal portone principale, scelse la strada della porticina posteriore. Si sa che il ladro è sempre ben lieto di forzare quell'ingresso, ma il più delle volte la padrona di casa non gradisce.

E fu così che Olga Katarina Sucalova, onde evitare che nei suoi futuri impegni di badante ci fosse anche quello di badare a preservare la sua seconda entrata da frequenti e dolorose invasioni, preferì lasciare la casa della signora Iolanda e cercarsi un altro lavoro.

«Come mai cerca lavoro?» le chiese Vendipietra nel cui ufficio di Vicopago Olga Katarina andò a cercare una nuova e diversa occupazione «Il sindaco l'ha licenziata?».

«No. Io andata via» rispose Olga Katarina «Troppo tempo stare con madre. Io bisogno anche tempo per mie cose».

La bugia a fin di bene per non svelare la vera ragione di quella separazione dalla casa del sindaco fu inevitabile.

«Ma come faccio ad assumerti?» disse Vendipietra «Non vorrei che mi si offenda proprio il sindaco».

«Io trovata a lui altra badante» disse Olga Katarina «Già preso servizio a casa sua».

«Beh! Allora si può fare» disse Vendipietra «Ma ho solo posti da operaio per pulire e dar da mangiare alle galline. Se per lei va bene...».

«Per me va bene» Olga Katarina accettò quel nuovo lavoro che sarebbe stato sicuramente più faticoso, ma certamente meno doloroso.

«Allora le affido subito cinque pollai, di cui si occuperà solo lei» concluse Vendipietra.

Il nuovo lavoro non piaceva a Olga Katarina, ma, svolto solo al mattino, le consentiva di potersi dedicare ad altre occupazioni pomeridiane e arrotondare lo stipendio attraverso l'assistenza domiciliare ad altre persone anziane.

Ma accadeva talvolta di non riuscire a finire il lavoro mattutino presso gli allevamenti ed in tal caso aveva necessità di completarlo di notte.

Una notte, dopo aver tolto l'allarme che proteggeva la recinzione di uno di quei pollai e mentre era intenta a rifornire di mangime le mangiatoie, vide un'ombra che si aggirava tra gli allevamenti. Si accovacciò tra le galline per non farsi vedere e mentre stava per prendere il cellulare e chiamare la polizia, vide che quell'ombra aveva tutte le ragioni di essere lì, appartenendo al proprietario di quell'allevamento. Allora le prese la paura di essere scoperta a fare quello straordinario notturno e di dover giustificare a Vendipietra quella sua incapacità di svolgere compiutamente i suoi compiti durante l'ordinario orario di lavoro. Perciò, avendo cura di non fare il benché minimo rumore, strisciò fuori della recinzione finché non fu sicura di essere fuori della vista dell'ombra padrona. Poi iniziò a correre a piedi, come era arrivata, verso Vicopago. Ma mentre si allontanava dalla recinzione si accorse di aver perso il cappello da lavoro, ma ormai non poteva più tornare indietro a recuperarlo.

Chi non aveva fruito dell'improvviso benessere che aveva colpito la cittadina di Vicopago era *Jupitte*.

Schivo e distaccato da ogni bene materiale che non fossero quelli della quotidiana sopravvivenza e tendenzialmente portato ad evitare ogni rapporto umano che non fosse strettamente necessario per i baratti della sua alimentazione e della sua vestizione, viveva con pochi denti, qualche capello bianco e le sue capre tra una baracca di qualche metro quadrato adiacente allo stazzo in montagna e una caverna dove era solito depositare ogni cosa di interesse che trovasse in giro.

Benché non proferisse parola con interlocutori del genere umano, aveva il dono di saper colloquiare con gli animali attraverso gesti e suoni particolari.

Con chi andava a cercarlo però parlava solo all'interno della sua caverna.

Si diceva infatti che dentro questa esercitasse pratiche magiche e di indovino, ma pochi erano soliti ricorrervi giacché aveva l'abitudine di chiedere in cambio cose di difficile attuazione, a pena di gravi conseguenze.

Mentre passava con le sue capre davanti agli allevamenti di Vendipietra per tornare allo stazzo dopo il pascolo della giornata, vide tra la polvere in mezzo al gregge un cappello da lavoro.

Ne fu attratto per il colore giallo e si fece nel mezzo per salvarlo da quelle zampe impietose.

Scostando le capre con il bastone, riuscì a prenderlo.

Quindi lo ripulì dalla polvere e lo portò con sé.

IX

Due mesi dopo, i sostituti commissari della questura dell'Aquila Rino Sorrentino e Luciana Collina erano in macchina diretti a Vicopago.

Da poco era arrivata al 113 la telefonata di un cittadino che annunciava il rinvenimento in un bosco fuori del paese di un corpo senza testa.

Contemporaneamente erano partiti gli uomini della polizia scientifica, il vice questore Camilli e il sostituto procuratore della Repubblica dott.ssa Carla Di Giuseppe.

I due sostituti commissari lavoravano ormai in coppia da tempo. Tra loro c'era stima e rispetto, amicizia e sicuramente anche una certa attrazione, tenuta però a freno dai rigidi valori dell'uomo, fidanzato convinto con la professoressa Giulia D'Alessandro. Anche se da un po' di tempo il rapporto tra i due fidanzati, benché si amassero, stava conoscendo un periodo di insofferenza per il subentrare in Giulia di una certa voglia di uscire dalla routine della vita quotidiana e cercare fuori delle mura domestiche e del rapporto con Rino un po' di sana evasione.

Giunti sul posto, trovarono la scientifica già al lavoro e videro il corpo seminascosto all'interno di un roveto. Si vedeva che, per giungere a questo, dalla polizia era stata fatta intorno pulizia di gran parte di quei rovi. Quell'uomo era stato probabilmente ucciso altrove e gettato lì dove difficilmente passava qualcuno. Infatti per raggiungere quel luogo Sorrentino e la Collina avevano dovuto percorrere qualche chilometro a piedi dentro il bosco, in gran parte inaccessibile. Tuttavia qualcuno aveva portato il cadavere senza testa fino lì, facendolo strusciare tra arbusti, rovi e piccoli tratti di sentiero. La polizia ne aveva seguito le tracce e ripercorso tutto il tragitto dal posto in cui l'assassino era sceso dalla macchina e il luogo dove il corpo era stato poi lasciato. Il caso aveva poi voluto che un cacciatore, cercando di seguire il cane che a sua volta seguiva un cinghiale ferito, giungesse fino lì e pensasse che il suo cane, che entrava ed usciva guaendo dal roveto, stesse alle prese con quell'animale. Solo dopo qualche ora, vedendo che il cinghiale non usciva e nell'indecisione se questo fosse ancora vivo o morto, volle rischiare di essere eventualmente azzannato e si spinse dentro il roveto. Ma il cinghiale, fino a quel punto seguito dal cane, chissà dove era andato a morire e in quel rovo c'era un altro morto, ma senza testa e di natura umana.

«Abbiamo setacciato il bosco un po' ovunque, anche con l'aiuto dei cani, ma non siamo riusciti a ritrovare la testa» disse il vice questore Camilli.

«Da come le cose si presentano, sembra che quando hanno scaricato qui questo corpo, la testa l'avesse già persa» disse la Di Giuseppe.

«Ci sono addosso documenti o qualcos'altro che possa farci dire chi è?» chiese Sorrentino.

«Nulla» disse Camilli. «Neppure il cellulare, neppure un orologio al polso. Sembra che prima di occultarlo qui, l'abbiano ripulito ben bene di ogni cosa».

«Potrebbe essere stato un omicidio per rapina?» chiese la Di Giuseppe.

«Difficile» disse Camilli «Chi aggredisce o uccide una persona per rubargli il portafoglio o altri valori che ha addosso, generalmente lo lascia lì per terra e scappa. E soprattutto non gli taglia la testa!».

«Però potrebbe avergliela tagliata per non far identificare subito il cadavere» disse Luciana Collina.

«E' un'ipotesi» sostenne Sorrentino «Ma potrebbero avergliela tagliata anche per altri motivi».

«Quali?» - disse la Di Giuseppe.

«Che ne so?» rispose Sorrentino in direzione di quel magistrato con il quale aveva spesso scambi di battute ironiche e sarcastiche «Magari per occultismo o magia nera...».

«Sorrentino, la smetta di scherzare» rispose piccata la Di Giuseppe «Dobbiamo assolutamente ritrovare la testa e dare un nome a questo cadavere».

Terminati tutti gli accertamenti di rito, prima che la troupe ripartisse alla volta della questura, Sorrentino e la Collina ebbero la sgradita sorpresa di essere chiamati da Camilli ed essere da questo invitati a restare a Vicopago nei restanti giorni per proseguire le indagini.

X

«Dove iniziamo?».

Sorrentino e la Collina avevano preso stanza nell'albergo centrale della cittadina. Il lusso di quell'albergo a cinque stelle nella piazza centrale appariva coerente con la crescita ed il rapido sviluppo del paese.

Dopo aver gustato l'ottima cucina gourmet, ciascuno si era ritirato nella sua stanza per continuare a godere delle comodità che l'albergo offriva. Peraltro il sacrificio loro imposto da Camilli meritava di essere ripagato almeno con un comodo e confortevole soggiorno.

Quadri d'autore alle pareti, salottino ed ampia scrivania da lavoro, collegamento Wi Fi, lussuosa biancheria da letto, vasca idromassaggio, piccolo angolo bar fornito di ogni delizia, ciascuno di loro si lasciò cullare dall'accoglienza della propria stanza e si riservò mentalmente una successiva frequentazione della piscina e del centro fitness presenti in albergo. Ed ovviamente la mattina prima colazione con uova in salsa olandese e omelette al cioccolato bianco.

Ma quando scesero nella hall e si guardarono poterono solo constatare che veramente non sapevano da dove iniziare le indagini.

«Il cacciatore che ha scoperto il cadavere è già stato interrogato e, d'altronde, da come ha descritto i fatti del ritrovamento, che altro potrebbe dirci di più?».

«Dobbiamo vedere se c'è qualcuno che ha visto o sentito qualcosa» disse Luciana Collina «Ma mica possiamo interrogare tutte le persone che incontriamo...».

«Partiamo dal nucleo abitativo più vicino al luogo in cui il cadavere è stato ritrovato. Potremmo trovare qualcuno che possa darci qualche traccia» disse Sorrentino.

Così presero una mappa del paese e videro che l'abitazione più vicina al luogo del cadavere senza testa era in realtà un ristorante: «La bottega di Mariuccia». Pensarono quindi di andarvi a pranzare.

Intanto avevano telefonato alla scientifica. Sicuramente doveva trattarsi di una persona incensurata. Nessuna impronta di quel corpo era negli schedari della polizia. Fare al momento l'indagine del DNA, senza avere nessun elemento di confronto sarebbe stato solo tempo e risorse sprecati. Doveva quasi certamente trattarsi di una persona che non era del posto perché non risultava, al momento, nessuna denuncia di persone scomparse di Vicopago.

In attesa dell'ora di pranzo, pensarono di andare a trovare il sindaco al Comune. Chi meglio del primo cittadino avrebbe potuto dare loro su quel paese le informazioni necessarie per iniziare ad indagare sull'omicidio dell'uomo senza testa?

Tuttavia la cordialità del vigile Tellone, che era posizionato, in tutta la sua altezza ed uniforme come un corazziere al Quirinale, davanti alla porta della segreteria particolare del sindaco non corrispose all'aspettativa della presenza di questo.

Al momento era con la segretaria generale ad un convegno e, se volevano, potevano parlare con la segretaria particolare.

«Meglio di niente» disse Sorrentino, che tuttavia si rimangiò le parole dette appena vide la signora Fiorella, segretaria particolare del sindaco. Questa poteva essere alta un metro e novanta. Aveva capelli rossi e lunghi che le cadevano disciolti e briosi sulla carnagione bianca e delicata come una colata d'amarena sulla coppa di panna. Una gonna corta sul ginocchio e due brillanti occhi verdi completavano quell'immagine che portò immediatamente Sorrentino a formulare all'interno dei suoi pensieri l'inversione della precedente frase. «Niente di meglio...» pensò.

Dalla signora Fiorella appresero che sindaco, amministratori, segretaria comunale e moltissimi cittadini di Vicopago e non solo erano riuniti proprio al ristorante «La Bottega di Mariuccia» dove la Confraternita e l'Ordine avevano organizzato un convegno dal titolo *"La gallina è un animale intelligente?"*.

La Confraternita e l'Ordine erano le maggiori associazioni del paese che non solo si occupavano, d'amore e d'accordo, di tutte le questioni inerenti le attività di chiesa collaborando con parroco e religiosi, ma avevano ormai da tempo sviluppato la tendenza a realizzare progetti di carattere ricreativo e sociale, con il coinvolgimento di tutta la cittadinanza. In sostanza ogni iniziativa che riguardasse giovani, meno giovani, anziani, civili, militari, combattenti e reduci, casalinghe, lavoratori, sindacalisti, ambulanti, eccetera eccetera non poteva che partire ed essere realizzata da questi due gruppi a cui erano ormai tesserati tutti i cittadini di Vicopago. Mai uno screzio, mai un'incomprensione, lavoravano insieme per il bene comune, come due fratelli gemelli per la loro famiglia. A distinguerli solo la loro provenienza che era per l'Ordine l'eremo e per la Confraternita la chiesa della Provvidenza Divina. Le restanti associazioni facevano loro da supporto e si integravano perfettamente nei loro progetti.

Quello di ora prevedeva la trattazione di argomenti di altissimo spessore culturale in quanto si voleva capire, sotto il profilo non solo scientifico, ma anche politico ed economico se la gallina era o meno un animale intelligente.

Tutto questo fu riferito dalla signora Fiorella ai due sostituti commissari in quei pochi minuti che stazionarono davanti a lei, seduta sulla sua comoda poltrona della scrivania di segretaria particolare del sindaco del comune di Vicopago.

Inoltre, dopo il convegno, il sindaco e la segretaria generale non sarebbero tornati al Comune, in quanto era previsto il pranzo di beneficenza organizzato dagli stessi Confraternita ed Ordine presso la «Bottega di Mariuccia» per raccogliere i fondi per i poveri dei paesi poveri del circondario.

Così Sorrentino e la Collina decisero di recarsi anche loro al convegno, dove non solo avrebbero potuto chiedere eventuali informazioni utili alle indagini dal posto più vicino al ritrovamento del cadavere senza testa, ma anche parlare con il sindaco e con gli altri cittadini di Vicopago.

XI

Alla presenza del noto etologo Francesco Zampa, con il sindaco a destra e l'allevatore Vendipietra a sinistra, il convegno sul tema *"La gallina è un animale intelligente?"* era tenuto presso il ristorante "La Bottega di Mariuccia" davanti ad una platea numerosissima che in parte seduta ed in larga parte in piedi, occupava tutta la sala maggiore.

Dopo il saluto del sindaco, la dotta relazione dello scienziato e l'intervento autoreferenziale di Vendipietra, la voce dei presenti si fece sentire attenta ed interessata.

C'era chi sosteneva che la gallina è certamente un animale intelligente perché al becchime preferisce di gran lunga ruspare.

Chi invece riconduceva l'intelligenza della gallina di Vicopago al terzo principio della dinamica per cui all'azione del ruspare su un terreno superlativo come quello di Vicopago non poteva che corrispondere dalla parte opposta la fuoriuscita di uova superlative.

Infine qualcuno sosteneva che la frase dispregiativa *"avere un cervello di gallina"*, in realtà serviva a porre la gallina al livello dell'intelligenza umana.

Sorrentino e la Collina giunsero quando il convegno stava ormai volgendo verso le conclusioni, ma in tempo per assistere all' improvvisa esternazione negativa che si levò, unica come un colpo di cannone, dalla platea.

A parlare fu Vincenzo Pantagalli: «In questo paese non si respira. La puzza degli allevamenti arriva dentro le case. Inoltre i liquami penetrano nel terreno e rendono fortemente inquinate le falde acquifere. Per questo l'acqua è imbevibile».

Silenzio assoluto. Grande imbarazzo. Come si permetteva questo forestiero, che da poco era venuto ad abitare a Vicopago, di criticare la fonte del benessere vicopaghese?

«Lei è un insolente. Se sente puzza dentro casa sua, la pulisca!!!» gridò un uomo dal centro della sala.

«Ma che dice questo forestiero?!» urlò un altro cittadino «Le galline di Vicopago profumano di fresco e di buono».

Ed un altro ancora, rivolto a Pantagalli: «Lei è qui per boicottare i progetti di espansione degli allevamenti. Chi l'ha mandata?».

«Nessuno» rispose Pantagalli «Io dico solo quello che vedo e che sento. Siete voi che, offuscati dal guadagno, non sentite il cattivo odore e non vedete i danni dell'inquinamento».

«Signor Pantagalli, se ce l'ha con me perché non volli testimoniare in suo favore al processo che la vedeva imputato di corruzione, è solo un problema privato tra di noi. Ma lasci stare le galline e gli allevamenti che portano lavoro e benessere a questo paese» intervenne Vendipietra a tutela del suo impero economico.

Ed il sindaco, a sua volta: «E poi non c'è nessun inquinamento. Ogni anno facciamo analizzare il nostro acquedotto e le nostre risorse idriche che sono sempre nella norma».

«Già. Analisi fatte eseguire dalla stessa ditta privata che fa, a pagamento, le certificazioni a Vendipietra» replicò Pantagalli.

«Che cosa vuole dire?» chiese il sindaco minaccioso

«Niente» rispose Pantagalli «Voglio dire che in questo paese siete talmente abbagliati dai benefici economici che vi portano le galline, da farne oggetto di culto e venerazione. Altrimenti non si spiega come si possa pensare di realizzare al centro della piazza maggiore del paese un monumento alla gallina».

«Non c'è cosa migliore» sostenne l'etologo Francesco Zampa.

«Non c'è cosa più stupida» lo contraddisse Vincenzo Pantagalli.

A queste parole si levarono urla, insulti, proteste, invettive e minacce verso di lui che, se non avesse raggiunto velocemente l'uscita e si fosse dileguato oltre la stessa, sarebbe finito sicuramente linciato dalla platea inferocita.

Sorrentino e Collina assistettero perplessi a quella reazione del pubblico che, ai loro occhi estranei, appariva esagerata ed anche un po' grottesca, ma sicuramente pericolosa per l'incolumità del povero Pantagalli. Infatti erano pronti ad intervenire qualora qualcuno avesse tentato di aggredirlo anche fisicamente.

E questa loro opinione esposero al Sindaco che, quando si presentarono dopo la conclusione del convegno, li invitò a pranzare in una sala adiacente con lui e la segretaria comunale.

«Non c'è che dire» disse il sindaco «Davanti ad un piatto di fettuccine, fatte rigorosamente con le uova di Vicopago, si parla meglio».

«Certo sindaco» disse Sorrentino «Ma a noi è sembrato che il pubblico abbia reagito troppo violentemente ed ingiustamente nei confronti di Vincenzo Pantagalli. Lo conosco e volevo salutarlo, ma ho visto che si è dato letteralmente alla fuga».

«Ed ha fatto bene. Altrimenti qualcuno gli menava» aggiunse il sindaco.

«Ma che ci fa qui a Vicopago?» chiese Sorrentino.

«Sono alcuni mesi che si è trasferito qui insieme alla moglie e ad una figlia» rispose il sindaco «Scrive articoli per una testata giornalistica della regione. E' un acceso ambientalista e molte volte lo vediamo in montagna. Ma sembra che la sua principale occupazione sia quella di attaccare gli allevamenti di Vendipietra, tanto che qualcuno sospetta che sia stato mandato qui da qualche allevatore concorrente».

«Non capisco questo trasferimento» disse Sorrentino «E' anche stato amministratore comunale all'Aquila, ma dopo alcune non felici vicende personali se ne era andato a Pescara».

«Sembra che ultimamente questo paese sia particolarmente frequentato da aquilani» affermò il Sindaco «La sera della sagra delle uova di gallina mi sono trovato ad un tavolo con molte persone venute dall'Aquila. Tra queste tre donne veramente belle. Tre sorelle. Simpatiche e con tanta voglia di divertirsi».

Sorrentino, nel sentire parlare di tre sorelle aquilane, non poté che chiedere: «Come si chiamano?».

«I nomi non li ricordo, ma il cognome... mi sembra... D'Angelo, o D'Alessio, no aspetti... D'Alessandro. Sì, sono sicuro: D'Alessandro».

Gli improvvisi ammutolire e sbiancare nel viso di Sorrentino se non furono percepiti dal sindaco e dalla segretaria comunale, ignari delle cose della vita privata del sostituto commissario, non passarono certamente inosservati agli occhi della Collina, che ben conosceva la compagna di Sorrentino e le sue sorelle.

Che ci facevano a Vicopago? Ma soprattutto perché Giulia a lui non aveva detto niente? Quel suo crescente sospetto che la fidanzata cominciasse a cercare altri spazi nella sua vita, dove non c'era posto per lui, acquistava sempre più certezza.

Invece alla Collina non dispiacque affatto capire che quel solido rapporto sentimentale del suo compagno di lavoro in realtà aveva delle crepe. E forse proprio in qualcuna di queste crepe avrebbe potuto trovare qualche varco per entrare nella vita privata di Rino Sorrentino. E lì, se ci fosse stato spazio, far nascere qualcosa di più della condivisione del lavoro e dell'immancabile amicizia. Guardava la segretaria comunale, che fino a quel momento non aveva detto parola e sembrava costantemente fissare il sindaco con aria estatica. E si chiedeva, la Collina, se tra quei due ci fosse qualcosa di più del rapporto che c'era tra lei e Rino Sorrentino, se tra un uomo ed una donna che condividevano lo stesso lavoro fosse possibile legarsi non solo nella stima e nel rispetto, ma anche nell'affetto.

Visto che Sorrentino sembrava aver perso la parola, fu lei a passare alle domande che costituivano il vero motivo della loro presenza a pranzo in quel ristorante, dopo la conclusione di quell'assurdo convegno sull' intelligenza della gallina.

«Sindaco, premesso che al momento nessuno sembra sia scomparso a Vicopago e che quindi quel corpo non è di qualcuno del posto, sappiamo che in questo paese viene tanta gente, soprattutto in occasione delle feste come la sagra delle uova di gallina. Quindi non le chiederemo se ha visto persone sconosciute. Però può dirci se in questi ultimi giorni ha per caso notato o le è stato riferito qualche movimento particolare?».

«No. Non mi sembra» rispose il sindaco.

«C'è qui qualcuno che frequenta la montagna e, secondo lei, potrebbe aver visto qualcosa di sospetto?».

«Possiamo chiamare il ragioniere Peretti, che è un buon camminatore ed ogni mattina fa la sua passeggiata in montagna. Eccolo è lì in quel tavolo con Vendipietra ed altri imprenditori di Vicopago».

Ma l'apporto di utili notizie da parte di Peretti fu nullo come fu nulla, ai fini dell'indagine, ogni altra informazione ricevuta da tutti coloro che furono interrogati quel pomeriggio dalla Collina e da un Sorrentino frastornato dai suoi pensieri che vagavano altrove.

L'altrove di Sorrentino telefonò la sera, dopo cena, quando il sostituto commissario stava nella sua stanza pronto per andare a letto.

«Ciao, tesoro, come va? chiese Giulia.

«Normale» rispose freddo Sorrentino.

«Che c'è? Problemi?» chiese ancora Giulia.

«No» disse lui.

E lei: «Non hai voglia di parlare?»

«Non ho voglia di parlare con te» fu la risposta inaspettata.
«Rino, non scherzare. Che hai?».
«Me lo chiedi pure?» disse lui «Te ne vai in giro a fare la mignotta e mi dici di non scherzare».
«Come ti permetti!?» disse lei fortemente arrabbiata.
«Dove stavi la sera della sagra delle uova di gallina di Vicopago? Forse insieme a quelle galline delle tue sorelle in compagnia di tanti galli?».
Giulia restò perplessa, ma non sorpresa. Era ovvio che a Vicopago qualcuno aveva riferito a Sorrentino di quella serata nello stand delle uova fritte al tartufo bianco. Aveva sbagliato a non informarlo. Ma lei e le sorelle avevano solo voluto trascorrere una serata diversa, una sera che il sostituto commissario doveva restare in servizio. E non avevano fatto nulla di male. Anche se qualcuno si era rivolto a lei con frasi un po' pesanti, lei aveva reagito e lo aveva messo a posto. Anche per questo non aveva raccontato nulla a Sorrentino, per non dover riferire gli insulti ricevuti da Vendipietra sapendo che Sorrentino, a cui già poco Vendipietra piaceva, avrebbe certamente affrontato quell'uomo e vendicato la sua donna.
Ma ora gli insulti provenivano proprio dal suo uomo e questo non poteva tollerarlo.
«Io e le mie sorelle siamo donne serie e tu non devi permetterti di insultarci perché siamo volute andare a divertirci un po' in una sagra di paese. Non abbiamo fatto nulla che tu possa giudicare male. Sei uno stronzo. Quando torni non venirmi a cercare. La porta di casa mia per te è chiusa per sempre». E riattaccò.
Sorrentino non disse nulla. Rosso in viso per la rabbia, il dolore e la delusione, ma anche per la consapevolezza di aver rotto con la sua donna, non ebbe in quel momento altra reazione che quella di scagliare violentemente il cellulare contro il muro, facendolo finire a terra distrutto, esattamente come si sentiva lui.

XII

«Batti e ribatti si piega anche il ferro» cantava Rosanna Fratello negli anni settanta.

E Michela, che con il ferro ci lavorava, sapeva che prima o poi si sarebbe piegata.

Quell'uomo molto più grande di lei, ma di grande fascino, quell'uomo spavaldo ma bello, quel gran figlio di puttana di Francesco Cola, che con le donne ci sapeva proprio fare, da tempo aveva deciso che Michela, la più piccola delle sorelle D'Alessandro, dovesse essere sua.

E così, con il pretesto di portare da lei le sue numerose autovetture ed i mezzi della ditta per piccoli interventi di manutenzione, aveva dapprima iniziato a lanciarle occhiate lunghe, esplicite ed insistenti, poi a farle complimenti sui suoi occhi belli, sul suo bel visino, sul suo fisico che, benché esile e nascosto sotto la tuta da meccanico, lui aveva sempre notato ogni volta che l'aveva vista, vestita da ragazza, a *Ju Capu*, il locale più frequentato dalla gioventù aquilana. Ed infine, negli ultimi tempi, le avances di uscire insieme erano diventate quasi quotidiane.

Lei aveva sempre resistito, ben conoscendo la fama di quel tombeur de femmes, playboy, sciupafemmine che, in qualunque lingua lo si volesse definire, sempre stava ad indicare persona cui conferire scarsa fiducia sulla prosecuzione di un rapporto oltre la prima o, al massimo, seconda scopata.

Ma alla fine, la prima ci fu.

Fu dopo la serata della sagra delle uova di gallina, a Vicopago, durante la quale, senza essere notato da alcuno e con notevole destrezza, Francesco Cola riuscì ad infilare un biglietto nella borsetta di Michela D'Alessandro, mentre erano insieme al tavolo con tutto il resto della compagnia.

Il biglietto, piegato in due e con in mezzo un petalo di rosa, diceva: «Tra tutta questa rozzezza solo due cose mi riappacificano con la vita: il profumo di una rosa e il tuo sorriso. F. 3802211323».

Se ne accorse solo il giorno dopo quando svuotò la borsetta per prendere le chiavi dell'officina.

Quella F. voleva significare "firmato"? O era l'iniziale del nome? Chi poteva essere se non lui, Francesco Cola? Dopo tutto quel corteggiamento, aveva sicuramente approfittato di quella serata seduto al fianco di lei per metterle quel biglietto in borsa. Ma poteva averne certezza solo chiamando quel numero. E comunque lei non era assolutamente convinta che accettare quelle avances sarebbe stata cosa buona. Ma fu curiosa. Curiosa di sapere se veramente fosse lui l'autore di quel biglietto, un po' sfrontato, ma certamente divertente. Poi prese la decisione. Avrebbe chiamato per dirne quattro a chiunque fosse stato. Come si era permesso di aprire la sua borsetta? E così fece.

«Pronto!? Chi parla?» disse Michela.

«Hai chiamato tu, cara e bellissima» ripose la voce, che subito riconobbe «Sei tu che devi dirmi chi sei».

L'immediato utilizzo del tu ed il tono suadente dell'interlocutore fecero capire a Michela che Francesco Cola l'aveva subito riconosciuta. Così come anche lei aveva riconosciuto lui.

«Non scherzare Francesco. Come ti sei permesso di mettermi quel biglietto dentro la borsetta?».

«Se ci vediamo stasera a cena ti dico perché» Fu la risposta di Cola, deciso ad andare diritto all'obiettivo senza perdere tempo.

«Ma perché dovrei venire a cena con te?» disse Michela.

«Vorrei offrirti una cena per tutti i problemi che mi hai risolto con le macchine» disse Cola.

Se la metteva sul riconoscimento dei suoi meriti professionali, non poteva rifiutarsi.

«Va bene. Accetto. Ma non farti strane idee. Solo cena e poi ognuno a casa sua» disse con finta ingenuità Michela, perché, in effetti, quell'uomo non era male ed anche lei, pur sapendo che non ci sarebbe stata mai una storia tra loro, lo sfizio di passare una notte con lui se lo sarebbe tolto.

Ed infatti fu così.

La portò a cena nel più costoso ristorante della città dove mangiarono cornettini di gamberetto, caviale e tartine di salmone, calamaretti con piselli ed aragosta. E bevvero dell'ottimo spumante invecchiato del 2009.

Parlarono di ogni cosa, ma soprattutto lui la riempì di attenzioni e complimenti, facendola sentire, in quei momenti, come la Bella a cena con la Bestia innamorata, tornata ad essere un principe.

Poi tornarono al Borgo Aterno, ma la macchina invece di fermarsi davanti alla villetta di lei, si arrestò davanti alla villetta di lui.

Senza dire parola, come se l'intesa fosse stata raggiunta implicitamente attraverso il modo in cui si era svolta la serata, aprirono gli sportelli dell'auto e furono davanti al portone d'ingresso. Il tempo di aprirlo e richiuderlo alle loro spalle e subito si avvinghiarono in un lungo bacio. Poi, continuando a baciarsi, si recarono in camera, svestendosi reciprocamente lungo il corridoio d'accesso. Davanti al letto erano già nudi. Restando in piedi, le loro bocche cercarono e trovarono il sesso finché lei non venne. Poi, a letto, lui le fu dentro e lei continuò a venire sotto la spinta del membro di lui. Quando anche lui raggiunse l'orgasmo e la inondò, lei continuava a contrarsi nello spasmo del piacere.

Il sonno poi soggiunse ad alleviare le fatiche dell'amore.

Ma dopo appena un'ora, mentre lui ancora dormiva, Michela si alzò e, cercando di non fare rumore, si rivestì ed uscì, raggiungendo, nel pieno della notte, a poche decine di metri di distanza, la villetta dove dormivano ignare le sorelle.

Il giorno dopo, sotto il motore di una macchina, mentre svitava viti e bulloni, Michela aveva ancora i brividi di quella serata, ma era ben sicura di non voler andare oltre. Non era uomo quello di cui innamorarsi. Glielo avrebbe detto, appena si fossero rivisti, dopo una sua telefonata. Perché era certo che lei non l'avrebbe richiamato. Ma quella telefonata non ci fu. Almeno non nei tempi e nei modi che lei aveva pensato. Solo dopo qualche mese Francesco Cola tornò a farsi vivo. Lo fece proprio in officina, portandole ancora una volta una delle sue macchine per il cambio dell'olio e dei filtri. La presenza di altre persone in quel momento non consentì a nessuno dei due di parlarsi e di chiarire che cosa era successo dopo quella notte di sesso in casa di Cola. Ma Francesco trovò un'immediata soluzione.

«Ti sarei grato se mi potessi riportare la macchina» le disse «Io mi trattengo a casa, qui al Borgo. Ho un appuntamento di lavoro e sarò lì fino a tardi».

Michela gli assicurò il lavoro e la restituzione dell'auto, come lui aveva chiesto, ma solo dopo la chiusura dell'officina a tarda sera. Sarebbe stata anche l'occasione per dirgli che cosa pensava di lui e soprattutto che, benché non si fosse mai pentita di esserglisi concessa quella sera, per quanto la riguardava, quella storia era morta e sepolta per sempre.

Quindi, a tarda sera, chiusa l'officina, Michela salì sull'auto di Cola e gliela portò lì vicino, sotto casa sua.

Parcheggiata sotto il cono di luce di uno dei pochi lampioni che illuminavano il Borgo, la chiuse e suonò al portone di casa per riconsegnare le chiavi a Cola. Ma nessuno rispose e il videocitofono non si accese. Nel frattempo quel cono di luce si spense e lei restò completamente al buio. Però l'improvvisa oscurità le consentì di vedere che la porta non era completamente chiusa. Un filo di luce traspariva tra lo spigolo e la linea del telaio. Con una piccola spinta infatti l'aprì. Nella grande sala d'ingresso la luce era accesa. Lo chiamò, ma Cola non rispose. Pensò che fosse in bagno, nel reparto notte. Ma non era neppure qui. Entrò nella camera da letto, l'unica che conosceva, ma niente, non c'era. Cominciò a pensare che si fosse allontanato per qualche motivo e che quella sua intrusione era stata inopportuna: si era introdotta in casa altrui come una ladra. Stava per andar via quando volle aprire l'ultima porta chiusa. La luce completamente accesa nella stanza le pose immediatamente di fronte la scrivania di Francesco Cola e la poltrona dove lui era seduto, girato dalla parte opposta verso la finestra.

«Francesco» lo chiamò, ma lui non rispose. Che cosa stava fissando fuori, rimanendo così immobile?

Girò dietro la scrivania. Francesco Cola aveva il viso fisso nel vuoto e bianco come il latte. Due grandi buche piene di liquido rosso occupavano, al posto degli occhi, la parte maggiore di quel viso. Quel liquido rosso, ora coagulato, era colato con due strisce che solcavano il viso bianco e ed erano gocciolate sopra i pantaloni. Non fu lo stupore ad assalire Michela, ma terrore, autentico, distruttivo, paralizzante terrore. Non le riuscì di gridare. Non le riuscì di capire che cosa stesse succedendo. Le riuscì solo di scappare, con il cuore che impazziva dentro il petto e con le gambe che sembravano volare. In qualche secondo fu a casa.

Pur avendo le chiavi, non riuscì a prenderle per come le tremavano le mani e prese a bussare con forza. Giulia venne ad aprirle spaventata e lei svenne tra le sue braccia.

Quando Michela rinvenne e vide il viso rassicurante di Giulia, iniziò a gridare: «Francesco, Francesco Cola.... E' spaventoso.... L'hanno ucciso».

Giulia pensò di andare a vedere, ma desistette. Ritenne più giusto, qualunque cosa fosse successo, chiamare subito la polizia.

XIII

Sorrentino e la Collina appresero la notizia dalla sala operativa della questura mentre erano a cena a Vicopago. Nessuno chiese loro di rientrare in sede, ma si dissero che non potevano consentire che quel delitto commesso al Borgo Aterno, soprattutto per le modalità con cui era stato descritto, fosse seguito senza la loro presenza, soprattutto nelle prime fasi degli accertamenti.

La prosecuzione delle indagini a Vicopago poteva ben attendere qualche giorno.

Così, senza neppure passare per i rispettivi alloggi, misero il lampeggiante all'auto civile di servizio e si diressero velocemente verso L'Aquila.

Già da lontano videro che il borgo era immerso in una intensa fluttuante luce blu ed infatti, quando arrivarono, le auto della polizia avevano invaso l'intero quartiere, soprattutto davanti alla villetta del morto ed a quella delle sorelle D'Alessandro.

Benché fosse stato messo al corrente che il cadavere era stato scoperto da Michela e che poi era stata la sorella Giulia a chiamare la polizia, il sostituto commissario preferì non passare a casa della sua fidanzata: era ancora fresco quel litigio tra loro.

Quindi si fermarono nei pressi della villetta di Cola ed entrarono, salutando i colleghi che stazionavano davanti alla porta.

«Sorrentino e Collina» disse il vice questore Camilli «siete venuti a godervi lo spettacolo?».

«Già, non potevamo mancare» rispose Sorrentino.

«Ha un piccolo foro all'altezza del cuore» proseguì Camilli. «Sa sparare bene l'assassino. Deve avere usato una pistola di piccolo calibro, ma è bastato un colpo solo per freddarlo sulla poltrona della scrivania».

«E poi s'è portato via i due souvenir» intervenne la Collina restando a fissare con raccapriccio quel volto senza occhi.

«Di sicuro ha usato il silenziatore. Lo sparo non s'è sentito qui intorno. Almeno così dicono le persone del borgo a cui abbiamo chiesto» disse Camilli. «Non c'è nessuna traccia che possa far pensare che sia stata forzata la porta d'ingresso o una finestra. Deve essere stato lo stesso Cola ad aprire. Chi lo ha ucciso era sicuramente conosciuto dalla vittima. Sembra che Francesco Cola non vivesse qui, ma ci venisse per i suoi appuntamenti di lavoro».

«E non solo» disse Sorrentino «Conoscevo bene Cola. In questa villetta ci portava spesso le sue tante conquiste».

Intanto il magistrato aveva fatto pervenire l'ordine di rimozione del cadavere, che fu prontamente impacchettato dentro il sacco a pelo dell'ultimo sonno e portato via.

Mentre la polizia scientifica proseguiva nella ricerca di ogni utile traccia, Camilli chiese a Sorrentino ed alla Collina se se la sentivano di seguire anche questa indagine, oltre quella già in corso a Vicopago.

I due accettarono e questa contestualità consentì loro di capire che tra il cadavere senza testa di Vicopago e la testa senza occhi del cadavere di Francesco Cola c'erano elementi comuni che facevano pensare ad un'unica mano assassina.

Quasi subito riuscirono a risalire all' identità del cadavere senza testa di Vicopago. Infatti, iniziando ad indagare sulle amicizie e le frequentazioni di Cola, scoprirono che da qualche giorno l'ingegnere Antonio Attanasi non andava più a scuola, dove insegnava matematica, senza giustificato motivo. Intanto la scientifica aveva fatto sapere che quel corpo senza testa aveva anch'esso un piccolo foro all'altezza del cuore. Quindi, dai piccoli proiettili recuperati all'interno dei corpi, fu accertato che a sparare era stata la stessa piccola pistola calibro 22. E subito dopo venne la conferma che le impronte digitali reperite a scuola sui registri conservati all'interno dei cassetti chiusi a chiave del professore ed ingegnere Attanasi erano completamente identiche a quelle che furono rilevate sui polpastrelli del cadavere senza testa.

Dunque bisognava tornare a Vicopago e Sorrentino ripartì, insieme alla Collina, senza passare mai, in quei giorni, a trovare Giulia.

XIV

Rino Sorrentino e Luciana Collina avevano trascorso l'intera giornata a Vicopago, saltando anche il pranzo, alla ricerca di elementi che potessero far capire qualcosa di quel duplice omicidio.

Soprattutto c'era da chiedersi perché il cadavere senza testa di Attanasi era stato nascosto nei boschi vicino quel paese.

Ma prima ancora c'era da capire se era da lì che le indagini dovessero avere inizio oppure tornare all'Aquila a cercare di scavare nelle cose che legavano i due morti ammazzati.

Dopo aver chiesto in lungo ed in largo ed aver ricevuto tutte risposte negative, finalmente Sorrentino ricordò che il sindaco gli aveva parlato della presenza, la sera della sagra delle uova di gallina, di altri aquilani, oltre alle sorelle D'Alessandro, al tavolo dello stand delle uova fritte al tartufo bianco. Perciò si erano recati dal sindaco e da questo avevano appreso che, in effetti, gli altri due aquilani presenti quella sera erano Antonio Attanasi e Francesco Cola. Non solo. Il sindaco aveva anche parlato degli interessi che legavano quei due a Vigopago ed in particolare del progetto dell'ampliamento degli allevamenti di Vendipietra. Inoltre Attanasi, come tecnico, e Cola, come costruttore, avevano ricevuto incarichi anche da altri imprenditori del posto.

Quindi le due piste che gli investigatori dovevano seguire qui a Vicopago erano quelle del tavolo della sagra e dei progetti che Attanasi e Cola si stavano apprestando a realizzare.

Soddisfatti della conclusione della prima giornata di indagini, dopo una buona cena, Sorrentino e Luciana Collina pensarono di andarsi a godere un momento di relax, prima del sonno, presso la piscina dell'albergo ove erano ospitati.

Soli, nella soffusa penombra della grande vasca, illuminata soltanto da quattro faretti rossi posti sopra altrettante colonne di stile corinzio, che fungevano da abbellimento e struttura ai quattro angoli della piscina, abbandonarono il consueto sobrio comportamento di poliziotti in servizio e si lasciarono andare a qualche confidenza in più.

Sorrentino si tuffò, mentre lei era già in acqua.

Dal fondo della piscina le afferrò una caviglia e la portò giù. Rimasero a guardarsi nel sorriso deformato dall'apnea. Poi, quando i polmoni richiesero aria, andarono a cercarla quasi saltando insieme sopra il pelo dell'acqua. Luciana intanto da dietro gli era salita sulle spalle e lui la girò, facendola poi scivolare sul suo corpo finché le bocche non giunsero a toccarsi. A quel punto Sorrentino arretrò.

«Tu non sai quanto ti vorrei» disse «Ma al Borgo Aterno c'è una persona con cui mi devo chiarire».

«Tu l' ami?» gli chiese la Collina.

«Sì, ma i rapporti tra noi non sono più come prima».

Intanto, mentre rispondeva alle domande della collega consapevolmente delusa, Sorrentino notò che un'ombra si era mossa dietro una colonna ai bordi della piscina. Qualcuno li stava spiando. Quindi prese tra le mani il viso della collega, come se volesse baciarla, ma solo per avvicinarlo e dirle sottovoce: «Tu rimani ancora in acqua. C'è qualcuno che ci spia. Lo voglio aggirare» E quindi ad alta voce: «Mi è sembrato di sentire il cellulare nello spogliatoio. Vado a vedere chi è», e uscì dall'acqua, facendo finta di dirigersi verso lo spogliatoio. Poi, fuori dalla vista dello spione, gli fu alle spalle.

Con una mano gli bloccò la nuca e con l'altra gli girò un braccio paralizzandolo.

«Fermo» disse «Chi sei? Che cosa vuoi?».

Quello lo implorò: «Lasciami, mi fai male».

«Sei uno sporco guardone» disse Sorrentino «Ora vattene e non farti più vedere», e lo lasciò.

Ma quello si girò, bianco in viso e sudato come uno straccio bagnato. Era il ragioniere del Comune, Peretti.

«Non sono un guardone» disse «Sono venuto qui per parlare con lei».

Neppure si accorse della presenza della poliziotta che nel frattempo era uscita dall'acqua e si era avvicinata. Aveva il volto terrorizzato e tremava.

«Che è successo?» chiese la Collina.

«Vogliono uccidermi» rispose.

«Ci dica esattamente quello che le è successo» incalzò Sorrentino.

«Vorrei mostrarvi alcune cose» disse il ragioniere «Potete venire a casa mia?».

«Ma lei vive solo?» disse la Collina.

«No. A casa c'è mia moglie. Aspetta che torno. Le ho detto di chiamare la polizia se non fossi tornato entro un'ora».

«Visto che siamo noi la polizia, andiamo» disse Sorrentino, facendo attendere lì in piscina il ragioniere impaurito, mentre loro si rivestivano, dopo la doccia.

La casa del ragionier Peretti era una villetta, ad un solo piano, al centro del paese, a pochi passi dal municipio.

Senza dire parola, il ragionier Peretti li portò direttamente nel suo studio, sotto lo sguardo attonito della moglie.

Era uno studio discretamente anonimo, con scrivania, computer, sedie, ecc., esatta riproduzione di una qualsiasi stanza dell'ufficio di un impiegato contrattualizzato. Un vetro rotto della finestra costituiva la sola nota distintiva. Il ragioniere non indicò loro il vetro andato in frantumi, bensì un piccolo foro nel mobile addossato alla parete opposta della finestra.

«Mia moglie stasera non doveva essere in casa» raccontò il ragioniere «Lei canta nel coro polifonico di Vicopago e due volte a settimana ha le prove, fino a tarda ora. Stasera però aveva mal di testa e non è andata. E' successo tutto all'improvviso. Mentre ero ancora a lavorare su alcune dichiarazioni dei redditi di amici, mia moglie è entrata nello studio. Contemporaneamente la finestra è esplosa. Abbiamo pensato che qualcuno l'avesse colpita, dalla strada, con un sasso, ma non c'era alcuna pietra per terra. Poi mi sono accorto di quel piccolo foro alla parete di cartongesso. Ed ho capito. Qualcuno ha sparato dalla strada. Probabilmente non mi ha colpito perché distratto dal contemporaneo ingresso di mia moglie nella stanza, che non si aspettava».

«In effetti quel foro fa pensare ad una pistola di piccolo calibro» disse Sorrentino «dovremmo far venire la scientifica a fare i rilievi».

«Sono sicuro che mi vogliono uccidere, perché questa è la seconda volta nella giornata» disse Peretti.

«Si spieghi» disse la Collina.

«Dopo quanto successo stasera, mi sono ricordato che oggi, mentre ero nella casetta che abbiamo in un piccolo podere fuori Vicopago, anche lì all'improvviso una finestra era andata in frantumi. Giacché tirava un po' di vento e la finestra non era completamente chiusa, ho pensato che fosse stato il vento a far rompere il vetro e quindi non mi sono preoccupato più di tanto. Però stasera, ricordandolo, sono voluto andare a vedere ed anche lì ho trovato il piccolo foro nella parete in cartongesso che è dalla parte opposta della finestra».

«Ed anche lì il mancato assassino deve essere stato distratto. Forse dall'improvviso spostamento della finestra, altrimenti lei stasera non stava qui a raccontarcelo».

«Ho paura, commissario» disse Peretti.

«Stia tranquillo. Ora la proteggiamo noi» disse Sorrentino «Intanto andiamo anche in quel suo podere fuori paese».

E così fecero e trovarono le cose esattamente come le aveva descritte Peretti.

Quindi solo il caso aveva voluto che Peretti non avesse incrementato il lugubre elenco dei morti ammazzati. Il piccolo calibro dell'arma usata e probabilmente l'uso del silenziatore per compiere l'attentato dalla strada in pieno centro senza che lo sparo fosse sentito, accostavano il mancato omicidio del ragionier Peretti alle morti di Attanasi e Cola.

«Dica, ragioniere» disse Sorrentino «Per caso lei, la sera della sagra dell'uovo di gallina si è fermato ad un tavolo con molte persone tra cui il sindaco ed alcuni aquilani? ».

«Certo» rispose Peretti, insospettito «C'erano tre belle ragazze dell'Aquila. Tre sorelle. Ma c'erano anche l'ingegnere Attanasi e il costruttore Cola. Ed altre persone di Vicopago».

Poi guardò, sgranando gli occhi, negli occhi di Sorrentino: «Cola l'hanno ammazzato» disse «Che c'entro io? Perché vogliono uccidere anche me?».

«Lei sarebbe stato il terzo di quel tavolo» disse Sorrentino «Anche Attanasi è stato ucciso. E' suo il cadavere trovato decapitato».

Il ragioniere si sentì mancare e si appoggiò alla moglie, che lo fece sedere.

«Che rapporto aveva lei con Attanasi e Cola?» disse Sorrentino.

«Venivano ogni tanto al Comune per quei progetti che stavano realizzando di ampliamento degli allevamenti di Vendipietra e di sistemazione del cimitero. Ma più che altro andavano all'ufficio tecnico per le autorizzazioni ed al sindaco. Da me venivano poco. Per i lavori del cimitero non eravamo ancora alla fase dei pagamenti».

L'attentato al ragioniere sembrava escludere la pista degli affari con il comune, ma restava sempre in piedi quella della serata della sagra delle uova di gallina. Erano in pericolo anche il sindaco e gli altri partecipanti a quel tavolo? Bisognava avere subito la lista dei nomi.

L'indomani sarebbero andati di nuovo dal sindaco a chiederli.

Intanto Sorrentino pensava a Giulia ed alle sorelle, che potevano anche loro essere in pericolo. L'indomani mattina presto avrebbe chiamato Giulia per avvisarla e dirle di restare chiusa in casa con le sorelle. Al diavolo continuare a fare gli offesi. Contava molto di più la vita della sua donna. Lui le avrebbe mandato una pattuglia a stazionare davanti casa.

«Senta, ragioniere» disse Sorrentino «Lei ha un posto sicuro dove poter dormire con sua moglie, stanotte?»

«Un posto ci sarebbe, ma è lontano da qui e poi per un tratto ci si deve salire a piedi. Magari con una torcia elettrica. Anche se c'è luna piena è ugualmente buio» disse Peretti «E' l'eremo, su in montagna. Lì nessuno verrebbe a cercarci».

«Allora ci dia le chiavi delle due abitazioni, dove, in assoluta riservatezza, domani manderemo qualcuno della scientifica.

Non vogliamo che questa cosa, almeno per ora, si sappia. Ora l'accompagniamo noi fin dove è possibile salire con la macchina, se se la sente di proseguire a piedi. Porti la torcia elettrica con sé».

«Va bene» disse Peretti «Padre Salvatore saprà dove tenerci nascosti e al sicuro».

Quindi in piena notte di luna piena, Sorrentino e la Collina salirono con la loro macchina di servizio senza lampeggianti su in montagna ad accompagnare verso il loro nascondiglio i due coniugi ancora spaventati, ma felici di essere scampati alla morte.

XV

«Pronto?» il cellulare della professoressa Giulia D'Alessandro suonò alle sette del mattino, mentre lei si era appena alzata per prepararsi ed andare a scuola.

«Ti sei pentito per le brutte parole dell'altra sera, tanto da chiamarmi a quest'ora?».

«Ciao, Giulia» disse Sorrentino con voce mesta, dal nuovo cellulare da poco acquistato «Non è per questo. Ne parliamo quando torno. C'è qualcosa di molto importante che ti devo dire».

«Cosa c'è?» rispose lei.

«Penso che tu, Alba e Michela siate in pericolo» disse Sorrentino.

«Perché? Mi fai spaventare» Giulia cambiò tono di voce

«Ascoltami bene. Voi oggi non dovete uscire di casa. Ho mandato già una pattuglia della volante a sorvegliarvi dall'esterno».

«Rino, dimmi che succede» replicò Giulia.

«Ieri sera hanno tentato di uccidere anche il ragioniere Peretti del comune di Vicopago. Dopo Cola ed Attanasi, è il terzo. E tutt'e tre erano con voi al tavolo dello stand delle uova al tartufo bianco, la sera della sagra delle uova di gallina».

Giulia restò un po' senza parlare. Era ancora scossa per quello che era successo l'altra sera quando lei aveva chiamato la polizia ed era stato ritrovato il corpo senza vita di Francesco Cola. E poi quelle indagini fatte a scuola ed aver saputo che anche il suo collega professore di matematica Attanasi era stato ucciso in quel modo, con la testa chissà dove.

Ora subentrava la paura non tanto per la propria incolumità, quanto per quella delle sorelle a cui era legata da un affetto profondo.

«Quindi tu pensi che vogliano far fuori tutti quelli che eravamo in quel tavolo? Ma perché?».

«Non lo so» disse il sostituto commissario «Ma per il momento voi statevene a casa al sicuro».

«E come facciamo per il lavoro?»

«Prendetevi un giorno di ferie. La vostra vita vale molto di più di una giornata di lavoro. Poi vedremo il da farsi. Io intanto cerco di capirci qualcosa di più».

«Tu ricordi i nomi di tutti quelli che eravate in quel tavolo?» chiese ancora Sorrentino.

«No. Solo qualcuno, come il sindaco e il ragioniere».

«Perciò ora ti lascio. Voglio subito andare dal sindaco a chiedere quei nomi. Dobbiamo avvertire quelle persone e proteggerle» concluse Sorrentino.

«Rino, mi vuoi ancora bene?» chiese Giulia.

«No» disse lui «Ti amo».

«Dunque, oltre me, Attanasi e Cola, le tre sorelle aquilane e Vendipietra, quella sera si fermarono al nostro tavolo il ragionier Peretti, l'operaio del comune Passalacqua e poi, verso la fine della serata, il titolare della ditta *Rossi legnami*, Luigino Rossi, che è anche il superiore della Confraternita, *Centometri*, che in realtà si chiama Paolo di Clemente ed è il titolare della ditta *Lux,* quella che ha realizzato la centrale idroelettrica e Carlo Pesce, detto *Trapasso* della ditta *«Pace e Quiete»* che gestisce il servizio di pulizia e manutenzione del cimitero».

Il sindaco aveva dato subito appuntamento a Sorrentino al Comune ed era stato preciso nell'elencare le presenze al tavolo delle uova al tartufo bianco la sera della sagra delle uova di gallina.

Sorrentino chiamò la questura e chiese un numero di agenti sufficienti per poter presidiare il territorio e dare protezione alle persone che si trovavano in pericolo.

Quindi chiese al sindaco di non lasciare il Comune per nessun motivo. Lì, con la presenza degli agenti di polizia municipale, sarebbe stato al sicuro.

Al Comune fu chiamato a permanere durante la giornata anche l'operaio Vincenzo Passalacqua, sia per assicurargli maggiore protezione, sia per gli eventuali servizi che avrebbe potuto rendere in quel momento di emergenza.

Dopo l'arrivo dalla questura di due volanti e dopo aver dato a queste le necessarie istruzioni, Sorrentino, insieme alla Collina, si recò a trovare le altre persone di quell'elenco.

Il Superiore, Centometri e Trapasso, mantenendo fede alla particolarità dei loro nomignoli, non si mostrarono particolarmente turbati, né spaventati per la minaccia che incombeva su di loro, limitandosi ognuno a dire che sarebbero stati accorti e se il killer si fosse presentato avrebbero saputo come sistemarlo. Comunque Sorrentino garantì loro il passaggio delle volanti presso le abitazioni e le sedi di lavoro.

Infine si recarono a trovare Felice Vendipietra, lasciato per ultimo da Sorrentino proprio per la scarsa simpatia che nutriva verso quell'uomo.

L'allevamento Vendipietra aveva l'aspetto di un enorme villaggio di fantasia. Era costituito da un'infinita distesa di pollai che sembravano tante casette dei Puffi, ognuna delle quali con una propria recinzione, dove le galline compivano il loro quotidiano dovere di deposizione delle uova e solerti operai provvedevano alla continua pulizia ed alla raccolta. In una più grande costruzione, ma dalle identiche sembianze, c'era l'ufficio di Felice Vendipietra, all'esterno del quale due operai stavano sostituendo l'insegna «*Vendipietra allevamenti*» con un'altra dove risaltava la scritta «*Le uova di Vicopago*».

Sorrentino e Collina attesero in una grande sala delle riunioni che si liberasse di un impegno con altre persone. Poi Vendipietra li raggiunse.

«Oggi non è una buona giornata» disse salutandoli «Sono morte diverse galline e non sappiamo perché».

«Neppure noi portiamo buone notizie» disse Sorrentino «Temiamo che lei sia in pericolo».

E così lo informarono dell'attentato al ragioniere, che era seguito agli omicidi di Attanasi e Cola, tutte persone che erano presenti al tavolo con il sindaco ed altri la sera della sagra delle uova di gallina. Dunque ora c'era da temere che anche gli altri partecipanti a quel tavolo, e quindi anche lui, potessero essere in pericolo.

«Non vedo che cosa possa spingere qualcuno a volerci ammazzare tutti» disse «Forse qualcuno si è risentito perché abbiamo fatto un po' di baldoria e addirittura ci vuole uccidere?»

«Non credo sia questo il movente» disse Sorrentino «E non siamo sicuri che l'assassino voglia uccidere tutti voi. Però intanto usiamo le precauzioni necessarie. Lei come gli altri cerchi di starsene al sicuro».

«In questi miei allevamenti sono più che al sicuro» disse Vendipietra «Ci sono i miei operai e gli allarmi dislocati ovunque».

«Comunque faccia attenzione» disse la Collina «Noi le manderemo anche qualche macchina della volante».

Prima di uscire Sorrentino volle togliersi la curiosità di sapere i motivi della sostituzione dell'insegna.

«Il nome del paese è prevalso ormai su quello dell'allevatore» disse Vendipietra «Da tempo le uova sono conosciute in tutto il mondo come le uova di Vicopago, anche grazie alla sagra. Era giusto che si cambiasse il nome. Anche perché l'azienda sta assumendo dimensioni tali che non può più essere di unica proprietà. Abbiamo trasformato l'azienda in s.r.l,. Da poco tempo ho un socio».

«Chi è, se me lo può dire?» disse Sorrentino.

«Dovrebbe venire tra poco» disse Vendipietra «Anzi se lo aspettate potete informare anche lui del pericolo che stiamo attraversando. E' Paolo di Clemente. Anche lui era al tavolo la sera della sagra».

«Non ce n'è bisogno» disse la Collina «L'abbiamo già avvisato».

Così Sorrentino e la Collina completarono il giro delle persone che, secondo loro, potevano essere sotto il tiro dell'assassino che aveva già colpito al Borgo Aterno ed a Vicopago.

E lasciarono gli allevamenti portando con sé l'odore, non certamente gradevole, dei pollai.

XVI

La sala del Consiglio comunale di Vicopago non era mai stata così gremita di pubblico.

I cittadini si erano riversati in massa a seguire il Consiglio, convocato in via straordinaria ed urgente.

La gran parte tuttavia non era riuscita ad accedere all'interno, non essendoci più neppure posti in piedi e sostava, agitata e rumorosa, nella piazza antistante il municipio.

Dentro, sedevano nelle prime file i cittadini più autorevoli, tra cui professionisti ed imprenditori, il parroco, i rappresentanti della Confraternita e dell'Ordine, e Felice Vendipietra visibilmente sgomento con i gomiti poggiati sulle ginocchia e la testa tra le mani.

Il consiglio discuteva della situazione di emergenza che in pochi giorni stava trasformando il comune di Vicopago da paese più ricco e felice del mondo nel paese più misero e straziato: tutte le galline stavano morendo. Un'improvvisa, quanto disastrosa epidemia aveva colpito le galline degli allevamenti di Vendipietra & co. ed ora la risorsa economica che portava ricchezza, benessere e lavoro al paese stava andando in malora.

Erano state fatte analisi, studi, ricerche, erano stati chiamati a consulto i migliori veterinari della zona, erano stati interpellati scienziati ed etologi direttamente ed on line, erano state consultate tutte le pagine enciclopediche di internet, ma niente, nessuna causa apparente sembrava determinare quello sterminio.

Alla fine, il sindaco aveva deciso di interessare la popolazione nella sua maggiore sede istituzionale, il Consiglio comunale, al fine di renderla edotta e partecipe di quanto stava accadendo.

«Dobbiamo trovare al più presto la causa» disse il sindaco «Ormai sono rimaste solo alcune decine di galline. Se riuscissimo ad evitarne la morte, la specie delle galline di Vicopago e questo stesso paese sarebbero salvi».

«Ma come?» disse un consigliere «Mi dicono che s'è fatto tutto quanto c'era da fare!?».

«Secondo me bisogna dargli da mangiare la pappa reale. Dicono che rinforza e fa fare le uova» si avventurò un altro consigliere.

«Io penso che sia tutta quella frutta che mangiano» disse ancora un altro «troppe vitamine».

«Avete provato con gli antibiotici?» chiese un altro consigliere.

«Certo» disse il sindaco «Vendipietra si è affidato ai migliori veterinari. E' stata data alle galline ogni medicina possibile, ma niente è riuscito a fermarne la morte. Anche la frutta è stata analizzata: è risultata di ottima qualità ed affatto nociva per le galline».

«Per me, cercare di trovare la soluzione con le medicine è solo una perdita di tempo» disse qualcuno dalla platea «Questo è un maleficio, un sortilegio contro questo paese».

«Si. Ora affidiamoci alla stregoneria!» ironizzò uno dei consiglieri che aveva già parlato «Dobbiamo rivolgerci alla polizia. E' un boicottaggio».

Qualcuno tra la folla presente gridò: «Tutti sapete chi è contrario alle nostre galline, ma nessuno lo dice...».

«E' lui l'artefice di questo disastro» disse un altro gridando ancora più forte».

«Fate nome e cognome» disse il sindaco.

«E no» disse il primo dei due «Noi siamo semplici cittadini: se lo diciamo ci querela. Lei è il sindaco. Lei lo sa e lo deve dire alla polizia».

La proposta trovò largo consenso, tanto che la seduta fu sciolta con l'invito al sindaco di rivolgersi ai sostituti commissari già presenti in quei giorni a Vicopago per le indagini sul cadavere dell'ingegnere Attanasi ritrovato senza testa.

Avevano da poco parlato con il sindaco che li aveva messi al corrente della drammatica situazione delle galline di Vicopago ed il sindaco non era stato certamente cauto nel riferire il sospetto generale verso quel Vincenzo Pantagalli, noto contestatore degli allevamenti di Vendipietra, che loro stessi avevano avuto modo di vedere in azione il giorno del convegno.

Perciò, mentre si recavano ad interrogare Pantagalli, Sorrentino e la Collina discutevano su quanto questi sospetti avessero potuto avere qualche fondamento di verità.

«Se ogni analisi fatta ha escluso forme di avvelenamento, in che modo Pantagalli avrebbe potuto uccidere quelle galline?» disse la Collina.

«Non lo so» disse Sorrentino «Ma so che Pantagalli è l'unico in paese contrario a quegli allevamenti».

«E per evitare l'ampliamento degli allevamenti Pantagalli potrebbe aver fatto fuori anche Cola ed Attanasi» disse la Collina «ma, Rino, checché ne dicano gli abitanti di Vicopago, ti sembra questo un motivo valido per uccidere due persone e distruggere la fonte di ricchezza di un intero paese?».

«Certamente no» rispose Sorrentino «Però Pantagalli avrebbe avuto anche altri motivi».

«Cioè?» disse la Collina

«Voci che circolavano al Borgo Aterno. Sembra che la moglie di Vincenzo Pantagalli avesse più di qualche simpatia verso Francesco Cola e sicuramente dietro i guai giudiziari del marito c'erano le denunce dell'ingegnere Attanasi».

«Se è così, si comincia a delineare il possibile movente» disse la Collina «Ma perché cercare di uccidere anche il ragioniere?».

«Perché l'assassino, mentre trasportava il cadavere di Attanasi in montagna, potrebbe aver visto il ragioniere, che sappiamo essere un frequentatore abituale della montagna, ed aver pensato di essere stato a sua volta visto da lui».

Nel frattempo erano giunti presso l'abitazione di Vincenzo Pantagalli.

Questa era una villetta a schiera situata in un complesso residenziale non lontano dagli allevamenti di Felice Vendipietra.

Vincenzo Pantagalli era in giardino a mettere a dimora alcune piantine.

«Salve dottore» disse rivolto a Sorrentino, appena sceso dalla macchina con la Collina «Anche lei qui a Vicopago?».

«Già» disse Sorrentino «Sembra che in questo paese da un po' di tempo gli aquilani ci vengano a vivere, a lavorare ed a morire».

Pantagalli lo guardò con espressione seria ed interrogativa mentre apriva loro il cancello di casa.

«Quel cadavere senza testa appartiene all'ingegnere Attanasi» disse Sorrentino «Lei non aveva buoni rapporti con il professore».

«Si riferisce alle denunce che mi ha fatto quando ero assessore al comune dell'Aquila? E'acqua passata. Sospetta che l'abbia potuto uccidere io?».

«Non sospetto nulla» disse Sorrentino «Siamo qui solo per chiederle delle informazioni. Perché ce l'ha tanto con gli allevamenti di Felice Vendipietra?».

«Io sono venuto in questo paese per trovare un po' di serenità nella vita mia e della mia famiglia. Ho preso in affitto questa villetta, ma è impossibile viverci, come è impossibile vivere nel resto del paese. Voi non la sentite la puzza di pollame che pervade ogni angolo? E' vomitevole. Gli abitanti un po' si sono assuefatti, un po' fanno finta di non sentirla perché l'attività di Vendipietra porta lavoro e soldi a tutti».

«Attività che sta finendo. Tra poco lei ne sarà contento» disse la Collina

Pantagalli la guardò stupito, poi disse: «Magari! Quest'inferno non finirà mai».

«Lei non sa dell'epidemia che ha colpito le galline?».

Pantagalli rise: «Ci ha messo mano la Provvidenza?».

«Non scherzi» disse ancora la Collina «La questione è seria. L'economia di tutto il paese sta saltando e lei non è certamente tra quelli che possano ritenersi non interessati al fallimento».

«Io non sono interessato al fallimento di Vendipietra e dell'economia di questo paese. Io dico solo che non si può vivere in un ambiente puzzolente ed inquinato».

«Ed allora perché non se ne va?» disse Sorrentino.

«Perché le cose cattive vanno controllate e presidiate da vicino. Sa perché in certe città le scuole e le caserme di polizia le mettono nei quartieri dove c'è una maggiore incidenza della criminalità? Per scoraggiare e dissuadere. Così anche la mia nuova attività di giornalista dell'ambiente è giusto farla dove più forti sono i fattori di rischio ambientale e denunciarlo».

«Lei conosceva bene anche Francesco Cola...» disse Sorrentino.

«Lei lo sa. Perché me lo chiede? Non penserà che ho ucciso quei due compari e tutte le galline di Vicopago» rispose Pantagalli.

«Non si allontani da Vicopago, perché è probabile che dovremo farle ancora delle domande» concluse Sorrentino «Ci rivedremo presto».

XVII

La notizia dello sterminio delle galline di Vicopago si diffuse rapidamente.

Social, media, carta stampata, tg, emittenti in ogni canale, perfino Radio Maria e Radio Radicale ne parlarono.

E quindi giunse anche a casa delle sorelle D'Alessandro.

Giulia aveva salutato sull'uscio con un lungo abbraccio di riappacificazione ed un bacio il sostituto commissario, da poco rientrato in città per alcune verifiche presso la questura.

Poi, sedute al divano, le tre sorelle se ne stavano rigide, imbarazzate e compunte davanti a Sorrentino in poltrona, aspettando le sue domande.

Pensavano di essere la causa dello sterminio delle galline con quella stregoneria fatta per punire Vendipietra la sera della sagra, ma non osavano dirlo a Sorrentino, benché, da parte loro, si era trattato solo di un gioco. Non riuscivano a capire come quell'atto di fantasia avesse potuto trasformarsi in realtà.

Il loro imbarazzo era palpabile, ma Sorrentino lo attribuì alla vergogna per quella serata sopra le righe a Vicopago.

E poi c'era stata la scoperta, da parte di Michela, del cadavere di Cola, lì al borgo e si vedevano ancora chiaramente sul viso della ragazza i segni dell'angoscia e dello spavento.

«Hai detto ai colleghi che eri andata da Cola per riportare la macchina» disse Sorrentino a Michela «Da quando sei così gentile con i clienti?».

«Sospetti di me?». disse Michela.

«Ma no! Non capisco solo questa tua attenzione verso un soggetto come Francesco Cola» disse Sorrentino.

«Diciamo che da un po' si stavano frequentando» intervenne Alba.

Sorrentino fece una smorfia di disappunto, ma non volle proseguire con quel discorso.

«Quello che sta accadendo a Vicopago è assurdo» disse «La gran parte degli abitanti di quel paese lavora agli allevamenti di Vendipietra. Se moriranno tutte le galline, addio lavoro per chissà quante persone».

Le sorelle sedute sul divano si strinsero tra loro.

«E pensi che questo sia collegato all'omicidio di Antonio Attanasi?».

«E di Francesco Cola» disse Sorrentino «Si. Potrebbe esserci un comune disegno, dietro questi fatti».

Le sorelle si guardarono quasi con sollievo. Se la causa dello sterminio delle galline poteva essere collegata agli omicidi, loro erano salve: non erano state loro con quel giochetto assurdo da pseudostreghe a provocare tutto quel pandemonio!

Tuttavia non potevano esserne certe. Le due cose potevano anche essere dovute a cause diverse, ed in tal caso non si poteva escludere che la morte delle galline fosse stata una conseguenza di quel balletto.

Fino al termine di quella conversazione la domanda specifica sul rito contro le uova di gallina di Vendipietra non arrivò da parte di Sorrentino, e ciò rassicurò le sorelle che il sostituto commissario non sapeva e non sospettava minimamente di loro.

Apprezzarono che Sorrentino non chiedesse nulla della loro serata a Vicopago la sera della sagra. Soprattutto Giulia avvertì la volontà di quell'uomo di continuare a stare con lei, rispettando i suoi spazi e la sua autonomia.

«Se volete, vi invito a cena» disse loro Sorrentino «Ho scoperto che anche qui a L'Aquila si può mangiare del buon pesce in un piccolo ristorante del centro».

Alba e Michela lasciarono che la serata proseguisse tra loro due, com'era giusto che fosse, e dissero di essere già impegnate.

Quindi Sorrentino e Giulia si recarono al centro della città, passeggiando tra i vicoli in ricostruzione prima di andare a cena.

La nostalgia della città di un tempo si univa al senso di vuoto e di assenza.

Tutto appariva ormai assente. La gente. I negozi. Le luci ed i suoni. I profumi della vita sostituiti dagli odori della sabbia e del cemento.

Tutto si confondeva in un sentimento di angoscia per quello che era stato perduto e di speranza su quello che sarebbe stato nel prossimo futuro.

Dopo cena, Giulia chiamò le sorelle e disse che sarebbe rimasta a dormire a casa di Rino.

Fecero l'amore tutta la notte, restando abbracciati anche durante le pause per poi riprendere ogni volta con dolcezza e maggior voglia dell'altro.

XVIII

La ridente cittadina di Vicopago non rideva piu'. Era ormai sprofondata nella più cupa disperazione. Qualche gallina spelacchiata e senza più uova ancora viveva nei pollai di Vendipietra in attesa di finire i suoi giorni sopra i cumuli di pollame incenerito. Ma il destino di quel paese era segnato. La gente si preparava ad affrontare la crisi riducendo i consumi e cercando soluzioni lavorative alternative o trasferendosi altrove. Quel paese si stava avviando sulla strada della sua agonia. I negozi, ormai deserti, si apprestavano a chiudere. I servizi, pubblici e privati, cominciavano a mancare ed i primi segnali del degrado incalzante erano ormai più che tangibili lungo le strade sporche e nelle piazze abbandonate.

In questo ambiente straziato i sostituti commissari Sorrentino e Collina proseguivano le loro indagini senza successo. Avevano dovuto ripiegare in stanze anguste e bagno comune di una piccola pensioncina fuori paese, dopo la chiusura del favoloso albergo a cinque stelle. E questo sopravvenuto disagio, unito alla ormai lunga permanenza a Vicopago, li spingeva a voler affrettare la conclusione di quella storia e tornarsene all'Aquila. Ma la soluzione era ancora assai lontana. Chi avrebbe avuto interesse ad uccidere due persone e tutte le galline? Chi ci avrebbe guadagnato, visto che tutta la gente di quel posto mangiava e viveva con le uova degli allevamenti di Vendipietra & co.? Di una cosa sembravano avere quasi certezza: lo sterminio delle galline era stato voluto con la stessa identica determinazione di ostacolare i progetti di ampliamento degli allevamenti. Quindi c'erano buone probabilità che il movente che aveva portato ad uccidere Attanasi e Cola poteva essere lo stesso della distruzione degli allevamenti e quindi della morte delle galline.

L'unico in paese che poteva essere sospettato di quella strage per la sua manifesta avversione verso il pollame di Vicopago era Vincenzo Pantagalli.

Tuttavia, in un secondo incontro con Collina e Sorrentino, il giornalista-ambientalista Pantagalli aveva presentato per l'omicidio di Francesco Cola un alibi di ferro, giacché nelle ore che erano intercorse tra il momento in cui la vittima aveva lasciato la macchina all'officina di Michela D'Alessandro e il momento del ritrovamento del cadavere, lui era a Pescara presso la sede centrale del giornale per il quale scriveva ed era rimasto lì per tutto il pomeriggio e gran parte della serata. L'alibi ovviamente era stato confermato dai suoi colleghi presenti al giornale.

Nell'ufficio del vigile Tellone, messo da tempo a loro disposizione dal sindaco, Sorrentino e la Collina si chiedevano quale dovesse essere la chiave di lettura degli omicidi, perché una chiave di lettura doveva pur esserci.

«Dobbiamo provare a distinguere gli eventi» disse ad un tratto la Collina «Abbiamo sempre pensato ad un'unica strategia omicida e distruttiva. Ma i fatti delle galline e degli omicidi potrebbero essere solo coincidenze».

«Hai ragione» disse Sorrentino «Abbiamo di fronte due situazioni completamente diverse. Lo sterminio delle galline non è riconducibile ad alcuna condotta umana, almeno stando a quanto è risultato finora dagli studi fatti. Non sono state rilevate tracce di avvelenamento, di malattia, ecc. Pertanto potrebbe anche essere un fatto del tutto naturale. Le galline potrebbero essere morte di vecchiaia. Invece degli omicidi abbiamo elementi che fanno pensare ed una matrice comune: ad esempio il calibro n. 22 dell'arma usata ed il rapporto di affari che legava le due vittime».

«Dobbiamo cercare nei progetti che Attanasi e Cola avevano in corso qui a Vicopago. Dobbiamo sentire di nuovo non solo Vendipietra, ma anche il sindaco, i dipendenti del comune, Luigino Rossi, Carlo Pesce e Paolo Di Clemente».

«Ed andare a trovare il ragioniere e la moglie che in tutto questo tempo sono voluti restare nascosti all'eremo».

«Andiamo subito da loro su in montagna» disse la Collina.

XIX

Fin dove avevano accompagnato Peretti e signora la strada fu a loro nota. Ma dopo aver lasciato la macchina ed aver intrapreso il cammino per giungere all'eremo, dove aveva trovato rifugio la coppia, Sorrentino e Collina ebbero non poche difficoltà su quella montagna a seguire il giusto sentiero a loro sconosciuto. Tant'è che, dopo aver camminato a lungo, si resero conto che erano saliti troppo di quota quando videro l'eremo ben al di sotto della loro posizione.

Dovevano ridiscendere.

Non avevano fatto che pochi metri, quando videro da lontano una figura muoversi all'improvviso e sparire alla loro vista ai piedi di una parete rocciosa.

«Hai visto?» disse Sorrentino alla Collina «Mi è sembrata una sagoma umana, ma è sparita in un secondo. Che sarà stato?».

«Forse un animale, un cinghiale, un lupo?» disse la Collina.

«Troppo alto per essere un animale selvatico. A meno che non fosse un orso» rispose Sorrentino.

«Eppure aveva qualcosa di umano» disse ancora Sorrentino «Ma dov'è finito?».

La distanza eccessiva dalla scena fulminea che avevano visto in precedenza li metteva al sicuro rispetto alla presenza di eventuali animali aggressivi, come un lupo, un cane randagio o un orso, ma non consentiva loro di capire se ci fosse qualcuno che si aggirava da quelle parti e che avrebbe potuto dare qualche utile contributo alle indagini sul ritrovamento del cadavere senza testa di Attanasi.

«Avviciniamoci» disse Sorrentino «Abbiamo le pistole. Se c'è qualche animale pericoloso che ci aggredisce, spariamo».

«Ma basterà sparare in aria per farlo fuggire» aggiunse la Collina.

Mentre si avvicinavano, quella parete rocciosa diventava sempre più grande, così come il buco alla base di essa, che, quando gli furono a ridosso, si rivelò essere l'ingresso di una caverna.

L'odore di cera segnalò subito la presenza di esseri umani in quel grande scavo immerso nell'oscurità dentro la pancia della montagna. La forte umidità e il volo dei pipistrelli si infittivano man mano che vi si addentravano.

Poiché erano saliti di giorno non avevano portato con sé la torcia elettrica, per cui dovettero farsi strada con quel poco di luminosità che riuscirono a ottenere dalla torcia applicata ai loro cellulari.

Riuscirono a vedere sul lato sinistro un gran numero di cianfrusaglie depositate a terra come fosse un'isola ecologica di raccolta differenziata.

Dall'altro lato invece l'ambiente cominciava ad assumere le sembianze di una dimora, con la presenza di un tavolo, delle sedie, degli armadi ed in fondo delle candele che si vedeva essere state spente da poco, giacché sprigionavano ancora in alto un filo di fumo.

Il rumore di un respiro affannato rivelò la presenza di qualcuno a ridosso della parete destra di quella caverna. All'unisono i cellulari di Sorrentino e della Collina si orientarono verso quel respiro e videro il volto spaventato di *Jupitte*.

Viso magro ed emaciato, pochi capelli sudati e spiaccicati sul cuoio capelluto, pantalone largo e sporco sotto una camicia spessa di lana rossa e nera a quadri grandi, li guardava e non si muoveva.

«Siamo della polizia» disse la Collina «Lei chi è?».

L'uomo non parlò e restò fermo dov'era.

«Come si chiama? Che ci fa qui?» disse Sorrentino.

E lui niente. Immobile a ridosso della parete della caverna non diceva nulla.

Poi d'improvviso, si avvicinò alle candele e le accese, si diresse verso quel cumulo di cianfrusaglie che erano accostate alla parete di fronte e tirò fuori un berretto da poliziotto, lo pose sul tavolo, a cui accostò una sedia e si sedette di fronte a loro. Tutto questo sotto gli occhi stupiti ed interrogativi di Sorrentino e Collina. Quindi alzò gli occhi e disse «Io dirò quel che vorrà, ma se il pegno non porterà, ogni cosa sparirà».

«Ma che dice? E' matto?» sussurrò la Collina a Sorrentino.

«Aspetta. Vediamo dove va a parare» rispose lui.

«Ha visto qualcuno, tempo fa, da queste parti, che portava un sacco o trascinava qualcosa del genere?».

«Quando tutto si saprà, un sol uovo mi porterà».

«Va bene» disse Sorrentino «Ora però mi dica se le è capitato di vedere qualche cosa di strano».

E lui iniziò.

«Tempo addietro col cappuccio
Venne un uomo cuccio cuccio,
E mi chiese: "Indovina
perché è brava la gallina
che fa ricco Vendipietra,
fa progresso e non arretra".
Sul cappello da lavoro
preso avanti a quel tesoro
chiesi adunque alla magia
la richiesta cortesia.
Così vidi quel Felice
al mangiar della fattrice,
reso già stimolante
col peperoncin fiammante,
mescolare con la mano
il suo caro zafferano.
E lo dissi immantinente
all'ignoto lì presente.
Ma a quello chiesi in pegno
di quell'immediato impegno

entro l'Halloween in festa
dell'ingegner la testa,
l'occhio dell'imprenditore
e del ragioniere il cuore.
Ma non volli la materia
di tutta quella gente seria.
Io chiedevo a quel soggetto
di conoscere il progetto,
del suo scopo la gestione
ed il conto dell'azione.
Ma alla data di scadenza
non c'è stata acquiescenza.
E per questa scortesia
si ripete la magia:
l'oro rosso da prezioso
si trasforma in velenoso
ma diventa immateriale
appena morto l'animale.»

Sentita quell'esternazione non ebbero null'altro da dire. Si guardarono stupiti e ammutoliti, diedero la mano a quell'uomo e uscirono dalla caverna.

XX

All'Uovo Sodo, unica trattoria rimasta a Vicopago, i sostituti commissari Sorrentino e Collina, il vice questore Camilli e il pubblico ministero Carla Di Giuseppe mangiavano bucatini all'amatriciana. Gli spaghetti alla carbonara, rinomata specialità della casa, da tempo non venivano più cucinati a causa della scomparsa delle uova di quel paese che ne costituivano l'ingrediente fondamentale.

Come ogni volta accadeva, un'extrasistole aveva colpito Sorrentino alla vista della Di Giuseppe e della sua minigonna.

Il magistrato era voluto venire personalmente a Vicopago, insieme al vice questore Camilli, dopo la telefonata con la quale Sorrentino aveva avvisato quest'ultimo di quanto appreso nella caverna di *Jupitte*.

Come faceva quest'uomo a conoscere tutti quei particolari? Come faceva a sapere dell'attentato al ragioniere se la notizia era stata tenuta segreta e il ragioniere se ne stava nascosto dentro l'eremo?

«O è lui l'assassino o tutto quello che ha detto è vero» disse la Collina.

«Quel Tizio» spiegò Sorrentino «ha parlato di un uomo incappucciato che si è recato da lui per chiedere di conoscere il segreto della specialità delle uova di gallina di Vicopago. E lui, attraverso un rito magico, fatto in presenza di un cappello da lavoro che lui stesso aveva trovato nei pressi degli allevamenti, da lui definiti "tesoro", ha avuto la visione del segreto e glielo ha svelato».

«Il cappello rappresenta il feticcio che gli avrebbe consentito di avere quella visione» disse la Di Giuseppe.

«Infatti lui ha la caverna piena di oggetti, probabilmente raccolti in giro, che di sicuro gli servono per questo tipo di pratiche esoteriche» aggiunse la Collina.

«Quindi il segreto svelato all'incappucciato in sostanza consiste nel fatto che Vendipietra, per far diventare pregiate e speciali le uova delle proprie galline, mescolerebbe al normale mangime, una miscela di peperoncino, che immagino serva per favorire e stimolare la produzione di uova e lo zafferano per renderne migliore il gusto e la qualità».

«E quanto gli costa ogni uovo?» disse Camilli.

«Vero. Questa cosa la dobbiamo chiedere al diretto interessato, a Vendipietra» rispose Sorrentino.

«Ma perché tutto questo interesse da parte di quell'uomo incappuciato?» disse la Di Giuseppe.

«Conoscere il segreto delle uova di gallina di Vicopago significa poter immettere sul mercato un prodotto simile e quindi diventare ricchi» disse Camilli.

«*Jupitte* però gli chiede una contropartita in cambio dell'informazione» proseguì Sorrentino.

«E qui sta il punto cruciale della vicenda» aggiunse la Collina.

«Già, questa persona ignota, talmente accecata dalla sete di guadagno, non si rende conto che *Jupitte* usa un linguaggio metaforico. Non capisce che *Jupitte* non voleva realmente gli organi di quei poveretti, ma ciò che essi rappresentano. La testa dell'ingegnere rappresenta il progetto, l'occhio dell'imprenditore significa in che modo l'incappucciato avrebbe gestito quell'informazione, ed il cuore del ragioniere altro non è che il cuore dell'attività contabile che si realizza nella resa del conto, nel rendiconto, cioè nella conoscenza finale dei risultati della gestione. In sostanza voleva, da quella persona, che lo portasse a conoscenza, entro la data della festa di Halloween, di che cosa ne avrebbe fatto e come avrebbe utilizzato l'informazione ricevuta». Tutti seguirono con estremo interesse la chiara esposizione di Sorrentino.

«Bravo Sorrentino» disse Camilli «mi sembra che hai individuato l'esatta essenza di quanto detto da quella specie di oracolo».

«Invece l'assassino capisce di dover portare a quell'uomo proprio la testa dell'ingegnere e quindi ammazza Attanasi e gli taglia la testa, poi uccide l'imprenditore Cola e gli cava gli occhi, ma con il ragioniere Peretti qualcosa va storto» disse la Collina.

«Infatti il ragioniere sfugge per ben due volte alla morte e quello non riesce a prendergli il cuore nemmeno il giorno di Halloween perché io lo mando, insieme con la moglie, a rifugiarsi in un posto segreto» disse Sorrentino.

«Dunque, pensando di non aver concluso, nei termini stabiliti, il suo adempimento e non poter portare tutti e tre gli organi delle sue vittime, avendo fallito l'uccisione della terza, l'incappucciato non si fa più vedere dall'uomo della caverna e scatta l'assurdo, cioè la sanzione, la maledizione: lo zafferano da pregiato diventa velenoso e fa strage delle galline. Così quell'uomo non potrà mai trarre vantaggio dall'informazione ricevuta» disse ancora Sorrentino.

«Ma le analisi fatte alle galline morte non hanno mai rilevato tracce di avvelenamento» disse la Di Giuseppe.

«Perché spariscono!» rispose Sorrentino «*Jupitte* dice che le tracce del veleno scompaiono nelle viscere delle galline appena uccise. Quindi bisogna dire a Vendipietra di fare analizzare le galline che sono ancora vive e vedere se nel loro sangue ci sono tracce di veleno».

«E' una storia assurda, una spiegazione pazzesca, ma è l'unica che abbiamo» concluse il vice questore Camilli.

XXI

Nessuno sapeva perché *Jupitte* fu prelevato di notte dalla polizia all'interno della baracca vicina alle sue pecore in montagna e portato all'Aquila in questura.

Qui fu sottoposto a continui interrogatori, svolti in via assolutamente riservata da Camilli e dalla dott.ssa Di Giuseppe e tenuto in stato di fermo. Ma quell'uomo non disse una parola, neppure quando il magistrato lo invitò a farsi assistere da un avvocato. La Di Giuseppe pensava che avesse preso in giro Sorrentino con quella favola della visione e dell'incappucciato e che, in realtà, fosse stato lui a fare tutto quel massacro di uomini e galline. Camilli invece, nel guardarlo così magro, sporco, impaurito ed indifeso pensava che non sarebbe stato mai in condizione, non solo di sparare a qualcuno, di sterminare la fonte dell'intera economia di quel paese, Vicopago, ma neppure di prendere un mezzo e venire all'Aquila ad uccidere Cola. E poi... perché? Quale sarebbe stato il movente? Che motivo avrebbe avuto quel povero pastore, che non aveva mai lasciato la sua montagna, di compiere quelle azioni criminali?

Tuttavia il suo prolungato silenzio impose alla polizia ed al magistrato di continuare a trattenerlo.

Intanto Sorrentino e la Collina continuavano le indagini a Vicopago.

Passarono di nuovo dal sindaco, che protestò vivamente per il temporaneo arresto di *Jupitte*, descrivendo costui come persona mite, un bravo pastore incapace di compiere il male, incapace di qualsiasi gesto aggressivo verso chicchessia, sempre in montagna, mai munito di un proprio mezzo ed anche incapace di prendere un autobus, ma soprattutto confermando i poteri di indovino che il pastore esercitava all'interno della caverna, unico posto dove era in grado di parlare.

Qualcuno aveva risolto i suoi problemi dopo essere andato a trovare *Jupitte*, riferì il sindaco. E confermò l'abitudine di quello di chiedere a chi lo andava a trovare un pegno, un impegno di non facile attuazione quale contropartita per le sue pratiche divinatorie. Per questo in molti, pur avendone bisogno, preferivano rinunciare ai suoi servigi.

La chiacchierata con il sindaco, al quale non riferì quanto appreso nella caverna, rafforzò in Sorrentino il convincimento che *Jupitte* fosse del tutto innocente e che, al contrario, sulla base di quella esternazione vaticinante, l'assassino fosse da ricercare altrove.

Quindi con la Collina si recò ad interrogare nuovamente i maggiori imprenditori di quel paese, Carlo Pesce, Luigino Rossi e Paolo Di Clemente. Infine sarebbero andati a trovare Felice Vendipietra.

Il re del legname e superiore della Confraternita, Luigino Rossi, si dimostrò angosciato e preoccupato per i fatti di Vicopago e per la morte di quelle due persone, Attanasi e Cola, che stavano realizzando degli importanti progetti che avrebbero dato un'ulteriore spinta allo sviluppo ed al progresso di Vicopago.

Tra questi anche l'ampliamento del capannone di deposito del legname, che lui stesso aveva loro affidato.

Trovarono Trapasso al cimitero.

Era nella parte nuova, dove alcuni operai stavano lavorando alla realizzazione di nuovi loculi e fornetti. Da quando Antonio Attanasi e Francesco Cola erano stati assassinati aveva preso l'abitudine di recarsi ogni giorno al cimitero per seguire da vicino i lavori, dato che gli eredi dell'imprenditore Cola avevano acquisito l'impresa ma non avevano le capacità per gestirne i lavori. Ogni tanto si presentava qualche giovane, lontano discendente dell'imprenditore, al solo fine di portare le paghe degli operai.

A Sorrentino e Collina non seppe aggiungere altro, rispetto a quanto aveva detto fino a quel momento, se non il fatto che aveva saputo di *Jupitte* e, come il sindaco, riteneva che qualunque cosa quello avesse fatto, il suo arresto era sicuramente un errore.

Di Clemente lo trovarono mentre andavano ai pollai, ormai quasi deserti, di Vendipietra. Camminava a piedi con aria sconvolta e si fermarono a parlargli.

«Quello che è successo agli allevamenti è una vera e propria disgrazia per lei. Proprio ora che è diventato socio di Vendipietra...» disse Sorrentino.

Aveva gli occhi sbarrati ed il volto completamente bagnato di sudore, che grondava copioso anche dalla camicia semiaperta sul petto.

«E' una catastrofe, è una catastrofe...» ripeteva come se non vedesse le figure davanti a sé.

Poi mise a fuoco i due poliziotti e rispose: «Sono stato sfortunato. Ma mi resta la centrale».

«A tal proposito» disse Sorrentino «E' vero che anche nella sua centrale idroelettrica l'imprenditore Cola stava realizzando delle opere su progetto di Attanasi?».

«Sì. Erano quasi ultimate, ma anche lì non ho avuto fortuna» rispose Di Clemente «Ora è tutto sospeso. Devo concordare con gli eredi della ditta Cola come proseguire i lavori».

«Che rapporto aveva lei con Attanasi e Cola? Avevate controversie in corso per quei lavori?» disse la Collina.

«Assolutamente no!!» rispose Di Clemente «I lavori stavano procedendo regolarmente».

«La lasciamo proseguire» disse Sorrentino «Ma verremo ancora a trovarla alla centrale».

E lo lasciarono andare sulla sua strada tutto sudato e in compagnia delle sue angosce, mentre loro arrivarono a quelli che un tempo erano i ricchi allevamenti di polli, galli e galline di Felice Vendipietra, ex produttore dell'uovo di gallina più buono del mondo.

XXII

Trovarono Vendipietra nel suo ufficio, che dormiva con il capo chino sulla scrivania.

Si svegliò stirando le braccia e guardando in direzione dei poliziotti che erano entrati dopo aver bussato e atteso a lungo.

«Come va?» disse la Collina «C'è ancora qualche gallina viva?».

«Qualche decina, niente di più» rispose Vendipietra.

«E non s'è trovato ancora nessun rimedio per salvarle?» disse Sorrentino.

«Per trovare il rimedio bisogna conoscere la causa» disse Vendipietra, portandosi una mano a comprimersi la fronte «E la causa non c'è! Sembra assurdo, ma ho fatto fare tutte le analisi e gli studi possibili. La causa non c'è. O almeno, non riusciamo a capirla».

Sorrentino disse: «Le racconteremo una storia che le potrà sembrare impossibile. Una persona che abbia un minimo di razionalità non può credere a maghi e fattucchiere, eppure oggi l'unica spiegazione di questa storia passa per quella via».

«Ormai sono pronto e rassegnato a sentire ogni cosa» disse Vendipietra «Farei di tutto per salvare queste ultime galline rimaste. La loro fine priverebbe il mondo di uno dei più buoni e pregiati prodotti».

«Però la dobbiamo pregare di mantenere il segreto» disse la Collina «Se trapelasse, potrebbe compromettere le indagini, che sono ormai a buon punto».

«E' mio interesse che si trovi la soluzione» disse Vendipietra.

«Allora stia a sentire...» e Sorrentino raccontò tutto quello che avevano sentito da *Jupitte* attraverso quella specie di filastrocca.

Al termine del racconto, videro Vendipietra cambiare completamente espressione del volto, che divenne all'improvviso rosso come la fiamma viva, gli occhi sembravano voler schizzare via dalle orbite e cominciò a tremare come una foglia al vento.

«Che c'è, si sente male?» disse la Collina.

Quello si alzò dalla sedia e andò ad aprire la finestra.

«Ho bisogno solo di respirare un po'» disse «Un attimo e mi riprendo».

Dopo qualche minuto richiuse la finestra e andò a sedere su una delle tre poltrone che costituivano il piccolo salottino dello studio, invitando i poliziotti ad occupare le altre due.

Poi iniziò a parlare: «E' lui il delinquente. Quel bastardo, figlio di puttana!!! E' lui che ha fatto tutto questo. E' venuto da me dicendo che sapeva che cosa mangiavano le galline per fare le uova così buone. Si è offerto di mettermi a disposizione questa sua conoscenza per migliorare ancora di più l'azienda. Mi disse che diventando mio socio mi avrebbe non solo garantito il mantenimento del segreto, ma avrebbe dato un notevole contributo al maggiore sviluppo attraverso la fornitura gratuita della corrente elettrica a tutti i miei pollai. In sostanza, un ricatto travestito da offerta di collaborazione. Benché fossi sicuro che, pur conoscendo il segreto, quello non avrebbe mai potuto diventare un concorrente, mancandogli la materia prima e cioè lo zafferano, io ho accettato, soprattutto perché, come socio, avrei potuto tenerlo sotto controllo ed evitare che si vendesse l'informazione a qualcuno in grado veramente di mettere su un'impresa concorrente».

«Paolo Di Clemente?» disse Sorrentino.

«Sì» rispose Vendipietra.

«A proposito di zafferano» chiese la Collina «Non è troppo costoso dare in pasto alle galline lo zafferano?».

«A parte che io non faccio mangiare alle galline lo zafferano assoluto, ma lo mescolo al normale mangime ed alla polvere di peperoncino, ciò che mescolo non sono gli stigmi con cui si fa lo zafferano, ma i petali del fiore dello zafferano, cioè la parte da scartare, quindi a costo zero, anzi risparmiando sullo smaltimento».

«Però dobbiamo avere almeno una prova che quanto avete detto è la verità» disse ancora Vendipietra «Altrimenti stiamo tutti raccontando una favola».

«Mi dica una cosa» disse Sorrentino «Le analisi finora le avete fatte alle galline vive o a quelle morte?».

«Sempre a quelle morte» rispose Vendipietra.

«Ed allora un modo ci sarebbe per sapere se quello che ha detto *Jupitte* è la verità o una favola» disse Sorrentino «Fate le analisi alle galline che sono ancora in vita ed hanno mangiato lo zafferano che si trasforma in velenoso. Vediamo così se nelle loro viscere c'è il veleno».

«Quando ci vuole per questa analisi?» disse la Collina.

«Chiamo gli specialisti che sono ancora nella mia azienda e la faccio fare subito» disse Vendipietra e così fece.

Quando gli specialisti tornarono con il risultato positivo della ricerca, Vendipietra disse: «Devo assolutamente andare ai pollai».

«E noi andare ad arrestare Di Clemente» concluse Sorrentino, che telefonò in questura chiedendo immediatamente l'invio di una pattuglia.

XXIII

Paolo di Clemente viveva solo nell'appartamento al secondo piano di un palazzo al centro di Vicopago.

Quando giunsero le due macchine della polizia, iniziarono a radunarsi nei pressi del palazzo gruppetti di curiosi che si chiedevano che cosa stesse succedendo.

Intanto Sorrentino, la Collina e due agenti erano saliti ed altri due agenti erano rimasti in strada.

«Fate attenzione che è armato» disse Sorrentino, mentre suonava alla porta di Di Clemente.

Il totale silenzio seguì ancora al secondo squillo del campanello.

«Dovrebbe essere in casa» disse ancora Sorrentino «Ormai è passato molto tempo da quando lo abbiamo visto vicino all'allevamento».

«Apriamo. Così almeno sappiamo se dobbiamo cercarlo altrove» disse piano la Collina.

«Ma facciamo molta attenzione» disse ancora Sorrentino «Se è lui che ha sparato ad Attanasi e Cola, dovrebbe avere una calibro 22 in casa».

Uno dei due agenti con una chiave passepartout aprì la porta, mentre Sorrentino e la Collina, ai lati di questa, puntavano le pistole verso l'interno dell'appartamento.

«Di Clemente, polizia» urlò Sorrentino, non ottenendo risposta.

C'era una grande stanza open space ben arredata ed ordinata, su cui si aprivano due porte laterali.

Entrati in una di queste, i quattro poliziotti si diressero immediatamente, con le pistole puntate in avanti, nelle tre stanze più bagni che costituivano il reparto notte e non trovarono nessuno.

Poi si diressero verso l'altra porta che dava sulla grande sala. Era chiusa. Sorrentino l'aprì, mentre gli altri, accovacciati, puntarono le pistole. Non ci fu bisogno di sparare. Di Clemente era riverso sul tavolo da cucina con la testa nel piatto.

Era morto mentre mangiava risotto alla milanese.

L'ispezione dell'appartamento da parte della scientifica portò alla luce una piccola pistola calibro 22 ed un silenziatore in un cassetto del comodino della camera da letto, una testa umana dentro una busta di plastica all'interno del congelatore e, nello stesso congelatore, un piatto coperto con una pellicola da cui due occhi guardavano e chiedevano perché.

Nel frattempo Felice Vendipietra fu fermato dalla polizia al portone d'ingresso del palazzo di Di Clemente. Aveva corso a piedi dall'allevamento, aveva il fiato corto e sembrava non riuscire più a respirare.

«Dove va?» disse il poliziotto di guardia «Per ora non si può salire».

«Devo vedere subito il dott. Sorrentino» disse Vendipietra.

«E' impegnato di sopra» rispose il poliziotto «E' urgente?».

«Molto» rispose Vendipietra.

«Lo chiamo e lo faccio scendere» disse l'agente.

Sorrentino si trovò di fronte un Vendipietra completamente cambiato. In quel momento era felice anche di fatto. Un sorriso a trentaquattro denti gli riempiva quel volto che fino a poco tempo prima era stato triste ed angosciato. Nel vedere Sorrentino gli corse incontro con le mani tese e le aprì, porgendogli un uovo di gallina.

«Le hanno fatte di nuovo!» urlò «Finalmente hanno ripreso a fare le uova».

«Questo è per lei» disse a Sorrentino.

«Come stanno le galline superstiti?» gli chiese.

«Ora stanno bene».

Sorrentino lo prese in disparte.

«Era ovvio che si riprendessero» gli disse «Lei non ha più dato loro da mangiare lo zafferano... Ma così anche la specialità delle uova viene a finire».

Lui gli si accostò ancora più vicino e poi disse: «Meglio un uovo oggi, che una gallina domani. Non mi interessava di salvare delle comuni galline. Io volevo il mio uovo, l'uovo di Vicopago. Per questo ho continuato a dare loro lo zafferano. Ed ora eccolo qui. Le galline sono guarite ed hanno ripreso a fare le uova più buone del mondo. E mi raccomando. La polizia mantenga il segreto e non lo divulghi alla stampa».

«Già! Sono guarite perché con la morte di Di Clemente la maledizione é finita» disse Sorrentino «Ma ora devo fare una cosa importante».

Prese l'uovo di Vendipietra, chiamò Luciana Collina e partirono per l'Aquila. Giunti in questura, entrarono nella stanza del vice questore Camilli. Poi avvisarono il piemme Di Giuseppe e fecero mandare a prelevare dal carcere, dove era in stato di arresto, *Jupitte*. Quando il pastore fu davanti a Sorrentino, questi gli consegnò l'ordine di scarcerazione e l'uovo di Vicopago.

CONCLUSIONE

XXIV

Alle tre di notte, mentre ero in pieno sonno, mi giunse ancora un messaggio sul gruppo di whatsapp «*Il romanzo riscritto*» dal numero 3291874XXX, che ricordai essere di uno dei personaggi del romanzo, Paolo Di Clemente.

Il messaggio diceva: «*Insomma. Ancora una volta mi ha fatto morire! E non solo. Continua sempre ad indicarmi come un assassino!*».

Non risposi ed uscii dal gruppo.

Poi mi svegliai

I personaggi dei miei romanzi continuavano a perseguitarmi nel sonno. Ma il sogno mi indusse a riflettere.

Perché, pur avendo riscritto completamente quel romanzo, continuavo a far morire sempre gli stessi personaggi ed a indicare sempre lo stesso assassino?

Mi venne in mente quel proverbio che dice: "Cambiano i suonatori, ma la musica è sempre quella". A maggior ragione, pensai, se neppure i suonatori cambiano, come può cambiare la musica?

Avevo riscritto la trama, come i personaggi dei miei romanzi mi avevano chiesto in sogno di fare. Ma loro erano sempre gli stessi e in situazioni e con ruoli diversi li avevo riproposti nel nuovo romanzo. Un romanzo di fantasia, quasi una favola, dal momento che, accettando le richieste di quei personaggi, sebbene fatte in sogno, mi ero dovuto distaccare dalla realtà.

Ma per quanto avessi scritto una nuova trama, con fatti e situazioni fantastici, non avrei mai potuto cambiare la «musica», essendo peraltro rimasti gli stessi "suonatori".

Chi è abituato a delinquere, a vivere nella disonestà, difficilmente cambia comportamento.

Può anche sfuggire alla giustizia umana, oppure può questa non essere proporzionata ed adeguata ai danni arrecati ed alla gravità delle malvagità commesse, ma ci sarà sempre, col tempo, una giustizia superiore che lo chiamerà a rendere il conto.

La nostra vita ci dà la possibilità di ideare i nostri progetti (il cervello dell'ingegnere) e, una volta realizzati, di gestirli (gli occhi dell'imprenditore), ma non ci consentirà mai di avere il cuore del ragioniere, cioè la possibilità di indirizzare il nostro destino quando saremo chiamati a rendere il conto delle nostre azioni, laddove non il sentimento, né le passioni avranno valore, ma il freddo conteggio del bene e del male.

Ringraziamenti

Ringrazio gli amici Monica, Antonella, Franco, Claudio ed Emanuela che, avendo letto ed apprezzato in anteprima le tre indagini, mi hanno spronato alla loro pubblicazione.

Un ringraziamento particolare va alla professoressa Maria Lina Tordone che ha svolto sul testo un'autorevole supervisione.

Ringrazio infine la mia famiglia che durante il periodo di realizzazione dell'opera mi ha supportato e sopportato.

Indice

Prima indagine
IL DELITTO DEL BORGO ATERNO 7

    I. 8
    II 16
    III 22
    IV 26
    V 32
    VI 38
    VII 43
    VIII 53
    IX 61
    X 67
    XI 74
    XII 81
    XIII 86
    XIV 93
    XV 97
    XVI 105
    XVII 111
    XVIII 117
    XIX 126
    XX 133
    XXI 137
    XXII 142

Seconda indagine
IL SINDACO SCOMPARSO 153

    I. 154
    II 161
    III 163
    IV 170
    V 172
    VI 178
    VII 181

VIII	187
IX	189
X	195
XI	197
XII	203
XIII	205
XIV	210
XV	212
XVI	220
XVII	221
XVIII	228
XIX	230
XX	240
XXI	242
XXII	250
XXIII	251
XXIV	262
XXV	264
XXVI	267
XXVII	270
XXVIII	272
XXIX	273
XXX	277

Terza indagine
IL ROMANZO RISCRITTO **279**

I	281
II	283
III	286
IV	290
V	296
VI	298
VII	301
VIII	303
IX	306
X	309
XI	313

XII	319
XIII	324
XIV	327
XV	333
XVI	338
XVII	343
XVIII	346
XIX	349
XX	353
XXI	356
XXII	359
XXIII	362
XXIV	366
Ringraziamenti	**369**

Avvertenza

Le situazioni ed i personaggi descritti in questo libro nascono unicamente dalla fantasia dell'Autore.
Pertanto ogni riferimento a fatti realmente accaduti o a persone realmente esistite è puramente casuale.

Youcanprint
Finito di stampare nel mese di agosto 2019

Printed by Amazon Italia Logistica S.r.l.
Torrazza Piemonte (TO), Italy